萩原朔太郎 外
月に吠える

·

달에게 짖다
일본 현대대표시선

창 비 세 계 문 학

63

•

달에게 짖다
일본 현대대표시선

•

하기와라 사꾸따로오 외
임용택 엮고 옮김

창비

차례

•

키따무라 토오꼬꾸(北村透谷, 1868~94)

카나가와현 출신. 토오꾜오 전문학교(현 와세다 대학) 정치과와 영문과를 중퇴했다. 근대 시작점인 메이지(明治, 1868~1912) 초기의 평론가 겸 시인이자 일본 낭만주의운동을 주도한 문예지 『문학계(文學界)』(1893)의 이론적 지도자이다. 대학 재학 중 당시 절정기이던 자유민권운동에 참여하는 등 정치적 행보를 보이다 좌절을 맛보고 방황한다. 이후 일본이 추구해야 할 근대시의 방향성을 모색하고 시에 사상 도입이 필요하다는 것을 인식한다. 대표시집으로 자유로운 리듬의 일본 최초 서사적 성격의 장시집 『죄수의 시(楚囚之詩)』(1889)를 비롯해 극시(劇詩) 『봉래곡(蓬萊曲)』(1891), 유고시문집 『토오꼬꾸집』(1894) 등이 있다.

키따무라 작품의 문학사적 가치는 서정시 중심의 일본 전통에서 벗어나 장편 서사시와 극시 등 새로운 형식의 시를 시도한 점에 있다. 특히 『토오꼬꾸집』은 시대를 앞서가던 선각자로서의 그의 고독을 염세적으로 표현했다.

키따무라가 후대에 끼친 영향은 시보다는 잡지 『문학계』를 중심으로 한 낭만주의 성향의 평론에 있다. 그의 평론은 메이지 낭만시의 특징인 감정의 자연스러운 표현을 주도했는데, 특히 대표작 「염세시가(厭世詩家)와 여성」(1892)에서는 연애를 결혼의 전제로 결부하는 인습을 부정하고 자유로운 연애를 주장했다. 한편 『문학계』에 발표한 「인생에 서로 통한다는 것은 무슨 연유인가」(1893)에서는 문학의 예술적 자립을 강조한다. 그밖에 우주의 정신을 인간 생명의 근원으로 인식한 「내부생명론」(1893) 등 다수의 평론을 통해 메이지 초기 일본 낭만주의문학의 방향성을 제시했다.

나비가 가는 곳

날아가는 곳 어디냐고 물어주시니,
     이내 마음만큼은 반가운지고,
가을 들판 따라서 정처도 없이,
     그저 찾아 떠도는 나비 신세여.

지나가도 돌아와도 똑같은 길목,
     넘어왔던 그곳을 다시 넘는다.
꽃동산을 날아가던 이 몸에겐,
     꽃 없는 들녘도 원래의 집이니.

앞도 없지만 뒤도 없으니,
     '운명' 외에는 '나'도 없어라.
나풀나풀 날아가는 그곳은,
     꿈과 현실의 중간이어라.

작품해설

「나비가 가는 곳」

『토오꼬꾸집』에 수록됐다.「잠자는 나비」「두 나비의 이별」과 함께 나비를 노래한 삼부작 중 한편이다.

늦은 가을, 꽃의 흔적조차 찾을 수 없는 황량한 들판을 나비 한마리가 조용히 날고 있다. 나비에게는 "앞"(미래)도 "뒤"(과거)도 존재하지 않는다. 죽음이라는 신이 정해놓은 "운명"의 한복판을 정처없이 날아갈 뿐이다. 꽃이라는 "꿈", 아름다움이라는 이상을 좇아 세상에 나온 나비는 날고 있는 곳이 꽃 하나 없는 비정한 "현실"임을 자각하고 "중간" 지점인 죽음을 향해 흘러간다.

아름다움의 향기를 좇던 과거를 뒤로한 채 "꽃 없는 들녘"을 "원래의 집"으로 여기며 돌아가는 나비의 모습은 삶과 죽음의 형상으로 이어지며, 허무의식과 무(無)의 세계의 순환이라는 동양적 사생관을 떠올리게 한다. 철 지난 가을 들판을 배회하는 나비는 연약한 생명의 상징으로, 허무한 삶에 대한 시인의 심경이 이입되어 있다. 과거도 미래도 인지할 수 없는 삭막한 삶에서 머지않아 나비가 맞이하게 될 죽음을 직감하는 "나"는 시인의 생에 대한 인식을 시사한다. 삶에 대한 고뇌 속에 짧은 나이로 생을 마감한 시인의 자화상적 작품이다.

시마자끼 토오손(島崎藤村, 1872~1943) ─────────

나가노현 신슈우 출신이다. 메이지 학원 재학 시절 기독교에서 받은 영향과 동창 토가와 슈우꼬쯔(戶川秋骨), 바바 코죠오(馬場孤蝶) 등 문인들과의 친분을 계기로 서양문학에 심취하며 문학의 길로 접어든다. 키따무라 토오꼬꾸가 주도하던『문학계』에 참여해 일본 낭만주의운동의 선도적 역할을 수행했다. 1892년 메이지 여학교 영문과 교사를 지냈다. 이후 1896년 센다이의 토오호꾸 학원에서 교편을 잡고 있던 중, 메이지 낭만주의 시운동의 결정체이자 일본 근대시의 실질적 출발점인『새싹집(若菜集)』(1897)을 출간했다. 이 시집은 연애를 인간의 자유로운 감정으로 인식한 낭만적 서정시집이다. 메이지 여학교 재직 시절, 제자와 사랑에 빠진 시마자끼는 이를 용납하지 않는 사회와 순수한 감정 사이에서의 고뇌를 담아 새 시대에 부합하는 청춘의 심리를 표현했다.

1897년 토오호꾸 학원을 사직하고 귀경한 시인은 이듬해 시집『일엽주(一葉舟)』와『여름풀』을 잇따라 출간했다. 이후 1899년부터 나가노현의 사립교육기관 코모로 의숙에 부임해 1905년까지 근무한다. 마지막 시집『낙매집(落梅集)』(1901)과 기존 시집의 주요 시편을 종합한 합본시집『토오손 시집』(1904)은 코모로 체재 시절의 대표적 성과로 고향 신슈우의 대자연을 응시하는 가운데 자연과 인생에 대한 심화된 시선을 표현하고 있다. 그뒤로 시와 결별을 하고, 1911년 발표한『치꾸마(千曲)강의 스케치』등의 사생적 성격의 산문을 거쳐 소설가로 전향한다. 소설가로서는 일본 자연주의문학의 출발점인『파계(破戒)』(1906)를 비롯해『봄』(1908),『집』(1911),『신생』(1919) 등의 자전적 작품을 발표해 일본을 대표하는 자연주의 작가로 우뚝 선다. 특히『신생』은 조카와의 반도덕적 사랑을 고백한 문제작으로 세간에 큰 반향을 일으켰다.

시인과 소설가로서의 그의 삶은 사회적 관습에 속박되지 않는 자유로움을 추구했으며, 문학적 관심은 신변적 틀에서 벗어나 점차 일본사회로 확대됐다. 구체적으로 장편 대하소설『동트기 전』(1929~35)에서는 19세기 후반 에도막

부(1603~1867) 말기에서 메이지유신에 이르는 격동기를 조명하며 새로운 방향성을 모색하던 근대일본을 응시하기에 이른다. 일본문학사에서 한 작가가 시인과 소설가로 활약한 경우는 적지 않으나 시마자끼처럼 양쪽 분야에서 일류 작가로 평가받는 경우는 드물다.

첫사랑

이제 갓 틀어 올린 앞머리가
능금나무 아래로 드러났을 때
앞머리에 꽂은 그 꽃 빗에
꽃 같은 그대라고 여기었어라

다정스레 햐얀 손 내미시고는
능금 열매 하나를 건네주시니
담홍색 곱게 물든 가을 열매에
처음으로 누군가를 사랑했어라

속절없이 내쉬는 이내 한숨이
그대의 머리카락 스쳐 닿을 때
달콤한 사랑의 이 술잔을
그대의 열정에 기울였어라

능금밭 나무 그늘 가지 아래로
저절로 생겨난 이 오솔길은
누가 처음 밟아낸 흔적이냐고
물으시는 그 말씀 사랑스러워

코모로고성(古城)[1] 언저리

코모로고성 언저리
구름 희고 나그네는 슬퍼하네
초록빛 별꽃은 싹도 트지 않고
어린 풀들도 깔고 앉기엔 이르구나
은빛 이불 덮은 저 언덕에는
햇살에 녹아 가랑눈 흘러라

여기 따사로운 햇살 비추어도
들녘 가득 향기는 알 길도 없어라
아른대는 봄기운 나지막이 깔리고
고작 보리풀만 파릇하구나
봇짐 멘 길손 몇몇이
밭두렁길 따라 발길을 재촉하네

해 저무니 아사마산[2]도 보이지 않고
구슬픈 노랫가락 사꾸[3]의 풀피리소리
치꾸마강[4] 물결 굽이 돌아 흐르고

---

1 15세기 후반부터 약 100년간 지속된 군웅할거 전국시대의 용장 타께다 신겐(武
  田信玄)의 군사 야마모또 칸스께(山本勘助)가 축성한 것으로, 그후 점차 황폐해져
  지금은 흔적만 남아 있음.
2 코모로의 동북쪽, 군마현과 나가노현 경계에 위치한 활화산.
3 코모로 지역의 지명으로 아사마 산기슭에 위치한 고원 일대.
4 나가노현 북동부를 흐르는 강.

강가 주막에 홀로 올랐어라
걸쭉한 탁배기로 한잔 술 기울이며
고달픈 이내 여정 잠시 달래보네

치꾸마강 여정(旅情)의 노래

어제 또한 이러하였느니
오늘 또한 이러할 것이니
이 한목숨 무엇을 억척스레
내일을 생각하며 시름겨워하는가

몇번이던가 영고성쇠의 꿈
사라지듯 남아 있는 골짜기로 내려가
굽이쳐 넘실대는 물살 바라보니
모래 섞인 강물 휘돌아나간다

아 고성古城은 무엇을 말하는가
강기슭 물결은 무엇이라 답하는가
지나온 한 세상 차분히 생각하니
백년 세월이 엊그제 같아라

치꾸마강 버드나무 아른대고
봄은 나직하고 강물은 흘러라
홀로 남아 바위를 돌고 돌며
강기슭에 우수를 이어본다

작품해설

「첫사랑」

메이지시대를 대표하는 연애시다. 첫사랑의 풋풋함이 우아한 문어체와 어우러져 일본 근대낭만시의 절창으로 평가된다. 시가 수록된 첫 시집 『새싹집』은 청춘의 정열을 연애 감정으로 표현하며 봉건적 관습에 대항하는 근대적 자각을 드러내고 있다. 시집 제목의 "새싹"은 봄의 새싹 같은 풋풋한 청춘, 나아가 일본 근대시의 청춘기를 암시한다.

1연은 시 속 두연인의 만남 장면이다. "능금"이라는 당시로서는 이국적 이미지의 과일을 통해 앞으로 전개될 근대적 사랑을 암시한다. 아담과 이브가 연상되는 인류 사랑의 시작을 염두에 둔 표현이기도 하다. 2연에는 인습에 구애받지 않는 솔직담백한 시대적 메시지가 느껴진다. "하얀 손"으로 묘사된 여성이 남성에게 사랑을 고백하는 것은 당시 사회에서는 좀처럼 볼 수 없는 광경이기 때문이다. 근대라는 새 시대에 부합하는 순수하고도 열정적인 사랑은 다음연에서 사랑으로 채워진 술잔으로 비유된다. 4연에서는 두사람의 사랑이 지속된 만남으로 생겨난 사과밭 오솔길로 회상된다. 원문은 7·5조[5]의 문어정형시로, 5·7조와 더불어 시마자끼 서정시의 대표적 운율을 따른다.

「코모로고성 언저리」

시가 수록된 『낙매집』은 시인이 1899년부터 6년간 체재한 나가노현 코모로에서의 추억을 담은 마지막 시집이다. 『새싹집』으로 대표되는 초기 시의 열정적 감정은 유지하면서도 방랑의식과 이로 인해 생겨난 애수가 문어체 특유의 그윽한 정감과 조화를 이룬다. 이어 소개하는 「치꾸마강 여정의 노래」와 함께 시마자끼의 후반부 시세계를 대표한다. 이 시집을 마지막으로 시인은 소설가

---

5 시의 행이 의미 전개상 전반부 7음과 후반부 5음으로 나누어져 반복되는 운율 형태.

로 전향하는데, 시의 형태로는 더이상 새로운 문학세계를 추구할 수 없다는 자각에 따른 것으로 여겨진다.

봄기운을 느끼기에는 이른 초봄, 시인은 코모로고성 부근에서 정처없는 나그네의 우수를 떠올린다. 푸른빛이라고는 보리밭이 유일한 상황에서 이른 아침 밭두렁 사이로 장사를 위해 발길을 재촉하는 행상인들이 보인다. 이런 생활자들의 모습이 떠도는 시인과 대비되며 애수를 부각한다. 마지막연에서는 시간의 경과 속에 시의 주제인 나그네의 애환을 감각적으로 묘사하고 있다. 저녁 땅거미 속으로 사라져 잔영만이 감도는 아사마산과 사구 지역의 풀피리소리가 그것이다. 굽이 흐르는 치꾸마 강기슭의 허름한 술집에 오른 시인은 탁주 한잔에 잠시나마 여수(旅愁)를 달래본다. 물론 시에서 갈망하는 봄은 단순한 코모로의 봄이 아니며 청년 시인의 울적한 방랑 심정을 밝게 비쳐줄 인생의 봄이다. 원문은 5·7조로, 7·5조에 비해 다소 무거운 심경 표현에 적합하다.

「치꾸마강 여정의 노래」

원래는 「코모로고성 언저리 2」로 발표했다가 『낙매집』에 수록하며 지금의 제목으로 바뀌었다. 「코모로고성 언저리」와 내용적으로 연결되며 인생에 대한 상념의 농도가 더욱 진하게 느껴진다. 시인의 과거와 현재, 그리고 미래로 이어지는 인생의 흐름을 물줄기에 빗대어 노래한 부분은 영고성쇠의 감회를 넘어 진솔한 인생시적 요소를 엿보게 한다.

시마자끼 문학의 특징을 '삶의 문학'으로 표현한다면 이 시는 그가 소설과 시를 통해 추구한 '인생을 어떻게 살아가야 할 것인가'라는 명제를 제시하고 있다. 3연 "고성"과 "강기슭 물결"에서의 역사와 자연의 문답은 시간의 무게가 보편적 문제로까지 확장됨을 암시한다. 『낙매집』의 서정은 『새싹집』에서 보여준 청춘정서에 성숙미가 더해지며 근대적 인간으로서의 심리 제시에 도달한다. 시작부인 "어제 또한 이러하였느니/오늘 또한 이러할 것이니"는 삶의 덧없음을 표현할 때 자주 인용된다.

도이 반스이(土井晩翠, 1871~1952)

미야기현 센다이 출신으로 토오꾜오 제국대학 영문학과를 졸업했다. 대학 시절 다양한 외국어를 습득하는 한편, 토오꾜오 대학 문예지『제국문학』(1895/1917)에 신체시를 발표하며 문학적 행보를 시작한다. 첫 시집『천지유정(天地有情)』(1899) 출간 후, 1901년 토오꾜오 음악학교(현 토오꾜오 예술대학)에서 중학 창가에 적합한 가사를 써달라는 부탁을 받고「황성(荒城)의 달」을 완성한다. 이 시는 반스이의 대표작으로, 영국 체재 시절 교류한 작곡가 타끼 렌따로오(瀧廉太郎)가 곡을 붙여 널리 애창됐다. 패전 후에는 교가 작사가로 활약했는데 그가 작사한 주요 교가만 해도 육십편이 넘는다. 기타 시집으로 두번째 시집『효종(曉鐘)』(1901) 외에『동해유자금(東海遊子吟)』(1906),『서광(曙光)』(1919),『천마(天馬)의 길에』(1920),『아시아에 외치다』(1932) 등이 있으며 영문학자 겸 번역가로도 활약했다.

도이는 러일전쟁(1904) 후 일본사회에 고조된 국민적 기상을 바탕으로 웅변조의 시풍을 전개했다. 또한 낭독에 적합한 한시풍의 문어체에 비장함을 곁들여 한 시대를 풍미했다.『천지유정』에 수록된 작품 중 제갈공명의 최후를 그린「성락추풍오장원(星落秋風五丈原)」은 한시를 풀어 쓴 듯한 장편 역사시로, 당시의 국민의식을 담았다. 그러나 이런 사상적 서사시는 결국 일본에서 뿌리내리지 못한다. 일본시가 특유의 서정적 전통에서 벗어나지 못했을 뿐 아니라 당시 시인들이 근대 정신을 작품 속에 구체화하지 못했기 때문이다.

황성(荒城)의 달

봄 누각 위에 펼쳐진 꽃의 잔치
돌고 도는 술잔에 그림자 드리우고
천년 소나무 뻗은 가지 사이로
옛날의 그 불빛 지금 어디에

가을 군영軍營 가득한 하얀 서릿빛
울며 가는 기러기떼 헤아려보고
세워둔 창검에 아른대며 비추던
옛날의 그 불빛 지금 어디에

황성 깊은 밤에 떠오른 저 달
변함없는 저 빛은 누구를 위함인가
울타리에 남은 건 덩굴풀뿐
소나무에 노래함은 바람소리뿐

하늘 위 그림자는 변함없어도
영고를 거듭하는 세상 모습
지금도 여전히 비추려 하네
아 황성 깊은 밤에 떠 있는 달아

작품해설

「황성의 달」

1901년 토오꾜오 음악학교에서 간행한 『중학 창가』에 수록된 작품이다. 7·5조의 리듬감이 넘치며 발표 후 곡이 붙여져 전국적으로 애창됐다. 인간사 흥망성쇠를 시간의 흐름 속에 포착한 점이 시마자끼 토오손의 「치꾸마강 여정의 노래」와 일맥상통한다. 다만 시마자끼의 작품이 '시간'의 의미를 시인 자신의 관점에서 묘사한 데 비해 도이 반스이는 일본인의 보편적 정감으로 확대했다. 시의 무대는 작자의 고향 센다이 소재의 아오바 성터이다. 이곳은 전국시대 말기에서 에도시대 초기의 용장 다떼 마사무네(伊達政宗) 이후 센다이번6의 거점이었다. 1602년 축성돼 메이지 초기에 화재로 부분 소실된 후 2차대전 중 완전히 파괴됐다.

전반부 두연에서는 번창했던 성으로 독자를 안내하며 과거와의 시간적 대비를 봄과 가을의 정취 속에 탄식하듯 노래한다. "천년 소나무"가 떠올리게 하는 유구한 성의 역사는 2연의 "군영" "창검"과 호응하며 무사사회에 대한 향수를 함축한다. 살벌한 전투로 점철된 성의 자취에서 봄의 "꽃의 잔치" "하얀 서릿빛" "울며 가는 기러기떼" "덩굴풀" "바람소리" 등 시청각을 아우른 영상이 황량한 성터와 대조를 이룬다. 특히 인상적인 표현은 변함없이 성을 비추는 은은한 달빛이다. 전반부에서 반복하는 "옛날의 그 불빛 지금 어디에"의 반문은 인간사 무상함을 투명한 달빛처럼 독자의 가슴에 투영하고 있다.

---

6 '번(藩)'은 에도시대 봉건영주인 다이묘오(大名)가 다스리던 지역으로, 메이지유신 이후 오늘날의 현(縣)으로 바뀜.

요사노 아끼꼬(与謝野晶子, 1878~1942)

구성(舊姓)은 호(鳳)로, 메이지기를 대표하는 문학자다. 오오사까 사까이의 상인 집안 출신으로 사까이 여학교를 졸업했다. 1900년 메이지기 낭만시가운동을 주도한 잡지『명성(明星)』(1900)을 통해 문단에 등장했으며『명성』의 창간을 주도한 요사노 텟깐(与謝野鐵幹)과 결혼했다. 이후 발표한 단까집『흐트러진 머리』(1901)는 여성 신체의 아름다움과 청춘의 열정을 여성 입장에서 묘사했다. 이 단까집의 자유분방한 가풍은 시마자끼 토오손에 의해 전개된 일본 근대시의 화려한 낭만을 계승하며 예술지상주의에 입각한 근대 낭만주의 시가의 주역으로 불리게 된다.『문학계』작가들의 관념적이고 자기억제적인 낭만주의에서 일보 전진해 여성 주도의 인간성 해방을 주장했다.『명성』종간 후에도 문학가이자 진보적 여성운동가로 활동했다.

대표적 단까집과 시집으로『소선(小扇)』(1904),『연의(恋衣)』(1905),『무희』(1906),『상하(常夏)』(1908),『청해파(青海波)』(1912),『태양과 장미』(1921),『마음의 원근』(1938) 등 스물네권의 작품집을 남겼다. 그의 단까가 낭만적 서정성에 집중되고 있음에 비해 시는 사회개혁운동으로 배양된 현실비판의식을 뚜렷하게 제시했다. 이밖에 일본 고전작품의 현대어 번역에 몰두해 최초의 장편 소설「겐지 이야기(源氏物語)」의 현대어역『신신역(新新譯) 겐지 이야기』(1938~39)를 출간했다. 또한 여성 문제, 자유교육 등에 관심을 갖고『사람 및 여자로서』(1916),『우리는 무엇을 추구하는가』(1917),『젊은 벗에게』(1918),『격동 속을 가다』(1919) 등 다수의 평론집을 남겼다.

그대 죽지 마시게

여순(旅順)[7] 지구 포위군 속에 있는 동생을 탄식하며

아 아우야, 그대를 생각하며 운다,
그대 죽지 마시게,
막내로 태어난 그대이기에,
부모의 애정 또한 각별하건만,
부모가 손에 칼을 쥐어주면서,
사람을 죽이라 가르쳤더냐,
사람을 죽이고 죽으라 하며
스물넷 나이를 키워왔더냐.

사까이 거리의 상점에서
유서 깊은 집안의 주인으로서
대를 이어나아갈 그대이기에,
그대 죽지 마시게,
여순성을 공격해 멸한들,
멸하지 못한들 무슨 소용이더냐,
그대는 모른다네, 상인 집안의
지켜온 관습에 없다는 것을.

그대 죽지 마시게,
폐하는 언제나 전쟁 앞에서,

---

7 요동반도 남단에 위치한 군사적 요충지. 러일전쟁 당시 러시아 영토였다가 일본
 군의 공격으로 함락된 후 전황은 일본 측에 유리하게 전개됨.

몸소 그 모습 드러내지 않으시니,
서로가 피를 흘리게 하고,
짐승의 길로 나가 죽으라 함은,
죽는 것을 사람의 긍지라 함은,
폐하의 마음 깊고 깊으니
애초에 그런 마음 없으시련만.

아 아우야, 이 전장에서
그대 죽지 마시게,
지난가을 아버지를 저세상으로
보내셔야 했던 어머니 마음,
애절한 그 탄식 애처로워라
당신 자식 보내고 집을 지키며,
태평 치세 드높은 이 순간에도
어머니 흰머리는 늘어만 가네.

드리운 발 저편에 엎드려 우는
애처로운 그대의 어린 아내를,
어찌 잊을소냐, 생각하지 않을소냐,
열달도 못 보내고 헤어져버린
소녀의 여린 마음 헤아리시게
이 세상 하나뿐인 그대를 두고

아 의지할 자 또 누구더냐,
그대 죽지 마시게.

작품해설

「그대 죽지 마시게」

『명성』1904년 9월호에 발표한 후 이듬해 시집 『연의』에 수록했다. 요사노 아 끼꼬의 대표작으로 러일전쟁 당시의 긴박한 상황을 엿볼 수 있다. 발표 당시 일부 문인들에게 국익을 무시한 매국적 시라고 비판받기도 했으나 반전시적 성격의 수작으로 문단에 커다란 반향을 일으켰다. 부제에서 알 수 있듯 러일 전쟁에 참전한 남동생의 안위를 걱정하는 내용이다. 실제로 일본군의 1차 여 순 공략이 시작된 1904년 8월, 작자보다 두살 아래인 남동생은 이 전투를 치르 고 있었다.

만주사변(1931), 중일전쟁(1937), 태평양전쟁(1941) 등을 겪으면서 일본 근현 대시에는 전쟁참여시나 반전시 등 다수의 전쟁 관련 작품이 존재한다. 이념을 강조하는 전쟁시의 특성상 전반적으로 예술적 가치는 높지 않다. 그러나 「그 대 죽지 마시게」는 일종의 사상으로, 인류의 비극을 초래한 비인도적 전쟁에 비판적 자세를 취하면서도 동생의 무사를 기원하는 휴머니즘이 어우러져 있 다. 7·5조 정형률을 바탕으로 반복되는 "그대 죽지 마시게"의 애절한 바람과 영탄조 반문이 격앙된 감정을 효과적으로 전달한다.

어떤 이념보다는 전쟁에 대한 인간적 혐오를 솔직하게 표현하며 높은 문학적 완성도를 보여주고 있다. 마지막 부분에서 어머니와 올케의 슬픔을 헤아리는 마음은 가족으로서의 애틋한 감정과 함께, 전쟁에서 수동적일 수밖에 없는 인 간의 숙명에 대한 저항감을 암시한다. 태평양전쟁이 끝난 후 전쟁에 반대하는 사회 풍조가 확산되자 대표적 반전시로 멜로디가 붙여져 널리 애창됐다.

이라꼬 세이하꾸(伊良子淸白, 1877~1946)

톳또리현 출신. 의사인 아버지의 영향으로 쿄오또오 부립의학교를 졸업했다. 이름은 '스즈시로'라고도 불린다. 어머니를 일찍 여의고 이웃에 보내져 성장한 탓에 어머니에 대한 그리움이 그의 시세계에 중요한 모티브가 된다. 15세에 습작을 시작해 쿄오또오로 이주한 후『소년문고』등의 잡지에 시를 투고하다가 시인 카와이 스이메이(河井醉茗)와 친분을 맺고 작품 활동을 펼친다. 의학교 재학 중『명성』편집에도 참여했으나 본격적 행보는『소년문고』후신인『문고(文庫)』(1895)에 참여해 카와이 스이메이, 요꼬세 야우(橫瀨夜雨) 등과 활약하면서부터다.『문고』는 투고시를 중심으로 운영하면서『명성』과 더불어 메이지 30년대 서정시 흐름을 주도했다.『명성』의 도회적 시풍과는 대조적으로 전원적 서정과 이에 조화된 생활을 부드러운 문체로 묘사해 독자적 위치를 확보했다.『문고』의 시인들이 추구한 절제된 서정은 시마자끼 토오손 이래 일본 낭만시의 두드러진 특징인 주관적 감정이나 정열 분출과 자주 비견된다.

1899년 쿄오또오 부립의학교를 졸업한 후 부친의 병원 일을 돕지만, 이듬해 토오꾜오로 상경해 카와이, 요꼬세와『문고』활동에 다시 집중한다. 그후 1906년 대표시집이자 유일한 개인시집『공작선(孔雀船)』을 출간한다.『문고』등의 잡지에 발표한 약 이백편의 시 중 열여덟편을 엄선한 것으로 상상력을 바탕으로 절제된 고전적 시정을 추구했다. 고답적이면서도 신비를 즐기는 그의 시풍이 여실히 드러나는 시집이다.

표박(漂泊)

거적 문짝에
가을바람 불어
강가의 여인숙 쓸쓸하여라

애달픈 나그네는
저녁 하늘 바라보며
나직한 노래를 시작하네

돌아가신 어머니
각시 되어 나타나
하얀 그 이마 달빛에 아른대고

돌아가신 아버지
총각 되어 나타나
동그란 그 어깨 은하수를 건너간다

버들가지 사이로
밤 강물 하얗고
강 너머 아지랑이 들녘에는
희미한 피리소리 있어
나그네 가슴을 적시어라

고향마을
골짜기 노랫소리
이어질 듯 끊길 듯 서글퍼라
하늘 가득 메아리소리
땅 깊은 곳 신음소리
섞어내는 그 가락 그윽하여라

나그네 몸에
어머니가 깃든다
젊은이 몸에
아버지가 내려온다
들판 가득 피리 연기 속으로
아련한 그 가락 남아 있어라

나그네는
여전히 노래한다
어린 그 옛날로 돌아가
웃음 지으며 노래 부른다

작품해설

「표박」

고향에 대한 그리움을 쓸쓸한 나그네의 심정으로 표현한 대표작이며『문고』
1905년 1월호에 처음 게재됐다. 부모님에 대한 추억이 담긴 고향을 노래하고
있다. 젊은 부모님의 환영을 포착한 환상적 기법이 잔잔한 서정으로 이어진다.
특히 인상적인 것은 버드나무 가지 사이로 비추는 달빛에 젊은 어머니를 투
영한 대목으로 현재 나그네 신세인 화자의 애절함을 배가한다. 고향은 자신을
낳아준 어머니의 따뜻한 사랑이 서린 곳이기에 마지막 부분에서 화자가 어린
시절로 회귀할 수 있는 이유가 된다. 은은한 시각적 묘사에 "피리소리" "메아
리소리" 등 청각성을 곁들여 고향에 대한 그리움을 강조했다.

칸바라 아리아께(蒲原有明, 1875~1952)

토오꾜오 출신으로 토오꾜오 부립심상중학교를 졸업했다. 이후 동인잡지를 창간하고 1894년 첫 창작시 「가을의 산골마을」을 발표했다. 로세티(D. G. Rossetti)와 키츠(J. Keats) 등의 영국시에서 영향을 받았다. 한편 일본 고전시가와 시마자끼 토오손의 서정시 등에 제재를 취하며 『제국문학』『신성(新聲)』(1896/1904), 『명성』 등 당시 주요 문예잡지를 무대로 왕성한 창작 활동을 전개했다.

1902년 첫 시집 『새싹풀잎』을 간행했으며 스스끼다 큐우낀(薄田泣董)과 함께 '큐우낀·아리아께시대'라 불리며 한시대를 풍미했다. 1903년 제2시집 『독현애가(独絃哀歌)』에서는 영시의 쏘네뜨 형식을 바탕으로 독창적 운율을 시도해 큰 반향을 일으킨다. 이후 제3시집 『춘조집(春鳥集)』(1905)에 이르러 초기 낭만주의적 시풍에서 상징주의적 시로 변화한다. 이 시집에는 창작시 외에 프랑스의 상징시인 베를렌(P. Verlaine)의 번역시를 수록했으며 서문에는 일본 최초의 상징시 선언을 담았다. 네번째 시집 『아리아께집』(1908)에서 상징시풍이 완숙에 접어들며 일본 최고의 상징주의 시인으로 자리매김한다.

칸바라의 상징시는 문학사적으로 19세기 말 프랑스 상징시나 로세티의 인상주의에서 영향을 받아 관념적이고 명상적인 시풍을 확립한다. 우에다 빈(上田敏)이 일본 상징시의 이론적 토대를 마련했다면 칸바라는 창작을 통해 이를 발전시킨 공로자로 볼 수 있다.

지혜의 점쟁이는 나를 보고

지혜의 점쟁이는 나를 보고 오늘 말한다,
너의 눈 속은 나쁜 조짐으로 흐려 있다,
나약한 마음으로 사랑에 빠지는 상념의 하늘에서
먹구름, 질풍, 습격하기 전에 도망치라고.

아 도망치라고, 아리따운 그대의 곁을,
푸른 목장, 초원의 넘실대는 물결에서
하냥 부드러운 검은 머릿결의 파도를, ──
이를 그대는 어찌 여기시려는가.

눈 감으니 끝없이 펼쳐진 사막 저 끝을
저녁노을에 고개 숙여 걸어가는 자의 그림자,
굶주려 떠도는 짐승이라 탓하시려는가,

그 그림자야말로 그대로부터 도망치는 자의
메마른 여행길에 한줄기 우울한 모습, ──
차라리 향기로운 소용돌이, 아롱진 폭풍 속으로.

작품해설

「지혜의 점쟁이는 나를 보고」

일본 상징시의 핵심으로 『아리아께집』에 수록됐다. "지혜의 점쟁이"라는 알레고리풍 비유를 통해 내면에 존재하는 이지(理智)를 의인화했다.

"지혜"라는 이름의 점쟁이는 "나"에게 "사랑에 빠지는 상념의 하늘"로 표상된 정념에서 벗어나라고 충고한다. 그러나 "푸른 목장" "초원"으로 은유된 청춘의 열정은 "나"를 사랑에 사로잡히게 만든다. 그리고 점쟁이의 말(이성)과 사랑(정념) 사이에서 고뇌하게 한다. 3연의 "저녁노을" 아래로 "끝없이 펼쳐진 사막"을 "굶주려 떠도는 짐승"은 정념의 사랑을 버림으로써 황폐한 삶을 살아가게 될 화자, 즉 인간을 떠올리게 한다. 그러나 시인은 마지막연에 이르러 정념(관능)의 대상인 "그대"에게서 벗어나려는 시도가 "메마른 여행길"처럼 무미건조한 것임을 깨닫고 "지혜의 점쟁이"의 경고에도 욕정의 세계인 "향기로운 소용돌이"와 "아롱진 폭풍 속"으로 몸을 던지기로 결심한다. 기법적으로는 14행으로 이루어진 쏘네뜨 형식의 긴 호흡의 문장이 갈등을 효과적으로 묘사한다.

한편 이 시는 관능이 인간 본연의 것이라는 메시지를 통해 근대적 인간성을 암시하고 있다. 이성과 정념의 갈등에서 정념에 안주하는 자세는 대상을 지적으로 파악하는 서구적 자아에 한계를 느낀 시인의 고뇌다. 배후에는 일본 상징주의가 프랑스와는 달리 낭만주의에 대한 반동이 아닌 토대에서 성립되고 있음을 나타낸다.

스스끼다 큐우낀(薄田泣菫, 1877~1945)

오까야마현 출신의 메이지시대 낭만파 시인. 1891년 오까야마 현립심상중학교에 입학하나 2년 만에 중퇴하고 토오꾜오로 상경한다. 이후 고학생 생활을 하며 일본 고전과 키츠, 워즈워스(W. Wordsworth) 등 서구 낭만주의 시인들의 영역본을 탐독했다. 1897년 열세편의 시를 와세다 대학 계열 문예잡지『신저월간』에 투고해 시마무라 호오게쯔(島村抱月) 등 와세다 대학 출신 문학자의 인정을 받는다. 자신감을 얻은 그는『신소설』『명성』등의 잡지에 작품을 수록하고, 1899년 첫 시집『모적집(暮笛集)』으로 당시 시단에서 부동의 위치에 서게 된다. 1901년 출간한 제2시집『가는 봄』은 시마자끼 토오손풍의 청춘의 우수를 노래한 서정시집으로 초판 발매 당일 재고가 바닥날 정도로 큰 호응을 얻었다.

『이십오현(二十五絃)』(1905),『백양궁(白羊宮)』(1906) 등 제3·4시집에서는 낭만시풍을 유지하면서도 우아한 고어와 아어(雅語)의 능란한 구사 속에 정적인 전개가 두드러진다. 때문에『백양궁』을 기점으로 그의 시세계가 낭만주의에서 상징주의로 전환됐다고 보는 견해도 존재한다. 그러나 상징주의 시의 본령인 세기말적 퇴폐성이나 근대적 고뇌가 거의 느껴지지 않는 점, 그리고 시의 모티브가 일본 전통문화에 대한 고전적 교양을 바탕으로 한 이상에 집중된 점에서 고전적 낭만시인으로 보는 시각이 우세하다. 칸바라의 상징시와 스스끼다의 낭만시는 시마자끼 토오손과 도이 반스이 은퇴 후의 메이지 후기 시단을 대표하는 것으로 평가된다. 한편 만년에는『태양은 풀 향기가 난다』(1926) 등 다수의 걸출한 수필을 남겼다.

아 야마또(大和)[8]에 있다면

아 야마또에 있다면,
지금은 시월상달,
가지 끝 잎사귀 해맑게 흩날리는 카미나비[9]숲 오솔길을,
새벽이슬에 젖은 머릿결로 가련다,
이까루가로. 헤구리평원 속 높다란 풀들의
황금 바다로 넘실대는 날,
하얀 먼지 창틀에, 햇살 은은하고,
진귀한 고대 경문의 황금문자,
백제금百濟琴, 옹기, 아롱색색 벽화에
기둥 틈새로 황홀히 펼쳐진 곳,
시들지 않은 꽃장식의 예술 궁전, 밀실에
몇번이나 우려낸 술 향기, 가득하니
미주美酒 담은 옹배기의 매혹 속으로,
아마도 흠뻑 빠져들겠지.

새로 일군 절개지切開地 밭길 사이로,
발그스레 감귤잎들 아른대는 햇살 속,
어디선가 들려오는 나지막 노랫소리에,
눈 돌려보니 노란 딱새 하나 있어
가지 위 악공의 자그만 몸으로

8 지금의 나라현에 위치한 일본 최초의 도읍지.
9 나라현 이꼬마(生駒)산맥 동쪽에 위치한 영산(靈山).

재롱부리네. 사뿐한 날갯짓 꼬리를 따라,
맴돌 듯 나풀대는 가지 끝 잎사귀,
울타리 너머, 나무 사이로,── 모두가 들녘 자연의
화신인가. 저녁 산사 깊숙이 메아리치는
독경소리여,── 이제나 호젓한 마음으로,
총총히 거니는 이곳 사람들의
영혼 속으로 젖어들겠지.

나무 사이로 햇살 숨어, 온갖 문들이
느슨히 삐걱대는 저녁 산사 꿈의 궁전,
마른 잎새 총총히 휘어 흩어지는
붉나무, 팽나무, 백단향에 그 이름 보리수까지,
오가는 사람들 속삭임에 귀 기울이는
돌바닥 복도, 저만치 바라보니,
고탑 녹슨 장식에 햇살 비끼고,
꽃들이 비춰주는 저녁 풍경 속으로,
기다란 도포자락 땅거미에 끌리듯,
땅 위 그림자는 수도승의 들뜬 걸음,──
아 야마또에 있다면,
오늘은 시월상달 저녁 무렵,
잠시나마 성스런 그 마음,
느낄 수 있으련만, 이 온몸으로.

작품해설

「아 야마또에 있다면」

쿄오또오 체재(1903~1904) 경험에 입각한 작품으로 고전적 낭만주의 시의 절정을 이룬 제5시집 『백양궁』에 수록됐다. "'야마또', 특히 '나라'의 서쪽 궁전과 호오류우지, 타쯔따 부근은 나에게 끝없는 동경으로 존재한다"라는 작자의 언급에 드러나듯 고대 전통에 대한 각별한 애정이 돋보인다.

이 작품에서 시인은 아침, 점심, 저녁의 시간대로 연을 구성하고 있다. 새벽녘 호오류우지를 찾은 작자가 법당에서 고미술의 아름다움에 젖어 환상의 세계로 빠져드는 것에서 시는 시작한다. 현실 속 호오류우지에는 "황금문자"의 "경문"이나 "백제금" 등은 존재하지 않는다. 이는 그간 자신이 접한 고미술의 감동을 눈앞에 펼쳐보이듯 표현하려는 의도로 읽을 수 있다. 2연은 낮 시간대 야마또평원의 정적에서 시작해 저녁 무렵 경내에서 들려오는 독경소리와 "노란 딱새"의 울음소리를 표현하고 있다. 어딘가 부자연스러운 시간 경과는 야마또의 아름다움에 심취한 시인의 몽상적 산물이다. 마지막연에서는 호오류우지 금당 근처에 멈춰 선 시인이 땅 위를 쓸 듯 흩날리는 낙엽소리에 귀를 기울인다. 그리고 석양이 비추는 고탑을 바라보며 호젓한 경지에 도달한 수도승처럼 야마또의 역사를 음미한다.

이 작품의 역사적 가치는 다수의 고어 표현에서 찾을 수 있다. 고어를 많이 씀으로써 언어적 난해함을 초월해 찬란한 고대문화의 신비를 응시하며 시의 흐름을 주도한다. 호흡이 긴 문장과 불규칙한 어법의 사용은 작자의 뇌리를 스치는 야마또문화의 찬란한 이미지를 부각하기 위한 의도적 구성이다.

미끼 로후우(三木露風, 1889~1964) ─────────────

효오고현 출신으로 와세다 대학과 케이오오 대학을 중퇴했다. 1904년 무렵부터 『문고』 등의 잡지에 시와 단까를 발표하며 문학가의 길로 접어든다. 1905년 첫번째 시가집 『여름공주』를 자비출판한 후 토오꾜오로 상경해 문학가로서의 본격 행보를 시작한다. 1907년 시인이자 작사가인 소오마 교후우(相馬御風) 등과 와세다시사(早稻田詩社)를 결성한 것을 계기로 와세다 대학에 입학해 일상어에 자유율을 추구하는 구어자유시운동에 참여한다. 그러나 대다수 작품은 칸바라 아리아께, 스스끼다 큐우낀 등의 영향을 받은 상징풍 문어체였다. 특히 제2시집 『폐원(廢園)』(1909)은 상징시인으로서의 명성을 드높인 대표시집이다. 이 시집을 통해 같은 해 『사종문(邪宗門)』을 간행한 키따하라 하꾸슈우와 '하꾸로시대(白露時代)'를 이루며 시단에 뚜렷한 족적을 남긴다. 제3시집 『쓸쓸한 새벽』(1910)과 『하얀 손의 사냥꾼』 『로후우집』(이상 1913) 등을 거치며 격조 높은 서정시와 상징시의 조화 속에 명상을 중시하는 상징시풍을 확립했다.

1915년에는 홋까이도오에 위치한 수도원에서 3주 정도 체재한 것을 계기로 그의 시에 가톨릭이 중요한 주제로 자리 잡게 된다. 이후 간행한 시집 『환상의 전원』(1915), 『양심』(1915), 『신앙의 새벽』(1922), 『신과 사람』(1926) 등에는 만물에 신이 깃들어 있다는 범신론적 자연관을 바탕으로 구도 정신을 심화하려는 노력이 엿보인다. 그밖에 『미끼 로후우 시집』(1925)을 비롯해 『수도원생활』(1926), 『시가의 길』(1925), 『작은 새의 친구』(1926) 등 수필집과 평론집, 동요집 등 다수의 저작을 남겼다.

사라져가는 5월의 시

나는 본다.
폐원廢園 깊숙한 곳,
때마침 소리없이 꽃잎 흩날리고.
바람의 발자욱,
고요한 오후 햇살 아래,
사라져가는 다정한 5월의 뒷모습을.

하늘 은은하게 푸르름을 펼치고
꿈 깊은 나무에서 지저귀는, 허무한 새.

아 지금, 정원 속
'추억'은 고개를 떨구고,
다시금 호젓이 눈물 짓지만
그 '시간'만은
서글픈 향기의 흔적을 지나
달콤한 내 마음을 흔들고 또 흔들며
일찌감치 즐거운 안식처인
집을 나선다.

사라져가는 5월.
나는 본다, 그대의 뒷모습을.
땅 위를 기어가는 죄그만 벌레의 반짝임

무리 지어 부르는 꿀벌들의 나른한 노래
그 반짝임, 그 노래 황금빛을 이루고
햇살에 흐느끼며 꾸는 꿈속……
아, 그 속으로, 사라져가는
아름다운 5월이여.

다시금 나의 폐원 깊은 곳,
이끼 오랜 연못 위,
그 위로 흩날려 떨어지는 울금꽃
쓸쓸한마냥 울금꽃, 침묵의 층을 쌓고
햇살에 들떠 맴도는 언저리——

파릇하게 반짝이는 잠자리 하나,
그 눈동자, 물끄러미 그저 물끄러미 응시한다.

아 사라져가는 5월이여,
나는 본다 그대의 뒷모습을.

이제는 파란 잠자리 눈동자.
울금꽃.
'시간'은 흘러간다, 한낮의 연못가에서——

작품해설

「사라져가는 5월의 시」

시집 『폐원』에 수록된 대표작이다. "폐원"은 시인이 시를 쓸 당시 거주하던 토오꾜오 외곽의 작은 집에 딸린 황폐한 정원이다. 시인은 이를 "사라져가는 5월"과 함께 돌아오지 않는 청춘의 상징으로 인식하며 애틋함을 표현한다.

1연에서는 쓸쓸한 정원 깊숙한 곳으로 안내한다. 바람 속 조용히 흩날리는 꽃과 오후 햇살에 사라져가는 5월의 뒷모습이 드러난다. 정적에 싸인 정원 뒤로는 푸른 하늘이 펼쳐지고, 울창하게 우거진 나뭇가지에는 새들의 노랫소리가 교차한다. 5월로 표상된 청춘에 대한 동경과 나른한 봄의 권태감이 황폐한 정원과 조화를 이룬다. 중심 정감인 사라져가는 5월의 감상적 기분은 시인 내면을 거쳐 고독한 "추억"으로 투영된다. 그러나 과거에 미련을 가져보아도 흩어지는 꽃내음처럼 덧없는 것임을 새삼 인식한다. 시선은 다시 외부로 옮겨져 새로운 계절의 도래를 실감하지만 멀어지는 5월에 대한 애틋함은 깊어갈 뿐이다. 한적한 정원 속에 꿈틀대는 생물의 움직임 또한 자연의 정동(靜動)과 생멸의 진리를 새삼스레 감지하게 한다.

시의 특징은 사물에 대한 감정이입을 통해 상상력을 인상화풍으로 묘사한 점에 있다. "이끼 오랜 연못 위"에 소리없이 휘날려 겹겹이 쌓여 있는 "울금꽃"이나 이를 차분히 응시하는 "파란 잠자리" "눈동자"는 사라져가는 5월의 존재를 부각한다. 또한 청춘에 대한 석별의 감정과 권태감을 상징적으로 나타내고 있다. "추억"이나 "시간" 같은 관념에 치우치기 쉬운 용어를 정원의 영상과 연결하며 자연을 관조하는 명상세계와 서정성을 획득했다.

키따하라 하꾸슈우(北原白秋, 1885~1942)

큐우슈우 야나가와 출신으로 와세다 대학 영문과 예과(豫科)를 중퇴했다. 1906년 요사노 텟깐이 주도한 문학단체 토오꾜오신시사(東京新詩社)에 참여해 기관지 『명성』에 작품을 발표하며 우에다 빈, 칸바라 아리아께, 스스끼다 큐우낀 등에게 시적 재능을 인정받는다. 1907년 여름, 토오꾜오신시사 일원으로 참가한 큐우슈우 여행을 통해 이국정서 혹은 남만취미[10]로 불리는 전기 시세계의 중요한 소재를 획득한다. 같은 해 토오꾜오신시사에서 탈퇴하고 문학자와 미술가들의 퇴폐적 기질의 산실이던 판의 모임[11]을 결성하는 한편, 1909년에는 『스바루』『잠보아』『옥상정원』 등 탐미적 성향의 문예지 창간에 참여한다.

첫 시집 『사종문』(1909)에서는 보들레르(C. P. Baudelaire) 등 프랑스 상징주의 시의 세기말적 정서를 계승했다. 그러나 프랑스 상징주의가 추구한 시대에 대한 고뇌는 배제한 채, 퇴폐적 감각에 입각한 피로만을 향락적·이국적으로 묘사했다. 제2시집 『추억』(1911)에 이르러서는 고향 야나가와의 풍경 속에 형성된 유소년기의 추억을 환각적으로 묘사해 독특한 세계를 전개한다. 『토오꾜오 경물시(景物詩) 및 기타』(1913)에서는 토오꾜오의 근대적 모습과 에도시대 잔영을 속요조(俗謠調)로 표현하며 도시의 권태를 그렸다. 같은 해 간행된 첫 단까집 『오동나무꽃』에서는 일본의 고전적 시형에 이국취미, 도회정서, 댄디즘 등의 서구취향을 접목하며 일본을 대표하는 탐미적 시의 일인자로 평가된다.

한편 1912년 세상을 떠들썩하게 만든 유부녀와의 간통사건과 친가의 파산을 겪으며 기존의 도회적 시풍에서 고담(枯淡)세계를 응시하고 삶의 의미를

10 '남만'은 남쪽 야만인이란 뜻. 여기서는 기독교 유적 등의 서구문물과 이에 대한 특별한 관심을 가리킴.
11 '판'(pan)이란 그리스신화에 나오는 신의 이름으로, 이 모임은 1908년 12월에 시작되어 1912년경까지 지속됨.

관조하는 시선으로 변모한다. 이 시기 대표작으로『진주초(眞珠抄)』『백금 팽이(白金之獨樂)』(이상 1914),『수묵집(水墨集)』(1923),『해표(海豹)와 구름』 (1929),『신송(新頌)』(1940) 등의 시집 외에『운모집(雲母集)』(1915),『참새의 알』(1921),『백남풍(白南風)』(1934) 등의 단까집을 들 수 있다. 이밖에도 동요 집이나 민요집, 외국동화 번역 등 약 이백권에 이르는 방대한 저역작으로 일 본을 대표하는 국민시인이라 불린다.

사종문 비곡(邪宗門秘曲)

나는 생각한다, 말세의 사교邪教 크리스천 제우스의 마법.
흑선黑船의 까삐딴[12]을, 홍모의 신비스런 나라를,
빠알간 비이도로[13]를, 향기 예리한 안쟈베이이루[14],
남만의 산토메 비단을, 또한, 아라키[15], 진따[16]의 미주美酒를.

눈이 파란 도미니카 사람[17]은 다라니 경전을 읊으며 꿈에서 말
한다,
금문禁門의 신을, 혹은, 피로 물든 크루스,[18]
겨자씨를 사과처럼 들여본다는 눈속임 장치,
빠라이소[19] 하늘까지 늘려 줄여 보이는 기이한 안경을.

성당은 돌로 만들어져, 대리석 하얀 핏물은,
갸만[20] 단지 가득히 밤을 밝힌다.

---

12 네덜란드어 'kapitein'으로 선장을 가리킴. 여기서는 큐우슈우 나가사끼에 있던
  네덜란드 상점의 책임자.
13 뽀르뚜갈어 'vidro'로 유리.
14 네덜란드어 'Tuinanjer'인 카네이션꽃을 표현한 것으로 보임.
15 '아라키'(arak)는 중동 원산의 네덜란드 술.
16 '진따'는 뽀르뚜갈에서 전래된 적포도주 'Tinto(vino)'의 약자.
17 Dominican. 도미니크회 수사.
18 뽀르뚜갈·스페인어 'cruz'. 십자가.
19 뽀르뚜갈어의 'paraiso'. 천국.
20 네덜란드어 'diamant'. 다이아몬드.

저 아롱진 에레키²¹의 꿈은 비로드²² 향기로 아우러져,
진기한 달나라의 조수鳥獸를 비춘다고 들었다.

혹여 듣기를, 화장품 재료는 독초의 꽃에서 짜내고,
썩힌 돌기름에 그려낸다는 마리아상이여,
또한, 라틴, 뽀르뚜갈의 가로로 쓴 파란 문자는
아름다운, 그러나 서글픈 환락의 소리로 넘쳐난다.

차라리 저희에게 주소서, 현혹의 바떼렌 존자²³님,
백년을 찰나로 줄여, 피의 십자가에 죽는다 해도
무엇이 아쉬우랴, 바라옵기는 극비極秘, 그 기이한 분홍 꿈,
젠스마로²⁴님, 오늘의 기도에 몸도 영혼도 그을려 피어난다.

---

21 네덜란드어 'electriciteit'. 전기.
22 뽀르뚜갈어 'Veludo'. 벨벳.
23 뽀르뚜갈어 'padre'. 신부(神父)를 뜻하며, '존자'란 덕행이 뛰어난 사람에게 교
   황청이 공인하는 존칭의 하나.
24 '젠스'는 'Jesus', '마로(麿)'는 흔히 귀공자를 칭할 때 쓰는 일본의 고어.

서시(序詩)

추억은 목덜미 빨간 반딧불이의
오후의 아련한 감촉처럼,
두둥실 푸른빛 감도는
비추지만 보이지 않는 불빛?

어쩌면 아스라한 곡식들의 꽃일까,
이삭줍기 노래일까,
따사로운 술 창고 남쪽에서
뽑아내는 비둘기 털의 하얀 화끈거림?

소리라면 피리소리,
두꺼비 울어대는
병원 약 그리운 밤,
희미한 불빛에 불어보는 하모니카.

냄새라면 비로드,
트럼프 퀸의 눈동자,
익살스런 삐에로 얼굴의,
까닭 모를 쓸쓸함.

방탕한 그날처럼 괴롭지 않으며,
열병의 또렷한 아픔도 없는 듯,

허나 저무는 봄처럼 보드라운

추억일까, 아니면, 내 가을의 중고전설中古傳說?

짝사랑

아카시아의 금빛 빨간빛 떨어지누나.
저물어가는 가을 햇살에 떨어지누나.
짝사랑의 얇은 플란넬 걸친 나의 애수
'히끼후네'[25] 강가를 지나는 무렵.
보드라운 그대의 한숨소리 떨어지누나.
아카시아의 금빛 빨간빛 떨어지누나.

---

25 현재 토오꾜오 스미다꾸(墨田區)의 지명으로, 에도시대의 정취가 남아 있는 히
  끼후네쪼오(曳船町)나 히끼후네강이 흐르는 지점.

낙엽송(落葉松)[26]

一

낙엽송 숲을 지나,
낙엽송 지긋이 바라본다.
낙엽송 쓸쓸도 하여라.
길 떠나니 쓸쓸도 하여라.

二

낙엽송 숲을 나와,
낙엽송 숲에 든다.
낙엽송 숲에 드니,
다시금 가늘한 길 이어진다.

三

낙엽송 숲 깊은 곳에도
나 지날 길 있어라.
안개비 내리깔린 길이어라.
산바람 지나가는 길이어라.

四

낙엽송 숲속 길은

---

26 시인은 1922년 아사마 산기슭의 낙엽송림을 찾아 시간을 보내곤 했음.

52

나뿐이랴, 사람들 지나간다.
가늘가늘 지나는 길이어라.
쓸쓸히 재촉하는 길이어라.

五
낙엽송 숲을 지나니,
문득 발걸음 잦아든다.
낙엽송은 쓸쓸하여라
낙엽송과 속삭이어라.

六
낙엽송 숲을 나와,
아사마산 봉우리 비낀 안개 바라본다.
아사마산 봉우리 비낀 안개 바라본다.
낙엽송 숲 너머 그 위로.

七
낙엽송 숲 내리는 비는
쓸쓸하니 더욱 고요하여라.
뻐꾸기 울고 있을 뿐이어라.
낙엽송 젖고 있을 뿐이어라.

八

세상이여, 애틋하여라.
덧없으나 기쁘기도 하여라.
산과 강에 산과 강소리,
낙엽송에 낙엽송 바람소리.

작품해설

「사종문 비곡」

첫 시집 『사종문』의 권두를 장식한 작품이자 시인이 일본시단에 던진 새로운 방향성을 볼 수 있는 기념비적 시이다. "사종문"은 16세기 중반에 전래돼 사교로 취급받던 기독교, 엄밀히 말하면 가톨릭교를 가리킨다. 당시 큐우슈우 지역에 남아 있던 관련 유적이 시인의 호기심을 불러일으켰다. 그리고 이 호기심은 새로운 서정의 자양분으로 이어진다.

시인은 이국문명에 대한 경이감을 외래어로 다용하며 기존 시와는 다른 정서를 제시한다. 서두의 "나는 생각한다"와 이하 나열되는 갖가지 진귀한 이국의 식물, 음식, 과학 발명품(2연의 "눈속임 장치"는 현미경을, "기이한 안경"은 망원경을 가리킴) 등을 통해 참신한 인상을 전개한다.

기독교 관련 시어들은 종교적 성격과 무관한 시적 수사에 불과하다. 결국 마지막연 "극비"의 "기이한 분홍 꿈"으로 암시하는 서구문명에 대한 동경을 표현하고 있을 뿐이다. 또한 이국문명에 대한 관심을 과장된 어법으로 묘사하며 시를 정신의 산물이 아닌 쾌락의 수단으로 인식하는 자세를 드러낸다. "나의 상징시는 정서 쾌락과 감각 인상에 주안을 둔다"라는 시인의 주장이 드러나는 작품으로 그가 추구한 탐미적 성향의 상징시를 가늠케 한다.

「서시」

제2시집 『추억』의 권두를 여는 시로 갖가지 추억을 묘사하고 있다. 『추억』은 "자서전으로 봐주었으면 하는 일종의 감각사(感覺史)이며 성욕사(性慾史)"라는 스스로의 말처럼, 유아기에서 소년기까지에 이르는 추억을 떠올리며 애틋한 환상을 관능적으로 묘사한 서정시집이다.

시의 특징은 유소년기의 감정을 시각·청각·촉각·후각 등으로 조화한다는 점에 있다. 1연에서는 눈에 보일 리 없는 "목덜미 빨간 반딧불이"를 통해 추억이 자아내는 환상을 점묘한다. 2연의 "따사로운 술 창고 남쪽"은 양조업을 하던 시인의 생가를 떠올리게 한다. 이어 호기심에 찬 눈으로 비둘기 털을 뽑는 어린 소년이 등장한다. 술이 익어가는 냄새만큼이나 강렬했던 철부지 소년의 장난기 어린 싸디즘이 투영돼 있다. 다음연의 "병원 약 그리운 밤"에서는 병약했던 어린 시절의 예민한 관능을 포착하며 섬세함을 부각한다.

"피리소리" "두꺼비" "하모니카"의 청각적 표현은 어린 시절을 향한 동경을 드러낸다. 보드라운 촉감의 "비로드", 카드 속 "퀸"의 우수를 머금은 눈동자, "삐에로"의 익살스러운 분장 이면에 숨어 있는 쓸쓸함을 나열하며 추억을 떠올린다. 키따하라 시세계의 특징인 이국정서와 세련된 미적 감각을 확인할 수 있는 부분이다. 마지막연은 추억이 갖는 의미를 요약한다. 시인에게 추억은 방탕한 과거에 대한 자책의 기록이 아니다. 신열처럼 타오르는 고통의 순간도 아니며 "저무는 봄"이나 "가을의 중고전설"처럼 그윽하고 신비로운 정서의 결정체이다.

「짝사랑」

짝사랑에 담긴 아련함을 에도시대의 정취가 풍기는 토오꾜오 "히끼후네" 강가의 가을 저녁에 담아 노래한 시이다. 제3시집 『토오꾜오 경물시 및 기타』의 대표작이기도 하다. "떨어지누나"의 원문은 향토적 정서를 자아내는 속요풍 어조로 알려져 있다. 서두와 마지막에서는 하늘을 붉게 물들인 저녁 햇살 아래 흩날리며 떨어지는 "아카시아" 꽃잎이 "금빛"과 "빨간빛"의 화려한 대비로 묘사된다. 아카시아는 서양에서 유입된 식물로 달리아나 히아신스와 함께 서구적 감각을 추구하던 당시 시인들에게 애용되던 어휘였다. 이 시에서는 금빛과 빨간빛의 색채가 짝사랑의 열정을 나타낸다. '~하누나'의 속요적 어법이 첫사랑의 풋풋함과는 다른 짝사랑의 세속성을 떠올리게 한다. 한편 느릿한 호흡을 유도해 배후에 함축된 청춘의 애수를 음악적으로 표현하고 있다.

내용을 좀더 살펴보면 화자는 짝사랑하던 여인의 추억이 담긴 "히끼후네" 강가를 거닐며 떨어지는 꽃잎처럼 아련한 첫사랑을 추억하는 듯하다. "보드라운 그대의 한숨소리" 또한 짝사랑의 애틋한 감상에 다름 아니다. "히끼후네"

도 주목할 표현이다. 사전적으로는 예인(曳引)의 의미를 지니지만 강조로 묶은 것을 볼 때 지명으로서의 의미까지 염두에 두고 있다. 이곳은 에도의 잔영이 남은 장소로, 당시 성을 방어할 목적으로 주변에 만든 인공 수로가 남아 물가 풍경을 연상시킨다.

마지막으로 "짝사랑의 얇은 플란넬 걸친 나의 애수"에서도 신선한 비유가 느껴진다. '플란넬'이라는 서구취향의 옷을 걸친 채 강가를 거니는 시인이 떠오른다. 이처럼 이 시집에서 추구한 도회적 감각과 댄디즘의 조화는 시를 정서와 기분 표현의 수단으로 인식한 일관된 자세로 볼 수 있다.

「낙엽송」

시집 『수묵집』의 대표작이다. 화려한 감각시에서 벗어나 동양적 고담의 세계를 추구하려는 변화를 알린 작품이다. 유부녀와의 간통사건 이후 자연에 회귀하려는 순응의 정신을 엿보게 한다. 1936년 가정에서 부를 수 있는 건전한 유행가를 보급하기 위해 라디오 전파를 탄 국민가요의 일환으로 멜로디가 붙여져 태평양전쟁 전까지 애송됐다. 시인에 따르면 낙엽송이 상징하는 그윽한 자연과 자신의 호젓한 상태를 조화한 것으로, 산들대는 바람은 조용히 흔들리는 심리를 염두에 둔 것이라고 한다. 당시 시인이 추구하던 자연합일의 경지와 유유자적한 정신을 느낄 수 있다.

시의 주제는 (一)에서 드러난다. 서두 "낙엽송 쓸쓸도 하여라" "길 떠나니 쓸쓸도 하여라"에는 낙엽송과 자신의 인생길을 '쓸쓸하다'는 표현으로 일체화하며 자연과의 융화를 추구하는 이념을 읽어낼 수 있다. (八)의 "산과 강에 산과 강소리" "낙엽송에 낙엽송 바람소리"는 인생을 자연과 동질적으로 응시한 일종의 형이상학적 경지이다. 또한 인간을 포함한 만물이 응분의 위치와 가치를 지닌다는 진리의 깨달음이다. 기법면에서는 낙엽송이라는 단어를 열일곱 번이나 배치하며 "아사마산" 명물인 낙엽송이 늘어선 모습을 떠오르게 한다. 전체적으로 대구 표현을 채택해 리듬 효과를 자아내고 있다.

키노시따 모꾸따로오(木下杢太郎, 1885~1945)

시즈오까현 이즈 태생으로 토오꾜오 제국대학 의대를 졸업했다. 1921년부터 3년간 미국, 유럽 등지에서 수학하고 귀국 후에는 피부과 전문의로 토오호꾸 대학과 토오꾜오 대학 의학부 교수로 재직했다. 대학 입학 후인 1907년부터 토오꾜오신시사 동인으로 기관지『명성』에서 활동하며 키따하라 하꾸슈우 등과 판의 모임을 결성했다. 존경하던 소설가 모리 오오가이(森鷗外)가 주도한 잡지『스바루』와 키따하라가 중심이 된『옥상정원』등의 창간에도 참여했다. 첫 시집『식후(食後)의 노래』(1919)는 판의 모임 시절부터 1917년 피부과 의사로 중국 만주로 건너가 약 3년간 체재하기까지의 도회취미와 에도취미를 인상화풍으로 묘사한 대표시집이다. 소곡 형태의 작품이 다수를 차지한다. 시인으로서의 행보나 시세계의 특징은 여러 면에서 키따하라 하꾸슈우와 비슷하다. 키따하라 하꾸슈우와 마찬가지로 토오꾜오신시사 동인으로 남만취미가 시적 출발점이 됐다. 판의 모임을 비롯한『스바루』『옥상정원』에서 활동했고 이국적 정서와 감각을 중시하는 도회적 시풍을 구사했다.

초기에는 우에다 빈, 칸바라 아리아께 등의 영향을 받아 상징시풍 시를 발표했으나 오스트리아 출신의 상징주의 서정시인 호프만 슈탈(H. Hofmannstahl)에게 받은 감화와 미국 화가 휘슬러(J. Whistler)의 색조감각을 시에 채용한 것을 계기로 현란한 감각의 서정시를 추구한다. 미술에 대한 관심은『인상파이후』(1916) 등 평론집으로 구체적 성과를 낸다.『식후의 노래』에는 이런 인상주의 경향과 세련된 구어를 바탕으로 에도취미의 속요 형식 시가 다수 수록됐다. 메이지 말기의 향락적 탐미파문학의 진수를 보여줬으며 그밖의 시집으로『식후의 노래』전후의 시를 망라한『키노시따 모꾸따로오 전시집』(1930) 등이 있다.

금분주(金粉酒)

Eau-de-vie de Dantzick[27](오-드-비 드 단찌끄).
황금 가루 떠운 술,
오 5월, 5월, 리쾨 글래스,[28]
내 바의 스테인드글라스,[29]
거리에 내리는 보랏빛 빗줄기.

여인이여, 바의 여인,
그대는 벌써 세루[30]를 입었는가,
그 연남색 줄무늬 옷을?
새하얀 모란꽃,
손대지 마라, 가루가 날린다, 향기가 진다.

오 5월, 5월, 그대의 목소리는
달콤한 오동나무꽃 아래의 플루트소리.
검은 새끼고양이 털의 보드라움,
내 마음을 녹이는, 일본의 샤미센.

Eau-de-vie de Dantzick.

---

27 알코올 농도가 진한 '단찌끄'산 브랜디의 프랑스어.
28 술잔을 가리킴. 원문에는 '소주잔(小酒盞)'이라는 한자가 병기되어 있음.
29 원문에는 '채색파리(彩色玻璃)'라는 한자가 있음.
30 프랑스어 'serge'의 그릇된 발음으로 저지(jersey)에 해당.

5월이다, 5월이구나 ——

작품해설

「금분주」

"금분주"로 묘사한 화려한 이미지의 서양술과 도회를 상징하는 토오꾜오, 계절의 여왕 "5월"의 감각을 조화한 감상곡이다. 시가 수록된 대표시집 『식후의 노래』에는 5월을 노래한 서정시가 많다. 당시 시단을 풍미하던 상징시와는 달리 인상화풍으로 스케치하며 미적 분위기를 자아낸다. 판의 모임 이전의 전통 서정시가에서는 볼 수 없던 참신한 시도다. 모임이 열리던 곳은 에도정서의 명소인 스미다강 연안 료오고꾸 소재의 서구식 레스또랑이다. 호꾸사이(北齊)나 히로시게(廣重) 등 에도시대 풍속화가들이 그림을 즐겨 그리던 장소로도 알려져 있다. 판의 모임의 예술적 성향이 에도정서와 연결되는 이유다.

시에서는 이국적 시어 "오-드-비 드 단찌끄"를 등장시켜 술에 떠 있는 금가루처럼 화사한 이미지와 5월의 청신한 어감을 청춘의 감상으로 연결한다. 특히 "5월"의 반복은 화려한 "스테인드글라스" 유리창 너머로 채색된 "보랏빛 빗줄기"의 색감과 어우러져 감성을 자극한다. "바"의 도시적 분위기에서 동서양을 아우르는 세련된 어감이 감돈다. 2연의 서양 옷 "세루"와 "연남색 줄무늬 옷"에서 느껴지는 일본 전통 색감과의 조화, "플루트"와 "샤미센"의 이질적 악기소리의 조합은 이 시의 특징인 에도정서와 서양취미의 결합을 단적으로 암시한다. 서양과 일본의 악기가 연상시키는 애상조 음색은 마음이 "금분주"의 향기처럼 달콤한 감상에 젖어 있음을 나타낸다. 손을 대면 흔적없이 사라져버릴 것 같은 "새하얀 모란꽃" 또한 흩날리는 5월의 향기에서 시인이 자각한 감미로움을 표상한다.

카와지 류우꼬오(川路柳虹, 1888~1959)

토오꾜오 출신으로 토오꾜오 미술학교(현 토오꾜오 예술대학) 일본화과를 졸업했다. 미술학교 재학 시절인 1904년 무렵부터 문예지『문고』『신성』등에 다수의 시를 발표했다. 1907년 시인 카와이 스이메이가 창간한 잡지『시인』에 동인으로 참여해 일본 구어자유시 1호로 평가되는「쓰레기 더미」등 혁신적 작품으로 주목받는다. 이 무렵 일본문단은 시마자끼 토오손의 소설『파계』같은 자연주의문학이 최고조에 달하던 시기이다. 자연주의문학은 어두운 현실을 사실적 일상어로 폭로해 구어자유시 성립에 영향을 미쳤다. 시가 분야에서는『명성』으로 대표되는 낭만주의의 전성기를 거쳐 고전적 문어체의 상징시가 흐름을 장악했다. 그러는 동시에 낭만주의와 상징주의의 전유물이던 이상의 도취가 정점을 지나며, 현실 인식을 내포한 새로운 시 형태를 필요로 하게 된다. 구어자유시의 성립은 이런 시대 요구에도 부응하는 것이었다.

이후 시인은『와세다문학』『문장세계』등의 자연주의 계열 잡지에 시를 발표한다. 그리고 1910년 첫 시집『길가의 꽃』을 통해 일본 구어자유시운동의 선구적 역할을 자임한다. 그밖에 제2시집『저편 하늘』(1914)과『승리』(1918) 등 주요시집을 발표하고, 시와 단까를 모은 종합잡지『시가』(1911),『미래』(1914) 등에 참여하며 비평과 풍자를 담은 지성적 시를 제시했다. 나아가 타이쇼오(大正, 1912~26)기 시인들의 대표적 친목단체 시화회(詩話會)를 결성하고 기관지『일본시인』(1921)을 발간한다. 또한『현대시가』(1918) 등의 잡지를 주관하며 후진 양성에 힘을 기울였다.

쓰레기 더미

이웃집 곡물창고 뒤켠에
쓰레기들 찌는 듯 썩어가는 냄새,
쓰레기 더미 속으로 자욱한
온갖 쓰레기 악취,
장마 갠 저녁 하늘에 흘러 떠돌아
하늘은 활활 문드러져 있다.

쓰레기 더미 속 꿈틀대는 벼멸구, 이화명충의 애벌레,
흙을 갉아먹는 지렁이들까지 머리를 쳐들며,
깨진 술병과 종잇조각 쪄대듯 썩어가고
조그만 모기는 붕붕대며 날아간다.

끝없는 고통의 세계 그곳에 있어
신음하고 죽어가는 자, 초를 다투며
끝을 알 수 없는 생명의 고뇌를 드러내고,
투쟁하는 비애가 적지 않은 듯,
이따금 악취 섞인 버러지들의
갖가지 외침소리, 울음소리도 들려온다.

그 울음소리 한없이 강렬하게
묵직한 공기 속으로 몸서리를 치고는,
어둑해진 저녁 바닥으로 사라져 잠긴다.

처참한 '운명'은 하냥 슬프고,
지는 해 저무는 밤 여기로 매섭게 덮쳐온다.
쓰레기 더미 무거운 슬픔을 호소하며
모기는 무리 지어 다시금 아우성친다.

작품해설

「쓰레기 더미」

잡지 발표를 거쳐 첫 시집 『길가의 꽃』에 수록됐다. 일본 구어자유시의 출발을 알린 시로 소재의 독특함이 눈길을 끈다. 작품이 발표될 무렵 시단에는 우아한 문어적 표현과 자연을 소재로 한 전통적 정감이 자리 잡고 있었다. 때문에 "쓰레기 더미" 같은 적나라한 일상 소재의 채택은 통념을 뒤흔드는 시도였다. 특히 구어시 특유의 직설적 어법에는 시인이 일상생활로 표현하려는 시대적 요구가 담겨 있다. 구체적으로 쓰레기장이 내뿜는 악취와 해충, "지렁이" 등의 소동물, "깨진 술병" "종잇조각" 등 삶의 파편들을 섬세하게 묘사하는 태도는 당시 자연주의문학과 연관을 갖는다. "쓰레기 더미"를 사회의 유추로 파악하고 벌레들을 인간의 은유로 인식하는 의도에 기인한 것으로, 당시 서민들의 열악한 생활상을 떠올리게 한다.

전반부 두연에서는 장마 후 푹푹 찌는 날씨 속 쓰레기 더미를 시각과 후각, 청각을 곁들여 조명한다. 그리고 3연에서 인간세계의 비극성과 대비하며 시의 주제인 문명비판을 도출한다. 현대 물질만능사회를 살아가는 인간의 "운명"에 대한 외침은 마지막연에 이르러 이에 적극적으로 맞서려는 전향적 자세로 표출된다. 또한 쓰레기 더미로 환기되는 사회의 단면을 직시하며 "모기"의 입을 통해 그 추악함이 우리가 처한 현실이라고 호소한다. 마지막 부분에서의 탄식을 대신한 객관적 자세는 사상적 완성을 제시하기 위한 의도이다. 특히 2연과 마지막연에 등장하는 "모기"는 물질만능사회의 서글픈 모습을 냉정히 바라보려는 사명감을 자기비하적으로 나타낸 것이다.

이 시에서 구어자유시의 실험을 한 목적은 자연주의문학의 현실중시 자세와 형식을 배제한 사상을 염두에 둔 것이다. 또한 문어정형시의 언문 불일치 폐단을 부정하고 정형적 운율을 타파하려는 것이기도 했다. 격조와는 거리가 먼 일상어의 채택은 서정적 밀도면에서는 부정적으로 평가되나 시대를 반영한 실험성에서 이 작품의 진정한 가치가 드러난다.

이시까와 타꾸보꾸(石川啄木, 1886~1912)

이와떼현 출신으로 모리오까 중학교를 중퇴했다. 중학교 재학 중이던 1901년 요사노 아끼꼬에게 자극을 받아 지역 신문『이와떼일보』에 처음으로 단까를 발표했다. 이후『명성』에 작품을 투고해 천재 소년으로 주목받기 시작한다. 중학교 중퇴 후 토오꾜오로 상경해 토오꾜오신시사의 동인으로 참여했으며 첫 시집『동경(憧憬)』(1905)을 통해 낭만적 시인으로서의 본격 활동을 시작한다. 1909년『아사히신문』교정 요원으로 일을 시작하지만 경제적 궁핍으로 인한 힘겨운 시간은 계속된다. 그러나 이 시기, 여흥으로 시작한 단까 창작을 통해 문단의 주목을 받게 된다.

삶의 실의를 노래한 첫 단까집『한줌의 모래』(1910)는 유고집『슬픈 완구』(1912)와 함께 이시까와의 단까를 지탱하는 대표적 가집이다. 구어를 곁들인 3행시라는 새로운 형식으로 서정성 넘치는 감정을 진술하게 표현해 구어체 단까의 가능성을 각인한다.『한줌의 모래』가 발표되던 해, 코오또꾸 슈우스이(幸德秋水) 등에 의한 대역사건[31]을 계기로 사회주의 사상에 눈을 뜨며 사상면에서 큰 전기를 맞이했으나 폐결핵과 가난에 시달리다 2년 후 짧은 생을 마감한다.

그에게 단까는 현실을 바꿀 수 없는 자가 받을 수 있는 유일한 보상이었다. 거듭된 생활고와 사회 정세 악화에 대한 절망감, 그리고 새로운 세상으로 비상하려는 이상이 투영돼 있다. 전술한 단까집 외에 시집『호루라기와 휘파람』(1911)을 비롯해「먹어야 할 시」(1909),「시대폐색(閉塞)의 현상」(1910) 등 걸출한 평론이 전해진다.

---

31 1910년 코오또꾸 슈우스이 등 사회주의자들이 메이지천황을 암살하려 기도했다가 검거되어 열두명이 처형된 사건.

끝없는 토론 후

일찍이 우리가 읽고, 토론을 서슴지 않는 것,
그래서 우리의 눈동자가 반짝이는 것,
50년 전의 러시아 청년들[32] 못지않아라.
우리가 무엇을 해야 할지 토론한다.
하지만, 누구 하나, 불끈 쥔 주먹으로 탁자를 내리치며,
'V NAROD!'[33]를 외치는 자 없어라.

우리는 우리가 추구하는 바 무엇인지를 안다,
또한, 민중이 추구하는 바 무엇인지를 안다,
그래서, 우리가 해야 할 바 무엇인지를 안다.
실로 50년 전의 러시아 청년들보다 많은 것을 알아라.
하지만, 누구 하나, 불끈 쥔 주먹으로 탁자를 내리치며,
'V NAROD!'를 외치는 자 없어라.

이곳에 모인 자 모두 청년이어라,
항상 세상에 새로운 것을 만들어내는 청년이어라.
우리는 노인보다 일찍 죽으며, 그래서 마침내 승리해야 함을 안다.

---

32 농촌공동체를 러시아 재생의 출발점으로 삼은 게르쩬(A. I. Gertsen)의 사회주의
사상에 입각해 1870년대 러시아의 혁명운동을 지휘한 인민주의자(narodniki) 청
년과 학생을 가리킴.
33 '브나로드'. 러시아어로 '민중 속으로'라는 뜻.

보아라, 우리 눈의 반짝거림을, 또 토론의 격렬함을.
하지만, 누구 하나, 불끈 쥔 주먹으로 탁자를 내리치며,
'V NAROD!'를 외치는 자 없어라.

아, 양초는 벌써 세번이나 바뀌었고,
음료수잔에는 쬐그만 날벌레의 주검이 떠다니고,
젊은 부인의 열의는 변하지 않으나,
그 눈동자에는, 끝없는 토론 후의 피로감 있어라.
하지만, 누구 하나, 불끈 쥔 주먹으로 탁자를 내리치며,
'V NAROD!'를 외치는 자 없어라.

(1911.6.15. TOKYO)

작품해설

「끝없는 토론 후」

타꾸보꾸가 죽기 1년 전인 1911년, 6월 15일부터 17일까지 '끝없는 논쟁 후'라는 제목으로 발표한 아홉편의 연작시 중 하나. 훗날 『타꾸보꾸 유고(遺稿)』 (1913)에 수록됐다. 대역사건 이후 급속도로 확산된 무정부주의에 대한 관심을 엿볼 수 있는 메이지기의 대표적 사상시이다. 문어체이면서도 자유로운 웅변조의 리듬이 내용과 조화를 이룬다. 이시까와는 대역사건이 있던 메이지시대 말년을 얼어붙은 암울한 시기로 규정하며 변혁을 통한 시대 구축을 역설했다. 시의 내용이 젊은 남녀들이 모여 격렬한 토론을 벌이는 상황을 설정하고 있는 이유다.

시 속 정경은 1870년대 러시아 청년들이 펼친 혁명운동에 관련된 서적을 접하며 떠올린 상상으로 추측된다. 당시 시인에게는 1870년경 전제정치를 타도하기 위해 제정러시아 청년들이 "V NAROD"(브나로드)를 외치며 전개한 조직적 활동과 열정이 깊게 자리했다. 때문에 이 시는 열렬히 논쟁을 벌이는 청년들의 이상이자 시인이 추구하는 미래 일본사회로의 청사진이기도 하다. 그러나 "50년 전의 러시아 청년"들에게 뒤지지 않는 지식이 있음에도 "V NAROD"를 외치며 실행에 옮기려는 자가 없음을 탄식한다. 그런 긴장된 분위기는 4연에서 세번이나 새것으로 교체된 "양초"와 음료수잔에 떠 있는 "죄그만 날벌레의 주검", 오랜 토론으로 지친 기색이 역력한 "젊은 부인"의 "눈동자" 등으로 표출된다. 1연부터 반복되는 "V NAROD"의 외침은 변혁을 향한 강한 열망에도 쉽게 실행에 옮길 수 없는 현실에 대한 안타까움이 나타나 있다.

한편 시가 가라앉은 분위기인 것은 사회주의 구호가 당시 민중의 폭넓은 지지를 얻지 못했음을 반영한다. 이시까와의 사상은 대표 평론 「시대폐색의 현상」에서 나타나듯 대역사건 이후 정체된 일본의 현실에 고립돼 있었다. 그럼에도 이 시가 메이지 사회주의문학의 영역을 넘어 일본 근대시사에서 특별한 위치를 차지하는 이유는, 바로 국가에 맞서려는 진취성을 적극적으로 표명한 사상시로 훗날 프롤레타리아 시의 지평을 선점하고 있기 때문이다.

타까무라 코오따로오(高村光太郎, 1883~1956)

토오꾜오 태생의 시인 겸 조각가. 일본 미술계의 대부인 목판조각가 타까무라 코오운(高村光雲)의 장남으로, 토오꾜오 미술학교 조각과를 졸업했다. 1906년부터 3년간 미국, 프랑스, 영국 등에서 유학한 그는 봉건적 관습에 젖어 있는 아버지와 일본 미술계에 실망하며 문학자로서의 자의식에 눈뜬다. 타까무라가 추구한 가치관은 서민들의 삶에 입각해 자아를 존중하는 근대적 개인의 발견이었다. 이를 허용하지 않는 일본 미술계에 대한 반감은 시 「아첨꾼의 나라」(1911) 창작과 판의 모임 참가로 이어진다. 모임을 통해 향락의 데까당에 휩싸이며 방랑생활을 한 그는, 본격적인 시 창작을 통해 시인으로서의 행보를 시작한다. 첫 시집 『도정(道程)』(1914)은 판의 모임 시절의 탐미적 시풍을 비롯해 당시 시라까바파(白樺派)[34]의 휴머니즘과 이상주의 등의 스펙트럼을 형성하고 있다.

『도정』을 발표하던 해 나가누마 치에꼬(長沼智惠子)와 결혼한다. 그녀와의 만남은 안정감을 주었고 시인과 조각가로서 충실한 삶을 영위하게 한다. 치에꼬를 모델로 한 「나부좌상(裸婦坐像)」(1917) 등 조각작품을 남겼으며, 그가 심취한 프랑스 조각가 로댕(Auguste Rodin)의 『로댕의 말』(1916) 등을 번역하며 정력적인 활동을 펼친다. 또한 1923년 9월 관동대지진으로 노출된 일본사회의 모순에 비판적 시각을 갖게 된 시인은 「맹수편」으로 불리는 동물시편들로 인간사회를 날카롭게 풍자한다. 1931년 치에꼬에게 정신분열증이 생기고, 7년간의 투병 끝에 사망하자 그녀와의 애틋한 사랑의 과정을 모아 근대일본 연애시의 절창으로 불리는 『치에꼬쇼오(智惠子抄)』(1941)를 간행했다.

이후 1941년 태평양전쟁이 발발하자 치에꼬를 잃은 좌절 속에 정치 행보를 보

---

34 1910년 창간된 문예동인지 『시라까바파』를 중심으로 활약한 작가들을 가리키는 문예사조. 당시 유행한 민본주의·자유주의 사상을 배경으로 인간 생명을 사고의 중심에 둠. 이상주의·인도주의·개인주의적 작품을 통해 사회에 대한 긍정의 자세를 견지.

이며 『위대한 날에』(1942) 등의 전쟁협력시집을 발표한다. 패전 후 발표한 시집 『전형(典型)』(1950)은 당시 심경을 자성적으로 노래한 결실이다.

타까무라 코오따로오의 공적은 예술성과 사상성을 겸비한 근대 구어자유시의 확립에서 찾을 수 있다. 그의 인도주의적 성향의 시는 구어자유시의 한 축인 근대인의 복잡한 정신성을 표현하는 것이기도 했다. 특히 구어자유시의 내재율을 소박하면서도 힘있는 리듬으로 시화한 것이 돋보인다. 조각에서 사용한 조형미를 시에 접목해 예리하면서도 직설적인 감정 표현으로 일급시인의 명성을 구가했다.

도정(道程)

내 앞에 길은 없다
내 뒤로 길은 생긴다
아, 자연이여
아버지여
나를 홀로 서게 한 광대한 아버지여
내게서 눈을 떼지 말고 지켜다오
늘 아버지의 기백으로 충만케 하오
이 머언 도정을 위해
이 머언 도정을 위해

너덜너덜한 타조

뭐가 재미있어 타조를 기르는가.
동물원 네평 반 진흙탕 속에서는,
다리가 너무 길지 않은가.
목이 너무 길지 않은가.
눈 내리는 나라에 이대로는 날개가 너무 너덜대지 않은가.
배가 고프니 마른 빵도 먹기야 하겠지만,
타조의 눈은 멀리만을 바라보고 있지 않은가.
몸도 세상도 없는 듯 이글대고 있지 않은가.
유리색 바람이 지금이라도 불어오기를 애타게 기다리고 있지
않은가.
저 소박한 머리가 무한대의 꿈으로 소용돌이 치고 있지 않은가.
이대로는 이미 타조가 아니지 않은가.
인간들이여,
이젠 그만두어라, 이런 짓은.

레몬 애가(哀歌)

그토록 그대는 레몬을 기다리고 있었다
슬프도록 희고 환한 죽음의 자리에서
내 손에서 건네받은 레몬 하나를
그대의 고운 이가 아사삭 깨물었다
토파즈[35] 향기 피어오르는
그 몇방울의 하늘나라 레몬즙은
반짝 그대의 의식을 되돌려놓았다
그대의 푸르고 맑은 눈이 희미하게 웃는다
내 손을 잡는 그대의 힘찬 기운이여
그대의 목에 거센 바람이 일지만
이러한 생사의 갈림길에서
치에꼬는 예전의 치에꼬가 되어
평생의 사랑을 순간에 기울였다
그리고 잠시
옛날 산마루에서 했던 심호흡을 한번 하고는
그대의 기관은 그것으로 멈추고 말았다
사진 앞에 꽂은 벚꽃송이 그림자에
서늘하게 빛나는 레몬을 오늘도 놓으련다

---

35 황옥석으로 불리는 보석의 일종.

작품해설

「도정」

시가 수록된 시집 『도정』에는 두 시기가 담겨 있다. 전기는 미국과 유럽 유학을 마치고 귀국한 후 구태의연한 일본사회에 대한 실망으로 근대적 정신에 불타오르던 시기이다. 후기는 내면을 관조하는 구도적 태도와 자연 순응의 사상을 심화하며 생애 방향성을 만든 시기다.

이 시는 후기를 대표하는 작품으로, 삶을 에워싼 개척 정신을 "아버지"로 비유한 자연의 숨결 속에 묘사한다. 시작부에서 제시한 강한 개척의지에는 무한한 애정으로 자신을 감싸고 단련시킨 "아버지" 같은 "자연"이 존재한다. 만들어진 "길"은 없지만 자신이 "길"을 만들어가야 한다는 운명을 자각하고 있다. 귀국 후 일본사회와 미술계에 등을 돌린 채 예술가로서 시대를 향해 결의를 다진 정신을 엿볼 수 있다. 한편 가고자 하는 길이 험난하고 머나먼 곳임은 마지막 두행에서 반복한 "머언 도정을 위해"를 통해 암시된다. 그러나 아무리 힘들더라도 자신을 지켜주는 "아버지" 같은 '광대한 자연'이 있기에 묵묵히 걸어가려는 의지에서 진정성이 느껴진다.

장식을 제거한 문체와 리듬감 속에서 삶의 의지가 느껴지며 미래를 개척하려는 이상이 도달 가능한 목표임을 나타내고 있다. 이처럼 시를 감싸는 기백과 긍정적 자세는 타까무라 시세계의 골격을 이루는 핵심이다.

「너덜너덜한 타조」

동물을 소재로 한 「맹수편」 중 가장 많이 알려진 작품이다. 1928년 잡지에 발표한 후 『도정 개정판』에 재수록했다. "동물원 네평 반 진흙탕 속"에 갇힌 타조를 통해 인간의 자유를 억압하는 자들을 향한 비판을 은유적으로 노래한 시이다.

"네평 반"의 비좁은 동물원 우리에 가두어둘 수 없는 타조의 야성은 "멀리만을 바라보"며 "무한대의 꿈으로 소용돌이 치"는 작고 "소박한 머리" 등으로 생생히 다가온다. 생명체의 본능을 이해하려 하지 않는 인간을 향한 도입부의 "뭐가 재미있어 타조를 기르는가"의 외침과 마지막 부분의 "인간들이여/이젠 그만두어라"의 항의가 호응한다.

전13행 중 여덟번에 걸쳐 등장하는 '~하지 않은가'는 의도적으로 단정을 피하는 반어법이다. 부조리한 현실을 인식하면서도 답변은 독자의 몫으로 돌리는데, 불합리에 대한 부정을 강조하는 데 효과적이다. 또한 자유율의 구어체에 내용과 밀착한 리듬을 구사하며 분노를 분출한다. 처음에는 타조의 불행을 방관자적으로 바라보던 시선이 마지막 2행에 이르러 인간적으로 변하는 것도 인상적이다. 물론 호소의 배후에는 타까무라 시의 핵심인 생명감에 대한 예찬이 자리하고 있다.

「레몬 애가」

근대 연애시의 절창으로 불리는 『치에꼬쇼오』는 일본을 대표하는 추모시집으로 널리 애송된다. 정신분열증으로 고생하던 치에꼬의 임종을 유추해볼 수 있다. 시인은 이날의 상황에 대해 "마지막날 죽기 몇시간 전 내가 가져온 썬키스트 레몬 한조각을 손에 든 그녀의 기쁨 또한 한결같은 것이었다. 그녀가 레몬을 한입 깨문 순간 향기로운 냄새와 즙이 그녀의 몸과 마음을 씻어내는 것처럼 느껴졌다. 레몬 향기로 씻겨진 그녀는 몇시간 후 조용히 세상을 떠났다. 1938년 10월 15일 밤이었다"라고 회상한다.

임종 직전의 인간을 위해 해줄 수 있는 일은 마지막 소원을 충족해주는 것뿐이다. 치에꼬의 소원은 "토파즈 향기"의 "하늘나라 레몬즙"을 맛보는 것이었다. 서두의 "그토록 그대는"은 아내의 마지막 소원이 얼마나 간절한 것이었는지 암시한다. 또한 죽음을 앞둔 자에게는 다소 격렬하게 느껴지는 "그대의 고운 이가 아사삭 깨물었다"로 강한 여운을 남긴다. 이런 격한 감정은 치에꼬가 임종을 맞이하는 과정에서 취하는 일련의 동작으로 나타나며 흐름을 주도한다. "거센 바람" 같은 호흡을 거쳐 순간적으로 의식을 되찾은 후 숨을 거두는 과정은 긴박하면서 생생하다. 일시적이나마 레몬즙으로 회생하는 듯한 장면의 묘사는 사실 여부를 떠나 사랑하는 부인의 임종을 지켜보는 시인의 간절함을 느끼게 한다. 이 시는 평생의 벗이자 반려자였던 치에꼬를 향한 진혼가이자 홀로 남은 자의 미안한 감정을 담은 작품이다. 치에꼬의 발병 원인은 불확실하나 시인에게는 남편으로서 적지 않은 자책감이 있었다고 추측된다.

후꾸시 코오지로오(福士幸次郎, 1889~1946) ─────────

아오모리현 출신. 어려운 가정 형편으로 중학교를 중퇴한 후, 1908년 당시 저명한 사설 영어학교인 국민영학회에서 수학했다. 졸업 후 시라까바파 계열의 시인 센게 모또마로(千家元麿), 히또미 토오메이(人見東明) 등과 교류한다. 1909년 히또미의 추천으로 와세다시사의 후신 자유시사의 잡지 『자연과 인상』에 첫 작품 「백(白)의 미동」을 발표했다. 이후 판의 모임의 데까당 풍조에 편승해 방탕한 시간을 보낸다. 그러던 중 타이쇼오의 개막을 계기로 점차 자기회의에서 탈피한다. 이후 센게 등과 잡지 『라테·코타』(1912)와 후신 『생활』(1913)의 창간에 참여하며 인생을 긍정적으로 바라보는 시각을 지니게 된다. 이런 과정에서의 성과물이 첫 시집이자 대표시집인 『태양의 아들』(1914)이다. 시집이 발간된 무렵은 시라까바파의 인도주의·이상주의 풍조가 대세를 이루던 시기로, 이런 풍조는 시인의 시각 형성에도 영향을 준 것으로 보인다. 러시아의 문호 똘스또이의 작품 번역 또한 인도주의 시인으로서의 행보에 중요한 계기가 됐다. 1914년 시라까바파의 대표작가 무샤노꼬오지 사네아쯔(武者小路實篤) 등과 잡지 『라·테르』를 간행했고 「이반 일리치의 죽음」 등의 똘스또이 작품 번역과 평론, 그리고 자작시를 게재하는 등 활발한 집필 활동을 펼친다. 시집 『전망』(1920)에서는 스스로의 시세계를 『태양의 아들』에서의 서정주의시대, 「혜택받지 못한 선」을 중심으로 한 현실주의적 열정의 시대, 정신의 세련미와 통일에 입각한 고전주의시대의 세시기로 나누면서 자신의 미래시에 대한 '전망'을 모색했다. 만년에는 『원일본고(原日本考)』(1942)와 『원일본고 속편』(1943) 등 민족학 연구와 평론에 매진했다.

나는 태양의 아들이다

나는 태양의 아들이다
아직 마음껏 타오른 적 없는 태양의 아들이다

이제 불이 붙으려 한다
조금씩 연기가 피어오르려 한다

아 이 연기가 불꽃이 된다
나는 한낮의 밝은 환상에 시달리고 또 시달린다

환한 백광의 들판이다
빛으로 가득한 도회지의 한복판이다
봉우리에 수줍은 듯 순백의 눈이 반짝이는 산맥이다

나는 이 환상에 시달리며
이제 연기가 피어오르려는 거다
맵고 묵직한 검은 연기를 토해내고 있는 거다

아 빛이 있는 세계여
빛이 있는 공중이여

아 빛이 있는 인간이여
온몸이 눈동자 같은 사람이여

온몸이 상아조각彫刻 같은 사람이여
영리하고 건강하며 힘이 넘치는 사람이여

나는 어둡고 축축한 습지에서 탄생의 울음소리를 질렀지만
나는 태양의 아들이다
불타오름을 동경해 마지않는 태양의 아들이다

작품해설

「나는 태양의 아들이다」

"태양의 아들"은 찬란한 태양처럼 건강한 인간에 대한 은유다. 또한 미래로의 신생(新生) 의지를 함축한 표현이다. 성장과정이 불우했던 시인은 시가 수록된 『태양의 아들』이 인정받기까지 힘겨운 삶을 보냈다. 8세 때부터 가난한 연극배우인 아버지를 따라 각지를 전전하다 13세에 아버지를 여의었다. 형마저 만주로 떠나고 어머니를 도와 신문과 우유 배달을 하는 등 생활고 속에 학업조차 마칠 수 없었다. 그러나 인생을 한탄하는 대신 "어둡고 축축한 습지"에서도 삶에 대한 열정을 피우며 미래로 향하려는 의식을 표출한다.

시인은 "생활이 있고 나서 자신이 존재하며, 또한 생활이 있고 나서 시가 있다. 자신은 인간으로서 일상을 영위하고, 영위하고 있는 생활 속에서 때때로 시가 태어난다. 그리고 시가 태어날 때는 생명이 도약하고 있다고 말할 수 있다"라고 술회한다. 결국 그에게 시는 생활의 자양분이며 배후에는 삶에 대한 의지가 자리하고 있다. 시를 이해하기 위한 중요 키워드 "환상"은 시인을 시의 세계로 안내하는 기폭제이자 현실을 여과없이 비춰주는 시 정신의 원천이다. 동시에 미래로 인도하는 역할을 수행한다.

전8연 중 5연을 분기점으로 전반과 후반으로 나누어진다. 1연에서 자신을 "태양의 아들"로 단정한 시인은 내면 속 희망찬 "환상"의 존재를 확인한다. 그리고 "환한 백광의 들판" "빛으로 가득한 도회지의 한복판" "봉우리에 수줍은 듯 순백의 눈이 반짝이는 산맥" 등 선명한 영상으로 묘사한다. 이제는 활활 타오르는 일만 남은 "환상"은 후반에 이르러 이상적 인간상을 나열한다. 그러고는 무거운 과거에서 벗어나 미래로 나아가려는 결의를 다진다. 메이지 말기의 고독과 허무의 자연주의문학에서 벗어나 낙천적 삶을 제시한 사상성을 엿볼 수 있다. 시인이 추구하는 사상을 영상과 서정으로 조화한 기법은 자기주장을 지나치게 앞세워 예술성이 결여되기 쉬운 민중시파나 시라까바 계열의 작품과 견주어 높은 완성도를 성취했다고 평가받는 이유이다.

하기와라 사꾸따로오(萩原朔太郎, 1886~1942)

군마현 마에바시 출신. 의사 집안의 유복한 가정의 장남으로 성장했다. 군마 현립 마에바시 중학교 졸업 후 쿠마모또 제5고등학교와 오까야마 제6고등학교를 다니다 중퇴했다. 학교생활에서의 부적응은 예민한 감성과 의사로서 뒤를 이어주길 바라는 부친이 주는 부담감 때문인 것으로 추측된다.

1913년 5월, 키따하라 하꾸슈우가 주재하던 잡지 『잠보아』에 시를 투고해 중앙문단에 등장한 후 시인 무로오 사이세이(室生犀星)와 친교를 맺으며 본격적인 활동을 시작한다. 1914년 무로오, 야마무라 보쪼오(山村暮鳥)와 인어시사(人魚詩社)를 결성해 기관지 『탁상분수』(1915)와 시잡지 『감정』(1916)을 창간했다. 그는 당시 메이지 말기 문단의 한 축이던 고전시풍의 난해한 상징시를 비판했다. 또한 반자연주의 입장에서 시의 서정성을 모색하며 구어시의 필요성을 강조한다. 그 결실이 첫 시집 『달에게 짖다』(1917)로, 병적인 것에 가까운 환상과 관능, 우울 등의 퇴폐성을 감각적인 구어체로 표현했다. 일본 근대시의 새로운 지평을 제시한 기념비적 시집으로 평가된다.

이후 1922년 아포리즘문집 『새로운 욕정』과 1923년 제2·3시집 『파란 고양이』 『나비를 꿈꾸다』를 잇달아 간행했다. 이 시기의 시풍은 『달에게 짖다』에서 보여준 이상(異常)감각을 심화하면서 염세적인 세기말 정서를 전개했다. 1925년 토오꾜오로 상경한 후에는 구어체에서 문어체로 변화를 보여주며 애상조의 순수서정시를 시도한 『순정소곡집(純情小曲集)』(1925), 『하기와라 사꾸따로오 시집』(1928) 등으로 시단의 주목을 끈다. 같은 해 발간한 평론 『시의 원리』는 자신의 시세계를 이론적으로 체계화한 것으로 하기와라 연구의 중요 텍스트로 간주된다.

1929년 이혼으로 어려움을 겪지만 이후 아포리즘문집 『허망의 정의』(1929)와 『연애 명가집(名歌集)』(1931) 등을 출간한 후, 1934년 종래 시풍과는 다른 한어조의 시집 『빙도(氷島)』를 발표한다. 인생의 허망함을 응시하는 이 시집은 문어조를 채택해 예술적 완성도를 보여줬다. 이후 시적 단문을 모은 『고양이

마을』(1935)과 평론집『향수의 시인 요사 부손(与謝蕪村)』(1936) 등을 발간한다. 하기와라는 타까무라 코오따로오에 이어 구어자유시를 정점에 올려놓은 완성자이다. 언어의 미를 추구한 감각시인의 영역에 머물지 않고 근대인의 정신을 표현해냄으로써 일본을 대표하는 시인으로 평가받는다.

대

꼿꼿한 것 땅 위에 돋아,
날카로운 파란 것 땅 위에 돋아,
얼어붙은 겨울을 뚫고,
그 푸른 잎 빛나는 아침 하늘길에,
눈물 흘리고,
눈물을 흘리고,
이제야 참회를 펼치는 어깨 위에서,
아른대는 대 뿌리가 퍼져나가,
날카로운 파란 것 땅 위에 돋아.

대

반짝이는 땅 위에 대가 돋아,
파란 대가 돋아,
땅 밑으로 대 뿌리가 돋아,
뿌리가 점점 가늘해져,
뿌리 끝에서 솜털이 돋아,
희미하게 아른대는 솜털이 돋아,
희미하게 떨려.

딱딱한 땅 위에 대가 돋아,
지상에 칼날처럼 대가 돋아,
솟구치듯 대가 돋아,
얼어붙은 마디마디 초롱초롱,
파란 하늘 아랫대가 돋아,
대, 대, 대가 돋아.

고양이

새까만 고양이가 두마리,
나른한 밤 지붕 위에,
톡 세운 꼬리 끝으로,
실 같은 초승달이 희미하다.
"오와앙, 안녕하시오"
"오와앙, 안녕하세요"
"오갸앙, 오갸앙, 오갸앙"
"오와아앙, 이 집 주인은 병이 났어요"

낯선 개

이 본 적도 없고 알지도 못하는 개가 내 뒤를 따라온다,
초췌한, 뒷다리를 절뚝대는 불구의 개의 그림자다.
아, 나는 어디로 가는지 모른다,
내가 가는 도로 쪽에서는,
늘어선 지붕들이 흐르르 바람에 흔들리고 있다,
길가의 음침한 공터에는,
메마른 풀잎이 나풀나풀 가늘게 움직이고 있다.

아, 나는 어디로 가는지 모른다,
커다란, 생물체 같은 달이, 멍하니 앞쪽에 떠 있다,
그리고 뒤쪽 쓸쓸한 길로는,
개의 가늘고 긴 꼬리 끝이 땅바닥 위를 끌고 있다.

아, 어디까지든, 어디까지든,
이 낯선 개가 내 뒤를 따라온다,
지저분한 땅바닥을 기어가며,
내 뒤에서 뒷다리를 절뚝대는 병든 개다,
멀리, 길게, 슬픈 듯 겁에 떨며,
쓸쓸한 하늘의 달을 향해 멀리 하얗게 짖고 있는 불행한 개의 그림자다.

요염한 묘지

바람은 수양버들에 불고 있습니다
어디에 이런 어스레한 묘지 풍경이 있단 말인가.
활유벌레는 울타리를 기어오르고
탁 트인 쪽에서 미지근한 바닷물 냄새가 풍겨온다.
어찌하여 당신은 여기에 왔는가
다정하고 파리하고 풀처럼 야릇한 그림자여
당신은 조개도 아니오 꿩도 아니오 고양이도 아니다
그래서 쓸쓸한 망령이여
당신의 방황하는 육신의 그림자에서
가난한 어촌 뒷골목의 생선 썩는 냄새가 나오
그 창자는 햇살에 녹아 진득진득 비릿하고
서럽고 애닯고 진정 곤혹스런 애상의 냄새로다.

아 이 봄날 밤처럼 미적지근하게
연짓빛 아롱진 옷을 입고 방황하는 여인이여
누이동생처럼 다정한 여인이여
그건 묘지의 달도 아니오 도깨비불도 아니오 그림자도 아니오
진리도 아니다
그 또한 무슨 서글픔이려나.
이렇듯 나의 생명과 육체는 썩어들고
'허무'의 흐릿한 풍경 그늘에서
요염하게도 끈적끈적 흐늘대고 있답니다.

코이데(小出) 신작로

여기에 도로가 생겨났음은
곧장 시가로 통하기 위함이리라.
나 이 새길의 교차로에 섰건만
쓸쓸한 사방은 지평을 가늠하지 못하니
암울한 날이로고
태양은 집집 처마 끝에 나직하고
수풀 속 잡목들 듬성듬성 잘려나갔어라.
아니 되지 안될 말 어찌 사유를 바꾸리
내 등 돌릴 줄 모르고 가는 길에
새로운 수목들 죄다 잘려나갔어라.

작품해설

「대」

첫 시집 『달에게 짖다』에는 언어가 개념이 아닌 영상으로 형상화되고 있다. 이 시 또한 지면에 돋은 대나무 줄기와 땅 밑으로 뻗은 뿌리를 상상 속 실존으로 그리며 예리한 언어로 응시할 뿐 감정은 배제하고 있다. 첫번째 시 「대」가 지상으로 솟은 대나무 줄기를 묘사하고 있다면 두번째 시 「대」는 땅 위와 땅 밑으로 뻗은 대의 줄기와 뿌리 모습을 그렸다. "꼿꼿한" "날카로운" "파란" "칼날처럼" "솟구치듯"의 수식어가 대나무의 직선적이고 힘찬 이미지를 각인한다. 두번째 시 「대」에서는 "아른대는" "가늘해져" "솜털" "희미하게" "떨려" "마디마디" 등의 시어가 대나무의 섬세한 모습을 선명하게 포착한다. 시어들의 영상 묘사에서 창조한 리듬으로 여운을 형성한 것이다.

기존 시와 차별되는 특징은 동사의 중지형(中止形) 어법 채택이다. 첫 시에서 전9행 중 7행이, 둘째 시에서는 13행 중 무려 12행이 "돋아" "뚫고" "흘리고" "퍼져나가" "가늘해져" "떨려"로 행과 연을 끝맺는다. 대나무가 하늘과 땅속을 향해 꼿꼿하게 뻗어가는 느낌을 주면서 생동감을 자아낸다. 기존 시의 종지형 어법에서는 느낄 수 없는 참신한 시도로, 일종의 각운을 형성하며 대나무의 직선적 형태를 음악적·시각적으로 전달한다. 이처럼 대상물을 감각적으로 묘사한 배후에는 시인의 메시지인 생명감이 위치한다. 두 시 모두 시간적 배경인 "얼어붙은 겨울"에서부터 생명의 봄이라는 계절적 요소를 의식하기 때문이다.

『달에게 짖다』의 시들은 사물을 괴기스럽거나 병적·성도착적 관능에 가까운 이질적 태도로 묘사한 경우가 많다. 그 이유로 사물을 동물적으로 인식하는 원시적 생명감이 언급된다. 혹자는 첫번째 시 「대」에서 "눈물"이나 "참회"를 근거로 대나무를 고뇌와 죄의식의 상징으로 간주하고 하기와라의 시를 관념적 상징시 계열로 분류하기도 한다. 하지만 그런 기법이나 내용의 의미성을 압도하는 음악적 고려가 시를 감싸고 있음을 주목해야 한다. "눈물"이나 "참회"를 대나무의 직선적 생명력에 입각한 생명감적 예찬으로 볼 수 있는 근거다.

「고양이」

「대」와 마찬가지로 『달에게 짖다』의 시편이다. 이색적 작품이 많은 이 시집에서도 개성적인 시이다. 시인은 "따사로운 봄밤의 병적 환상과 심리로 고양이의 께름칙한 울음소리를 넣어 괴담의 효과를 내려 한 것"이라고 적고 있다. 「고양이」는 나른함을 내포한 따사로운 봄밤과 이로 인해 촉발된 환상을 시청각을 통해 노래한다. "톡 세운 꼬리 끝"이 펼쳐 보이는 예각과 "실 같은 초승달"이 주는 희미함의 조화, 고양이 신음소리를 염두에 둔 의성어 등은 하기와라적 묘사의 이질성을 드러낸다.

문맥적으로는 고양이의 교미가 연상된다. 이를 통해 시인은 고양이의 생식 행위를 모든 생명체의 본능으로 확장한다. 두 고양이의 울음소리 "오와앙" "오갸앙" "오아와앙"[36]을 인간의 대사 "안녕하시오" "안녕하세요" "이 집 주인은 병이 났어요"와 병렬하며 울음소리에 담긴 의미를 암시한다. 이같은 표현의 의도는 사회적 통념에 억압되어온 생식본능을 영상으로 끌어들여 인간사회의 가식을 비판하고 생명 탄생의 순수성을 강조하려는 데 있다. 특히 "(병든) 주인"은 병적 환상이 초래한 정서 이탈을 넘어 자연계의 순환 논리인 생식본능을 외면해온 인간의 어리석음을 꼬집고 있다.

「낯선 개」

하기와라는 시가 수록된 『달에게 짖다』를 포함한 초기 시편의 특징에 대해 "감각적 우울성"과 "사색적 우울성" "숙명론적 우울성" 등을 언급한다. '우울'은 그의 시세계를 관통하는 핵심이다. 공포, 병, 허무, 고독, 퇴폐, 슬픔, 질

---

36 일본어에서 고양이 울음소리는 대개 '냐~냐'로 표기되나 시의 원문에서는 'a', 'o'의 양성모음을 중심으로 파격에 가까운 새로운 의성어("오와~" "오갸~" "오와~")를 제시함. 번역 또한 원문에 약간의 변화를 가하는 식으로 이질감 표출에 주력함.

환 등의 부정적 시어들로 나타난다.

"초췌"한 모습으로 "뒷다리를 절뚝대는 불구"의 "병든 개"는 우울한 정서를 투영한 것이다. "어디까지든, 어디까지든/이 낯선 개가 내 뒤를 따라온다"에는 떨쳐버릴 수 없는 숙명을 자각하는 태도가 느껴진다. "낯선 개"를 에워싼 "불구" "병든" "불행한"의 수식어와 "음침"하고 "쓸쓸"한 거리 풍경, 반복적으로 등장하는 "아, 나는 어디로 가는지 모른다"의 방향성 상실 또한 시인이 감지한 우울을 인상 짓는다.

시집의 제목이기도 한 달을 향해 짖는 개에 대해 시인은 서문에서 "과거는 초조와 무위, 병든 마음과 육체의 불길한 악몽이었다. 개는 자신의 그림자에 기괴함과 공포를 느끼고 달을 보며 짖는 것이다"라고 적고 있다. 결국 마지막의 "쓸쓸한 하늘의 달을 향해 멀리 하얗게 짖고 있는 불행한 개의 그림자"는 과거에서부터 시인이 자각해온 내면 풍경으로, 고독감과 병적 정서로 점철된 자화상을 괴기스러운 분위기로 묘사한 것이다.

「요염한 묘지」

『달에게 짖다』와 『파란 고양이』 등 초기 시집은 제목이 암시하듯 언어가 일상 개념을 초월한다. 또한 그 자체가 인간 존재와 동일한 무게를 지닌 상상의 산물로 자각된다. 이를테면 『달에게 짖다』에서는 기존 시에서 볼 수 없던 땅 밑 세계에 대한 관심이나 일그러진 사물 등이 빈번히 등장한다. 시인의 시에 환각적 혹은 병적 정감의 산물이라는 수식어가 따르는 이유이기도 하다. 그러나 이상감각이 단순히 시인의 불건전성을 반영한 것은 아니다. 오히려 사물을 감각적 이미지로 포착하려는 순수시적 자각으로 보는 것이 타당하다. 괴기를 즐기고 때로는 성도착을 연상시키는 파격적 영상은 하기와라의 전매특허인 기발한 상상력과 이를 초래한 이질적 정서의 결과물이다. 구어자유시를 구사하며 의성어를 전면에 내세운 음악적 구성 또한 시적 경지의 산물이다. 『달에게 짖다』가 감각 과잉이 초래한 '생리적 공포감'을 본질로 삼고 있다면, 이 시가 수록된 『파란 고양이』는 '우울'과 '애상' 등의 염세적인 정서가 시적 출발점이라고 시인은 회상한다.

『파란 고양이』의 또다른 특징은 두드러진 에로스의 농도이다. 이 시의 경우 "묘지"가 주는 음산함에서 이질적인 정욕의 세계가 펼쳐진다. "묘지"가 떠오르게 하는 죽음이 인간의 존재의식을 역설적으로 부각한다. 중요한 것은 정욕의 본질이 인간의 실존의식을 자각시키는 도구로서 고독과 허무감 등으로 확장되어 나타나는 점이다.

하기와라는 서양 철학자 쇼펜하우어(A. Schopenhauer)에 심취했으며 실제로 이 시를 비롯한 『파란 고양이』의 시풍과 관련해 "(쇼펜하우어의 철학은) 번민에 가까운 의사부정(意思否定)의 철학이요, 인간적인 모든 정욕의 번민에서 출발해 피투성이의 요염한 의상을 입은 채 봄밤 묘지에서 방황하는 염세주의 철학"이라고 적는다. 엄밀히 말하면 쇼펜하우어 철학은 자의적 해석에 불과하나 철학적 이념보다는 감각적 왜곡이 중요한 의미를 지닌다. 따라서 이 시의 주제는 '정욕의 번민'이 초래한 비애로 압축된다. 묘지를 "요염하다"라고 표현한 정서에는 시인에게 정욕을 불러일으키는 봄이 자리한다.

실제로 시 속 여인은 "다정하고 파리하고 풀처럼 야릇한 그림자" "쓸쓸한 망령" 같은 환영으로 등장하지만 한편에서는 "연잇빛 아롱진 옷을 입고 방황하는/누이동생처럼 다정한 여인" 등의 현실로 다가온다. '양(陽)'과 '음(陰)'의 공존은 삶과 죽음을 넘나드는 인간의 본능으로서의 정욕에 예술을 접목한 결과다. 그런 집요함은 "활유벌레" "미지근한 바닷물" "조개" "꿩" "고양이" "도깨비불" 등 정념을 상징하는 시어들로 나열된다. 시인이 추구하는 정욕이 결국 "생선 썩는 냄새"나 "창자는 햇살에 녹아 진득진득 비릿하고" 같은 혐오 대상임을 암시하는 것이다. "나의 생명과 육체는 썩어들고"는 관능에 대한 불안을 역설하며 시인은 결국 "허무"라는 인생 진리를 자각하게 된다.

두드러진 어법인 '~도 아니오'의 반복은 심리적 대상인 "당신"의 존재를 부각한다. "조개" "꿩" "고양이" "도깨비불" 등의 상징물을 제시하고 동시에 소거함으로써 습속을 부정하는 한편, 실상과 허상의 경계를 애매하게 만든다. 이 시를 통해 표현하려 한 것은 정념세계와 덧없는 애상감이다. 이것을 상상을 통해 형상화해 주제인 '썩어 문드러진 정념의 악취가 떠도는 허무의 세계'로 나아간다. 허무의 배후에 시집 『파란 고양이』의 정서와 스스로 '서정시의 주제'로 지목한 초기 시세계의 '감각적 우울성'이 자리하고 있음을 상기할 필요가 있다.

「코이데 신작로」

'향토망경시(鄕土望景詩)'의 일환으로 『순정소곡집』에 수록됐다. 이 시집의 특징은 초기 시에서 환각으로 어우러진 구어자유시를 쓴 것과는 대조적으로, 당시로서는 생소한 문어자유시로 고향에 대한 그리움을 묘사한 점이다. 하기와라의 문어시는 『빙도』(1934)에 이르러 비분강개조의 기맥을 바탕으로 예술성을 더한다. 그러나 형식 변화가 문어시로의 복귀를 의미하는 것은 아니었다. 실제로 시인은 문어시에 대한 시도를 '어조의 격렬함'과 '영탄적 서정시' 성격을 염두에 둔 것이라고 적는다. 이 시에서의 단호한 문어조는 고향의 '잡목림'이 베어지는 등 변해가는 풍경을 바라보며 느끼는 고통을 표현하기 위해 채택한 시형이다.

'코이데숲'에 대해 시인은 "마에바시의 북부, 아까기 산기슭에 위치한다. 학교가 가기 싫을 때면 찾아가 명상에 잠기곤 했다. 지금은 졸참나무, 떡갈나무, 밤나무 들이 무참하게 베어졌어라. 새로운 도로가 깔리고 곧장 토네 강가로 통하게 됐지만 나는 아득히 방향을 가늠할 수 없어라"라고 술회한다. "암울한 날이로고"의 비분강개는 추억의 공간이 근대화의 상징인 도로로 사라지는 것을 비판한다. 동시에 처마에 걸린 저녁 햇살이 잘려나간 나무의 밑동을 비추는 광경을 보며 참담함을 토로한다.

그러나 시인이 표현하려 한 것은 변해버린 고향 정경에 따른 울분만은 아니다. 마지막 "아니 되지 안될 말 어찌 사유를 바꾸리/내 등 돌릴 줄 모르고 가는 길에/새로운 수목들 죄다 잘려나갔어라"의 격한 문구에서는 맹목적 문명화의 진행에 맞서려는 저항감을 엿볼 수 있다. 근대일본을 좌우한 물질 중시의 조류에 흔들림없이, 자유를 중시하며 시적 공간을 견지한 서정시인으로서의 자세를 함축한다.

무로오 사이세이(室生犀星, 1889~1962)

이시까와현 카나자와 출신. 무사 아버지와 하녀인 어머니 사이에서 태어났고 양부모 밑에서 자랐다. 양어머니의 구박 속에 성장한 과정은 그의 문학세계의 중심 소재가 된다. 1902년 고등소학교(현재의 고등학교과정)를 중퇴하고 7년 간 카나자와 지방법원에서 근무한다. 이후 토오꾜오와 카나자와를 왕복하는 생활 속에 고독한 시혼을 다듬는다.

1913년 키따하라 하꾸슈우의 『잠보아』에 시를 발표하며 본격적인 시 행보를 시작했고, 같은 무렵 하기와라 사꾸따로오 등과 인어시사를 설립하며 친교를 맺는다. 한편 『스바루』『시가』 등의 잡지 활동으로 야성미 넘치는 서정시인으로서의 재능을 인정받는다. 1918년 성장과정에서 겪은 사랑의 결핍과 도스또옙스끼의 인도주의에 대한 동경을 담은 첫 시집 『사랑의 시집』을 출간했다. 같은 해 『서정소곡집』을 발표해 하기와라와 함께 타이쇼오기를 대표하는 시인으로 자리 잡는다. 이 시집은 소년기를 순수하고 감성 넘치는 서정시풍으로 회고하면서 결혼 후 인생에 대한 통찰을 애상조로 읊은 대표작이다. 이후 『제2의 사랑의 시집』(1919), 『쓸쓸한 도회지』(1920), 『별에서 오는 자』『시골의 꽃』『망춘시집(忘春詩集)』(이상 1922), 『파란 물고기를 잡는 사람』(1923) 등 십여권에 이르는 시집으로 시적 재능을 만개한다.

1919년경부터 과거를 서정 정감으로 응시하며 소설가로 전향해 『어느 소녀의 죽음까지』(1919)를 시작으로 『성에 눈뜰 무렵』(1920)과 『유년시대』(1922), 『오빠 여동생』(1934) 등을 발표했고, 반자전적 장편 『살구』(1956~57)를 비롯해 『내가 사랑하는 시인의 전기』『잠자리 일기유문』(이상 1958) 등 수필과 평론을 남겼다. 삶에 대한 집념과 풍류를 바탕으로 서정시인 겸 소설가로 명성을 떨쳤다.

소경이정(小景異情)

흰 물고기는 쓸쓸하여라
그 검은 눈동자는 참으로
참으로 가련하구나
밖에서 점심을 먹는
나의 서먹함과
서글픔과
듣고 싶지 않으나 참새 이따금 울어라

二
고향은 멀리 있어 생각하는 것
그리고 슬프게 노래하는 것
설령
영락해 타향 땅에서 걸인이 된다 해도
돌아올 곳이 못되느니
홀로 이곳 저녁 햇살 아래
고향이 그리워 눈물짓는다
그 마음 지니고
머언 그곳으로 돌아가런다
머언 그곳으로 돌아가런다

---

37 원문에서는 "その一" 형식으로 차례로 표현돼 있음.

三

은시계를 잃어버린
이내 마음 서글퍼라
졸졸 강물 흐르는 다리 위
난간에 기대어 울고 있어라

四

내 영혼 속에서
신록이 피어나고
아무것도 하지 않았으나
참회의 눈물 복받쳐 올라라
소리없이 땅을 헤집으니
참회의 눈물 복받쳐 올라라

五.

무엇이 그리워 쓰는 노래인가
한시에 피어나는 매화와 자두나무
자두나무 푸른빛이 몸을 감싸니
시골생활의 포근함
오늘도 어머니께 꾸중 듣고
자두나무 아래에 몸을 기댄다

六
살구야
꽃 옷을 입어라
땅이여 어서 빛나라
살구야 꽃 옷을 입어라
살구야 타올라라
아 살구야 꽃 옷을 입어라

작품해설

「소경이정」

서정시인 무로오 사이세이의 대표작이다. 여섯편의 시를 연작으로 『서정소곡집』 권두에 수록했다. 제목 '소경이정'은 소박한 신변 풍경에서 촉발된 감정으로 해석된다.

—

점심식사 시간 "흰 물고기" 반찬으로 홀로 외식을 하는 시인이 떠오른다. 평생 외로운 삶을 보냈던 심정이 집 밖에서 혼자 먹는 식사를 암시하는 "서먹함"에 담겨 있다. 시인의 고독을 아는지 모르는지 나뭇가지에는 참새들이 모여 울어대고, 반찬으로 나온 흰 생선의 "검은 눈동자"는 처량하게 다가온다.

二

「소경이정」 연작 중에서도 절창으로 손꼽힌다. 감상 포인트는 화자가 위치한 장소가 어디인가에 있다. 고향 '카나자와'라는 주장과 1910년 상경한 '토오꼬오'라는 견해가 제시된다. 6행의 "이곳"과 마지막에 반복된 "그곳"을 동일한 장소로 볼 것인지 다른 장소로 볼 것인지에 좌우된다. 원문에서 양쪽 모두 유서 깊은 도시를 의미하는 "都"(도)로 표기하고 있기 때문이다.

우선 토오꼬오로 보는 주장은 시인이 남긴 "이 작품은 내가 '都'에 있으면서 때때로 창가에 기댄 채 거리의 소음을 들으며 '아름다운 고향'을 생각하며 노래한 시"라는 문장이 근거로 제시된다. 또한 동료 시인 하기와라가 지적한 "유소년시절의 작자가 도회지에서 영락한 신세로 방랑하던 무렵의 시이다. (…) 도회지의 노을 아래서 천애고독 신세를 한탄하며 고향 하늘을 바라보고 있다. 그런 심정으로 '머언 그곳으로 돌아가련다/머언 그곳으로 돌아가련다'"를 이유로 삼는다. 참고로 여기서 고향을 "都"라고 적은 것은 작자의 고향이 도시이기 때문이다.

이에 비해 고향인 카나자와로 보는 견해는 평론가 요시다 세이이찌(吉田精一)의 "토오꾜오에 있으면 고향이 그립지만, 고향에 돌아가면 '돌아올 곳이 못되느니'라는 감정에 괴로워한다. 토오꾜오에 있을 때 '고향이 그리워 눈물짓는다'의 심경으로 다시 머나면 토오꾜오로 돌아가려는 심정으로 보는 편이 무난할 것"에 입각한다. 현재는 '카나자와설'이 설득력을 얻고 있다.

결국 이런 시각차는 시인의 감정을 귀향의지(토오꾜오설)와 출향의지(카나자와설) 중 어느 쪽에 비중을 둘 것인가에 기인한다. 애매함을 내포하고 있으나 논리적 서술구조의 결함을 꼬집기보다는 고향을 향한 애증의 갈등구조에 주목할 필요가 있다. 이를 통해 실향의식과 회귀본능이 근대인의 고향을 바라보는 정서를 대변하기 때문이다. 고향의 의미를 중의적으로 표현한 근대 망향시의 절창으로 간주되는 이유이기도 하다.

三

"은시계"는 소중한 것에 대한 비유다. 이것의 상실은 잃어버린 청춘에 대한 아련함으로 상정해볼 수도 있다. "은"의 은은함과 고귀함이 "다리" 밑으로 "졸졸" 흐르는 "강물"소리의 잔잔함과 조화를 이룬다.

四

"영혼" "신록" "참회" 등 관념적 시어가 눈에 띈다. "영혼 속"으로 피어난 "신록"은 순수함의 상징이다. "아무것도 하지 않았"음에도 "복받쳐 오르"는 감정의 격앙에는 올곧은 것을 추구하려는 이상이 느껴진다. 또한 "참회"라는 과거를 향한 자기성찰이 초래한 이념임을 암시한다.

五

도회지를 떠나 시골에서 지내는 모습이 그려진다. "자두나무 아래"는 어머니께 꾸지람을 들을 때마다 발길을 옮기던 공간이다. 양어머니의 구박 속에 성장한 어린 시절이 그림자를 드리운다. 북쪽에 위치한 고향 카나자와는 겨울이

길어 "매화"와 "자두나무" 등의 봄꽃이 일시에 꽃망울을 맺는다. 이런 정겨운 고향의 모습은 시인에게 "노래", 즉 시를 쓰게 하는 원동력이 됐다.

六

"살구"는 시인의 고향에서 많이 볼 수 있는, 그리고 그가 가장 좋아했던 나무다. 시인 자신을 그린 표현으로 스스로에게 건네는 창작에 대한 격려가 명령어법으로 담겨 있다. 아름다운 "꽃"의 언어로 장식된 "옷"은 시인이 추구한 시적 서정의 결실에 다름 아니다. 참고로 카나자와를 흐르는 사이(犀) 강가에 있는 시비에는 마지막행이 삭제된 채로 새겨져 있다.

야마무라 보쪼오(山村暮鳥, 1884~1924)

군마현 마에바시 출신. 농부의 장남으로 태어나 경제적으로 어려운 성장기를 보냈다. 1903년 토오꾜오로 상경해 세이산이찌 신학교에 입학했다. 재학 시절, 급진적 문학단체인 자유시사에 참여해 다수의 시를 발표하며 문단에 등장했다. 1913년 결혼 후 관능적 시풍의 첫 시집『세명의 처녀』(1913)를 자비 출판한 후 하기와라 사꾸따로오, 무로오 사이세이와 인어시사를 설립해 기관지『탁상분수』『감정』등의 잡지 발행에 참여했다. 제2시집이자 대표시집『성삼릉파리(聖三稜玻璃)』(1915)에서는 파격적인 이미지즘[38] 기법을 사용해 많은 비판을 받았다. 그러나 하기와라 등 소수 시인들은 그의 시를 일본 전위파 혹은 입체파예술의 선구적 존재로 평가했다. 결국 훗날 근대시의 기법면에서 획기적 전기를 마련한 시집으로 재평가된다. 한편 센다이 체재 이래 기독교에 대한 회의가 커지며 그의 시선은 인도주의로 향한다. 구체적 결실로 1918년 시집『바람은 초목에 속삭였다』를 발표한다. 이 시집은 당시 인도주의 시풍의 시라까바파와 민중시파의 영향을 간과할 수 없으나, 근저에는 빈농의 아들에서 목사가 되기까지 자기 체험에서 습득한 휴머니즘이 자리한다.

1918년 무렵 건강 악화로 목사직을 그만둔다. 이후 이바라끼현의 해안마을로 이주해 자연에서 어울리며 신앙과 시를 조화한 삶을 추구한다. 이 경험을 반영한 것이 유고시집『구름』(1925)이다. 엄습해오는 죽음의 공포와 빈곤의 현실이 영원을 갈구하는 태도로 나타난다.

---

[38] 1910년대 영미시단에서 전대의 낭만주의와 결별을 선언하고, 명확한 이미지의 제시와 율동의 중요성을 주장한 문학운동. 중심시인으로 흄(T. E. Hulme)과 파운드(E. L. Pound) 등이 있음.

댄스

폭풍
폭풍
늘어진 수양버들에 빛 있어라
갓난아이의
배꼽 끝
수은주水銀柱의 히스테리
봄이 왔어라
발꿈치구나
폭풍을 동그랗게 말아
사랑의 사모바르³⁹에
우롱차를 슬프게 하는가
폭풍은
하늘로 차올려져.

---

39 중앙에 상하로 통하는 관이 있어 그 속에 숯불을 넣어 물을 끓이는 러시아식 주
전자.

작품해설

「댄스」

'프리즘'을 의미하는 대표시집 『성삼릉파리』에 수록한 전위적 성격의 시로, 난해하다고 평가되는 그의 시풍을 단적으로 보여준다. 특히 문장 전후에 배치한 시어들이 연관성없이 등장해 이해가 쉽지 않다.

제목 "댄스"와 이어 반복되는 "폭풍"은 강한 바람 같은 댄스의 움직임을 연상시킨다. "수양버들"은 "갓난아이"로 암시된 어린 무희의 유연함을 형상화했다. 머리카락 사이로 쏟아지는 조명이 "배꼽 끝"에 비춰지며 댄스의 격렬함이 육감적으로 묘사된다. "수은주의 히스테리"에서는 "수은주"가 떠올리는 차가움이 다음행의 온화한 어감의 "봄"과 대비를 이루며, 앞행에서의 "히스테리"에 가까운 격렬한 무희가 정적으로 바뀌고 있음을 나타낸다. 발끝으로 중심을 잡으며 원을 그리는 격한 동작을 "폭풍을 동그랗게 말아"라고 묘사한다. 한편 마지막행의 하늘을 향해 뻗은 발 동작에서 절정에 달한 댄스를 재차 확인한다. 러시아어 "사모바르"는 시의 배경이 서구적 공간임을 암시한다. 어린 무희의 능숙한 춤사위가 자아내는 파토스가 "우롱차"의 쓸쓸한 뒷맛에 감도는 듯하다.

센게 모또마로(千家元麿, 1888~1948) ────────────

토오꾜오 태생. 아버지는 남작 지위에 오른 인물로, 정계에 진출해 사이따마현 등의 지사와 사법부 장관을 역임했다. 어머니는 토오꾜오 료오고꾸에 있는 요정집 딸로 화가였다. 그녀는 첩의 신분으로 센게를 양육했다. 이런 성장배경은 아버지에 대한 반항심으로 이어졌고 가출을 하거나 환락가를 배회하는 등 불안정한 성장기를 보내게 된다. 17세 무렵부터 문예지 『만조보(萬朝報)』 『신조(新潮)』 등에 투고를 시작했고, 1912년경부터 후꾸시 코오지로오 등과 동인지 『테라꼿따』를 발행한다. 또한 무샤노꼬오지 사네아쯔와 교류하는 등 인도주의 계열 시인으로서 행보를 시작한다. 그후 잡지 『시라까바』를 비롯해 같은 계열 잡지 『에고(ego)』 『선(善)의 생명』 『사랑의 책』 등에 활발하게 작품을 발표했다.

1913년 결혼 후 안정을 느끼면서 창작에 전념한다. 1918년에는 첫 시집이자 일본시라까바파 시문학의 정수로 평가되는 『나는 보았다』를 출간했다. 이 시집에서는 이상주의에 입각한 서민생활을 구어자유시풍으로 노래하며 낙천적 휴머니즘을 표현하고 있다. 이후 제2시집 『무지개』(1919)와 『보리』(1920), 『노천의 빛』 『신생의 기쁨』(이상 1921), 『밤의 강』 『염천(炎天)』(이상 1922), 『한여름의 별』(1924), 『여름풀』(1926) 등 다수의 시집에서 웅대한 자연을 애정과 찬사로 노래했다. 그밖의 작품으로는 자전적 장편 서사시 『옛 집』(1929)을 비롯해 『우박』(1931), 『창해(蒼海)시집』(1936) 등이 있다. 시라까바파를 대표하는 이념적 시인으로, 그가 견지한 고고하고도 긍정적인 자세는 인도주의 시인들의 이상적 모델로 간주된다.

나는 보았다

나는 보았다.
어느 변두리 초라한 길가의 나막신 가게에서
남편은 작업장 대패껍질 속에 앉아
아내는 젖먹이를 안은 채 방문틀에 허리를 기대고
늙은 아버지는 판자 사이에 서서
모두 동작을 멈추고
같은 생각에 얼굴을 찌푸리며 허탈한 눈길로 마주보고 있음을
그들의 얼굴에 드리운 깊은 고통
가운데에서 근심에 흐느끼듯 처절한 아내의 얼굴
아내를 의지하듯 한 손에는 깎다 만 나막신을 들고
그녀의 얼굴을 올려다보는 나약한 남편의 얼굴,
두사람을 내려다보며 노쇠한 애정으로 반짝이는 아버지의 얼굴
무심하게 어미의 젖에 달라붙는 갓난아이의 얼굴
그 어둡고 망연자실한 광경을 난 잊을 수 없다.
그 모습을 떠올릴 때마다 눈물이 난다.
무슨 일이 있었는지 알 길 없어라
하지만 난 이제껏 그런 고통에 쫓긴 얼굴을 본 적 없어라
그토록 암울한 광경을 본 적 없어라

작품해설

「나는 보았다」

시집 『나는 보았다』에 수록된 대표작이다. 변두리를 지나다 목격한 나막신 가게 사람들의 표정을 통해 도시 소시민의 삶을 영탄조로 노래한 시라까바파 계열의 걸작이다. 당시 시라까바파 시인의 다수가 부유한 귀족계층 출신임을 염두에 둘 때, 가난에 초점을 맞춘 그의 시풍은 이상론으로 치우치기 쉬운 시라까바파문학의 사회적 폭을 넓히는 계기를 제공했다.

기교면에서는 담백한 어법 속에서도 서두에 "나는 보았다"로 문장을 도치하며 대상에 대한 궁금증을 유발한다. 또한 끝 부분의 "무슨 일이 있었는지 알길 없어라"를 통해, 작품 속 가족의 애환을 당시 가난한 서민들의 삶의 모습으로 확장하는 점이 인상적이다.

오오떼 타꾸지(大手拓次, 1887~1934)

군마현 출신으로 와세다 대학 영문과를 졸업했다. 대학 시절 일본을 비롯한 동서양의 문학과 자연과학서적을 탐독했다. 특히 키따하라 하꾸슈우와 보들레르 등 프랑스 세기말적 상징주의 시인의 시를 애독했다. 상징시에 대한 예술적 자각은 이론적·정서적으로 그가 추구한 시세계의 원형을 형성한다. 대학을 졸업하던 해 잡지 『잠보아』에 요시까와 소오이찌로오(吉川惣一郎)라는 필명으로 훗날 대표작으로 평가되는 시 「남색의 두꺼비」를 발표해 능력을 인정받는다. 이후 키따하라가 주재하던 문예지 『지상순례』(1914), 『아르스』(ARS, 1915) 『근대 풍경』(1926) 등을 거점으로 활동을 이어간다. 대학 졸업 후인 1916년 토오꾜오에 있는 회사 광고부에 취직한 후 평생 시인과 쎌러리맨의 이중생활을 지속했다. 내성적이면서도 자부심이 강한 성격으로 시단과는 특별한 교류없이 조용한 나날을 보내다 폐결핵에 걸려 47세의 나이로 생을 마감했다.

생전에는 작품집을 출판하지 못했으나 사후인 1936년 친구이자 화가인 헨미 타까시(逸見亨)가 엮은 『남색의 두꺼비』를 비롯해 『뱀의 신부』(1940), 『시 일기와 편지』(1943) 등이 출간되며 시인으로서 인정받게 된다. 섬세한 언어감각에 풍부한 감정을 조화한 시풍은 현대 서정시의 새로운 가능성을 연 것으로 평가된다. 평론가들은 그의 시를 "종교적 환상의 에로스의 시"로 요약하기도 한다. 그러나 엄밀히 말하면 프랑스 상징시 중 순간감각이나 정서에 좌우되는 기분상징(氣分象徵)에 입각해 기괴하고도 농도 짙은 탐미성을 음악적으로 표현했다고 할 수 있다.

남색 두꺼비

숲 속 보물창고 잠자리에
남색 두꺼비는 노란 숨을 내뱉고
축축하고 어둑한 난로 속으로 그림 무늬 하나를 그린다.
태양의 숨겨둔 자식처럼 연약한 소년은
아름다운 포도알 같은 눈동자로,
갈 거예요, 갈게요, 씩씩하게,
공상 속 사냥꾼은 보드라운 캥거루 가죽 구두에.

작품해설

「남색 두꺼비」

시 속 "남색 두꺼비"는 시인 자신을 그린 시어이다. 시인은 어느 수기에 "내 얼굴은 매우 작고 붉게 부어 있으며 눈은 불쑥 튀어나왔고, 더구나 왼쪽 눈은 마비상태로 시력을 상실했다. 볼에는 수염이 덥수룩해서 반 이상 얼굴을 덮을 기세다. 하지만 나는 그 정도로 추하다고는 여기지 않는다"라고 적었다.

서두의 "숲 속 보물창고의 잠자리"에서 "노란 숨을 내뱉"고 있는 "남색 두꺼비"는 동화 같은 발상을 담고 있다. 남색 피부와 노란 호흡의 조합은 숲을 지키는 수호신 같은 신화성을 두꺼비에게 부여하며 4행의 "태양의 숨겨둔 자식"으로 연결된다. "숨겨둔 자식"에는 시인의 어려웠던 성장배경이 투영돼 있으며 "태양"을 통해 자신의 환경에 굴하지 않으려는 의지를 느끼게 한다.

한편 두꺼비가 위치하는 공간의 음침함은 "잠자리"가 떠올리게 하는 성적 정감과 두꺼비에게 잠재된 욕정의 비유인 "그림 무늬 하나"를 그리며 "공상"의 나래를 펼치게 한다. 두꺼비 같은 외모의 시인이지만 "태양의 숨겨둔 자식"과 "포도알 같은 눈동자"의 "연약한 소년"은 높은 이상을 추구하며 6행 "갈 거예요, 갈게요"에서 드러나듯 미래를 향해 나아갈 것이라 말한다. 소년의 이상은 먹이를 향해 다가가는 "사냥꾼"처럼 강인하고도 집요한 예술혼을 가리킨다. 또한 "포도알"이나 "보드라운 캥거루 가죽" 등에서 연상되는 그윽한 미적 취향이, 오오떼가 추구하던 시세계가 탐미영역에 속해 있음을 암시한다.

사또오 하루오(佐藤春夫, 1892~1964)

와가야마현 출신. 케이오오 대학을 중퇴했다. 중학 시절부터 문학자의 뜻을 품고 『명성』『문고』『스바루』 등에 단까와 시를 발표했다. 1910년 토오꾜오로 상경해 니체(F. W. Nietzsche) 연구의 권위자 이꾸따 초오꼬오(生田長江) 아래서 수학하며 일본 고전문학과 비평의 중요성을 깨닫는다. 『명성』의 낭만주의와 이꾸따를 통해 접한 니체의 초인사상에서 영향을 받아 창작의 대상이 단까에서 시로 이동한다. 시인으로서 본격 행보는 대학 시절 시작된다. 특히 주목할 작품은 대역사건에 연루된 오오이시 세이노스께(大石誠之助)의 죽음을 애도한 「어리석은 자의 죽음」(1911)이다. 시인이 스스로 '경향시(傾向詩)'라고 지칭한 시대비판 시이다. 이후 1913년 대학을 중퇴하고 문부성(현 문부과학성)에서 주관하던 미술전람회에 입선하는 등 그림에도 남다른 소질을 보인다.

1916년 요꼬하마 소재의 전원으로 이주해 이곳을 무대로 출세작 『전원의 우울』(1919) 등의 소설을 발표한다. 그를 소설가로 강력 추천한 인물은 대표적 탐미파 소설가 타니자끼 준이찌로오(谷崎潤一郎)였다. 그리고 타니자끼와의 교류에서 알게 된 그의 부인 치요(千代)와의 관계가 시적 모티브로 발전했다. 1921년에는 치요를 향한 사랑을 담은 첫 시집 『순정(殉情)시집』과 『나의 1922년』(1923)을 펴내며 고전풍의 서정시인으로 입지를 확립한다. 이후 1930년 치요와의 결혼을 계기로 안정된 상태에서 점차 동양 고전문학을 응시하기 시작해 『차진집(車塵集)』(1929), 『옥적보(玉笛譜)』(1948) 등의 중국 관련 번역시집을 발표한다. 시와 소설 외에 『퇴굴독본(退屈讀本)』(1926) 등의 수필도 유명하다. 전쟁 기간 중에는 종군 경험에 입각한 『전선시집』(1939) 등의 전쟁참여시를 발표해 훗날 전쟁협력자로 비판받기도 했다.

꽁치의 노래

서글퍼라
가을바람아
정이 있다면 전해다오
── 여기 남자 있어
오늘 저녁식사에 홀로
꽁치를 먹으며
생각에 잠긴다 고.

꽁치. 꽁치,
그 위에 파란 귤즙을 떨어뜨려
꽁치를 먹음은 그 남자 고향의 풍습이어라.
그 풍습이 의아하고 정겨운 여자는
몇번이나 파란 귤을 따서 저녁 밥상으로 향했어라.
서글퍼라, 남편에게 버림받으려는 아내와
아내에게 외면당한 남자가 식탁을 마주하니,
정없는 아비를 둔 여자아이는
조그만 젓가락을 서투르게 놀리며
아비 아닌 남자에게 꽁치 내장을 달라는 게 아닌가.

서글퍼라
가을바람아
너만은 지켜봐다오

세상 흔치 않은 이 오붓함을.
그리고
가을바람아
이 것 만은
증명해다오, 그 한때의 오붓함이 꿈은 아니었다 고.

서글퍼라
가을바람아
정이 있다면 전해다오.
남편을 잃은 아내와
아비를 잃은 어린아이에게 전해다오
── 여기 남자 있어
오늘 저녁식사에 홀로
꽁치를 먹으며
눈물을 흘린다 고.

꽁치, 꽁치,
꽁치 쓰더냐 짜더냐.
그 위에 뜨거운 눈물을 떨어뜨려
꽁치를 먹음은 어느 고장 관습이더냐.
서글퍼라
왠지 묻는 것조차 우습구나.

작품해설

「꽁치의 노래」

제2시집『나의 1922년』에 수록된 개성적인 서정시이다. 시인의 출세작으로 타니자끼 치요를 향한 연정을 저녁식사 풍경에 어우러지게 그려냈다. 소설 창작을 하며 선배 작가 타니자끼 준이찌로오의 집을 자주 찾았던 시인은 타니자끼의 여성 편력으로 쓸쓸한 나날을 보내던 그의 부인 치요에게 점차 연민을 느낀다. 치요 또한 진심으로 위로해주는 그에게 호감을 느끼며 사랑하는 사이로 발전한다. 두사람의 관계를 타니자끼도 한때는 용인하다 의사를 번복해 1921년 봄, 절교를 선언한다. 이 시는 타니자끼와 절교 후 치요와 그녀의 어린 딸과의 단란했던 저녁식사를 회상하는 내용이다. 2연의 "아내에게 외면당한 남자"는 시인이 1920년 전처와 이혼한 사실을 반영한다.

이 시는 실제 사실에 입각해 기존 서정시의 전통에 이질성을 결합한 기교가 인상적이다. 우선 "가을바람"을 통해 화자의 심정을 전하는 것은 고대일본 연애시가의 전형적 묘사 방식이다. 반복적으로 등장하는 "여기 남자 있어" 또한 고전작품의 표현을 차용하고 있다. 형식면에서도 반복과 간결한 어휘 구사 등으로 생성되는 리듬감을 고풍스러운 문어체에 담아 치요를 향한 연모를 격조 높게 승화했다.

시의 가장 큰 특징은 일본 서민에게 친근한 생선인 "꽁치"를 절실한 사랑과 결부한 참신함에 있다. 꽁치와 연애 감정의 이질적 조합이 오히려 독자에게 진정성을 호소하는 효과를 거두기 때문이다. 연애시의 상투적 애상감에 해학과 파토스를 곁들인 점에서『순정시집』을 비롯한 그의 연애시집이 지닌 근대성을 가늠하게 한다. 참고로 시가 수록된『나의 1922년』에는 제목이 암시하듯 1922년 당시 치요에 대한 서글픈 사랑이 응축돼 있다.

미야자와 켄지(宮澤賢治, 1896~1933) ─────────

이와떼현 출신으로 모리오가 고등농림학교를 졸업했다. 중학 시절부터 단까를 짓기 시작해 농림학교 재학 시절 교우들과 간행한 『아자리아』에 작품을 발표했다. 1918년 졸업 후 직업 선택 문제로 아버지와 대립하던 중 그의 시세계에 큰 영향을 준 법화사상에 심취하게 된다. 1921년 신앙 갈등으로 아버지와 대립 끝에 가출한다. 이후 토오꾜오로 상경한 시인은 문서 대필 등으로 생활비를 벌면서 법화경 관련 봉사에 참여하며 본격적인 문학 공부에 임한다. 같은 해 여름 여동생 토시꼬가 병에 걸렸다는 소식에 귀향한다. 이후 고향에서 동화를 집필하는 한편, 이와떼 현립 하나마끼 농학교에서 교사로 활동하며 1922년 1월부터 시「심상 스케치」를 쓰기 시작한다.

1922년 11월 여동생의 죽음에 충격을 받아 일시적으로 창작을 중단하고 종교적 고뇌에 직면한다. 1924년 생전에 간행한 유일한 시집 『봄과 수라(修羅)』와 동화집 『주문이 많은 요리점』을 발표한다. 이후 농촌에서 지내며 지역 청년교육을 위해 이와떼 국민고등학교에서 '농민예술'을 강의한다. 이 과정에서 도시화로 소외돼가는 농촌현실에 모순을 느끼고 1926년 학교를 사직한 후 농촌문화 융성을 목표로 단체를 설립하며 농한기 비료설계 활동에 참여한다. 이 기간에도 지속된 「심상 스케치」 집필은 미간으로 끝난 『봄과 수라』 제2집과 제3집으로 전해진다. 1928년 여름, 휴식 없이 펼친 농촌 활동 탓에 폐렴에 걸리지만 1931년 일시적으로 병세가 호전돼 분쇄공장 기술자로 석탄비료의 보급에 힘쓰다 병이 재발한다. 병상에서도 농민들의 비료설계 상담에 응하거나 동화와 「심상 스케치」 구상에 몰두하며 마지막까지 문어체시를 적극적으로 시도했다.

그의 생애가 세속적 의미의 안정과 거리가 먼 것은 시인이 추구한 이상이 원대해 현실과 타협이 불가능했기 때문이라고 여겨진다. 미야자와에게 종교나 과학, 예술은 삶과 혼연일체된 채로 존재하며 그중에서도 문학은 정신의 전분야였다고 할 수 있다. 시집 『봄과 수라』와 동화집 『주문이 많은 요리점』이 '심상 스케치'의 일환이라는 자평이 이를 뒷받침한다. 그의 문학세계는 생전에는 거의 평가받지 못하다가 사망 직후인 1933년 타까무라 코오따로오와 쿠사노 신뻬이(草野心平) 등 동료 시인들에 의해 초고 형태의 전집이 발간되면서 시 「비에도 지지 않고」, 동화 『은하철도의 밤』과 『바람의 마따사부로오』 등이 세상에 널리 알려지게 된다. 이 작품들은 이후 지속적으로 영화와 애니메이션으로 제작되며 지금도 호평을 이어가고 있다.

영결(永訣)의 아침

오늘 안으로
멀리 떠나가버릴 내 누이동생아
진눈깨비 내려 바깥은 묘하게 환하구나
        (빗눈 떠다 갖다줘)
불그스레 한층 음참한 구름 사이로
진눈깨비는 토득토득 떨어져 내린다
        (빗눈 떠다 갖다줘)
파란 순나무 무늬가 입혀진
이들 두개의 이 빠진 그릇에
네가 먹을 비와 눈을 떠오려고
나는 구부러진 총알처럼
이 어둑한 진눈깨비 속으로 뛰쳐나갔다
        (빗눈 떠다 갖다줘)
창연蒼鉛40빛 어둑한 구름에서
진눈깨비는 토득토득 가라앉는다
아 토시꼬
죽음을 맞이하는 지금
나를 평생 밝게 해주려고
이런 산뜻한 눈 그릇 하나를
너는 내게 부탁하였구나

---

40 붉은빛을 띤 은백색의 금속 원소.

고맙구나 내 기특한 누이동생아
나도 똑바로 나아갈 테니
　　(빗눈 떠다 갖다줘)
격하고 격한 신열과 숨결 사이에서
너는 내게 부탁하였구나
은하수와 태양 대기권 등으로 불리는 세계의
하늘에서 떨어진 마지막 눈 그릇 하나를……
…두조각 화강암 석재에
진눈깨비는 쓸쓸히 쌓여 있다
나는 그 위에 위태로이 서서
눈과 물의 새하얀 두 세계를 지니고
투명하도록 차가운 물방울로 가득한
이 매끈거리는 소나무 가지에서
내 다정한 누이동생의
마지막 음식을 받아가련다
우리가 함께 자라온 동안
눈에 익은 그릇의 이 남색무늬와도
오늘 너는 헤어지고 마는구나
　　(Ora Orade Shitori egumo)[41]
정녕 오늘 너는 떠나고 마는구나

---

41 '나는 나 혼자 갑니다'라는 의미로 시인의 고향 하나마끼 방언.

아 저 닫혀버린 병실의
어둑한 병풍과 모기장 속으로
다정하고 창백하게 타오르고 있는
내 기특한 누이동생아
이 눈은 어디를 고르려 해도
어디든 너무도 새하얗구나
저토록 무섭게 흐트러진 하늘에서
이 아름다운 눈이 내려왔구나
　　　(다시 태어난다면
　　　　이번엔 나 하나 때문에
　　　　　괴로워하지 않도록 태어날게요)
네가 먹을 이 두그릇의 눈에
난 지금 마음으로 기도하련다
부디 이것이 천상의 아이스크림이 되어
마침내 너와 모두에게 성스런 양식을 가져다주기를
내 온 행복을 걸고 기원하련다

봄과 수라(修羅)[42]

mental sketch modified[43]

심상의 잿빛 강철에서
으름나무 덩굴은 구름에 얽히고
찔레나무 덤불과 부식토의 습지
온통온통 아양 떠는 모습
　（정오의 관현악보다 빈번히
　호박의 보석조각 쏟아질 때）
분노의 씁쓸함과 푸르름
4월 대기층 빛 속을
침 뱉고 이를 갈며 왕래한다
　난 하나의 수라이다
　（풍경은 눈물에 흔들리고）
　부서지는 구름의 시야를 한정하여
　　영롱한 천상의 바다에는
　　성스런 유리 바람이 교차하고
　　　ZYPRESSEN[44] 일렬의 봄
　　　검디검게 광소光素를 빨아들이고
　　　　그 어둑한 발걸음에서는
　　　　천산天山 위의 눈마저 반짝이는데

---

42 아수라의 줄임말. 수라도(修羅道)에 사는 악귀를 가리키며, 질투가 심하고 전투를 즐기는 포악한 성격을 지님.
43 '심상 스케치'라는 의미.
44 실측백나무의 독일어 표현. 독일에서는 애도의 상징으로 간주해 묘지에 심음.

(아지랑이 파도와 하얀 편광)
진실의 언어를 상실하고
구름은 찢기어 하늘을 난다
아 찬란한 4월의 저 속으로
이를 갈고 타오르며 왕래한다
난 하나의 수라이다.
(옥수玉髓빛 구름이 흐르고
  어디선가 울어대는 그 봄의 새)
태양이 파랗게 아른거리면
  수라는 나무숲에 메아리치고
  어스레히 저문 하늘의 그릇에서
  검은 나무군락이 뻗어나가
    그 가지는 슬프게 우거지고
  온갖 이중의 풍경을
  상심한 나무숲 가지 끝에서
  팔락이며 날아오르는 까마귀
  (대기층 마침내 청명해지고
    노송나무도 고요히 하늘로 뻗을 무렵)
수풀의 황금을 지나서 오는 자
무사히 사람 모습을 한 자
도롱이를 걸치고 나를 보는 그 농부
진정 내가 보이는 것일까

눈부신 대기권 바닷속에
　(슬픔은 푸르도록 깊숙하고)
ZYPRESSEN 조용히 흔들려
까마귀는 다시금 푸른 하늘을 가른다
　(진실의 언어는 이곳에 없고
　수라의 눈물은 땅 위로 내린다)

새로이 하늘에 숨결을 대니
　희미하게 허파는 오그라들고
　(이 몸 하늘 속 티끌로 흩어지니)
은행나무 가지 끝 다시금 반짝이고
ZYPRESSEN 드디어 검게
구름의 불꽃이 쏟아져 내린다

비에도 지지 않고

비에도 지지 않고
바람에도 지지 않고
눈에도 여름 더위에도 지지 않는
튼튼한 몸을 지니고
욕심은 없고
결코 화내지 아니하며
언제나 조용히 웃고 있어
하루에 현미 네홉과
된장과 약간의 채소를 먹으며
모든 것을
스스로 사심에 얽매이지 않고
잘 보고 듣고 헤아리며
그리고 잊지 않으며
들녘 소나무 숲 그늘의
자그마한 초가지붕 오두막에서 지내며
동쪽에 병든 아이 있으면
가서 병 수발해주고
서쪽에 지친 어머니 있으면
가서 그 볏단을 져주고
남쪽에 죽어가는 이 있으면
가서 겁내지 말라 일러주고
북쪽에 다툼이나 송사 있으면

쓸데없으니 그만두라 말하고
가뭄이 들면 눈물 흘리고
때 아닌 여름 추위엔 허둥지둥 걸으며
모든 이에게 멍청이로 불리고
칭찬도 듣지 않고
골칫거리도 되지 않는
그런 사람이
나는 되고 싶다

작품해설

「영결의 아침」

1922년 11월 27일 지은 시이다. 제목의 "영결"에서 알 수 있듯, 1922년 24세로 세상을 떠난 여동생 토시꼬를 추모하는 내용이다. 타까무라 코오따로오의 「레몬 애가」와 함께 일본 근대시를 대표하는 추모시로『봄과 수라』에 수록됐다. 토시꼬는 시인이 가장 아끼던 두살 어린 여동생이다. 오빠를 따라 법화 신앙을 추종했고 그의 문학을 가장 잘 이해해줬다.

토시꼬가 죽던 밤 밖에는 진눈깨비가 내렸고 토시꼬는 시인에게 "빗눈 떠다 갖다줘"라고 마지막 소원을 말한다. 동생의 소박하지만 간절한 염원을 들어주기 위해 평소 두사람의 추억이 담긴 "두개의 이 빠진 그릇"을 들고 "구부러진 총알"처럼 뛰쳐나가는 시인이 떠오른다. 시의 특징은 추모시임에도 여동생이 죽음에 이르는 과정을 담담하게 응시하는 점이다. 말을 건네는 듯한 화법과 진솔한 표현이 구어자유시의 특징을 살리고 있다.

"창연빛 어둑한 구름" "눈과 물의 새하얀 두 세계" "눈에 익은 그릇의 이 남색 무늬" 등 색채감이 "투명하도록 차가운 물방울" 같은 정제된 영상으로 이어지면서 동생의 죽음을 차분히 관조한다. "창연"과 "화강암 석재" 등 광물질의 어휘나 "대기권"의 과학적 이미지도 죽음이 가져오는 격정의 토로를 제어하고 있다. 자신의 길을 묵묵히 나아가겠다는 뜻의 "Ora Orade Shitori egumo"와 마지막 괄호에 담긴 토시꼬의 다짐은 내세를 기약하는 시인의 신앙적 자세에 다름 아니다.

「봄과 수라」

시집『봄과 수라』의 대표작이자 미야자와 시세계의 핵심을 이루는 작품이다. 작품 속 "수라"는 시인의 혼탁해진 마음이다. "봄"은 대조적으로 "영롱한 천상"으로 표상된 청명함을 가리킨다. 부제 '심상 스케치'에서 알 수 있듯 시인은 자신을 "하나의 수라"로 여기며 질투와 오만, 회의에 찬 번뇌를 표출한다.

그에게 시는 수라로 비유되는 악귀와의 대결의 기록인 것이다.

시인의 마음속은 "온통온통 아양 떠는 모습"의 추악함뿐으로 "잿빛 강철"의 어둠에 "으름나무 덩굴"처럼 얽혀 있으며 "부식토의 습지" 같은 음울함으로 나타난다. 이와는 대조적으로 시선을 돌리면 "영롱한 천상"에는 구름이 부서지고 "4월" 청명한 햇살에 바람이 일고 있으며 "ZYPRESSEN"나무들이 검게 이어진 저 끝에는 구름을 품은 "천산" 봉우리들이 펼쳐진다. 우울함과 외부의 빛의 대비에서 시인은 "이를 갈고 타오르"는 분노를 느낀다. 자신을 포함한 인간들이 "진실의 언어"를 "상실"했기 때문이다. "진실의 언어"는 진리를 담은 불교의 가르침으로, 이를 깨닫지 못하는 인간들의 어리석음을 비판한 표현이다.

"난 하나의 수라이다"라는 선언은 봄의 수라도에서 인간으로 하강한 자신, 즉 시인 내면에 위치한 수라를 건강한 인간의 상징인 "농부"가 발견할 수 있겠는가라는 의문을 표출한 것이다. 그러나 그렇지 못한 인간의 모습에 시인의 절망은 깊어진다. 불길함을 의미하는 "까마귀", 그리고 "진실의 언어"가 없음을 탄식하는 "수라의 눈물"은 헤어날 길 없는 슬픔을 드러낸다. 다시 말해 "땅 위로 내리"는 "눈물"은 "진실의 언어"를 잃어 수라가 되어버린 이의 자화상이다. 그러나 마지막 부분에 이르러 시인은 마음을 다잡고 봄 하늘을 향해 "허파"가 "오그라들" 정도로 심호흡을 하며 "이 몸 하늘 속 티끌로 흩어지니"라고 외친다. 대우주의 품에 융화하려는 의지의 표현인 것이다. 이에 호응하듯 "은행나무 가지"는 다시 반짝이며 찬란한 "구름의 불꽃"이 화사한 봄 햇살처럼 "쏟아져 내린다"라고 맺는다.

'심상 스케치'라는 부제에 걸맞게 초현실주의 기법이 두드러진다. 먼 관계에 있는 이미지를 결합해 미경험의 미적 세계로 연결하는 방식이다. 이를테면 동양풍 이미지 "수라"에 "대기층" "대기권" 같은 천체 용어와 "광소" "옥수" 등의 광물질, 반복적으로 등장하는 "ZYPRESSEN" 등 외래어를 조합한 것이 미야자와 시의 특징이다. 괄호의 사용이나 수학적 도형을 연상시키는 행의 배치도 풍경의 조각들을 시각적으로 결합해 효과를 극대화하기 위한 고려이다.

「비에도 지지 않고」

1931년 가을, 시인은 폐렴으로 자택에서 요양 중이었다. 당시의 기억을 토대로 작성한 메모에는 "11월 13일"이라는 일자와 이 작품이 등장한다. 늘 병약했기에 더욱 간절했던 건강에 대한 바람과 무욕의 삶을 영위하고 싶은 시인의 소망이 담겨 있다. 또한 고향 농촌을 사랑해 자연에서 살아간 농민운동가로서의 인생관이 후반부에 잘 드러난다. "모든 이에게 멍청이로 불리고/칭찬도 듣지 않고/골칫거리도 되지 않는/그런 사람"은 존재감은 적지만 이웃과 고통을 나누며 이타적 삶을 살아가는 사람이다. 이기적 태도를 지양하고 자족의 삶을 일구려는 인생관을 읽어낼 수 있다.

시인은 채식주의자로 소식을 즐겼으며 산속에 오두막을 짓고 검소한 생활을 했다고 전해진다. 소박한 구어체 특유의 직설적 화법에 '~며' '~고'의 중지법과 '~면/~고'의 대구 표현이 리듬감을 형성하며 삶의 철학을 부각한다. 시 원문이 외래어 표기에 쓰이는 카따까나와 한자로 되어 있어 좌우명을 계율처럼 느껴지게 하는 것 또한 특징이다.

야기 주우끼찌(八木重吉, 1898~1927)

토오꾜오 출신으로 토오꾜오 고등사범학교 영어과를 졸업했다. 사범학교 시절부터 성경에 관심을 기울여 1919년 세례를 받고 기독교 신앙을 갖는다. 근대 초기 대표적 종교사상가 우찌무라 칸조오(內村鑑三)의 무교회주의[45]에 따라 평생 성경 공부에 매진한다. 1921년 졸업 후 토오꾜오에서 중학교 영어교사를 지내다 결혼을 계기로 시와 신앙생활의 일치를 추구하며 시 창작에 몰두한다. 키츠 등의 영미시인과 키따무라 토오꼬꾸 등의 일본시인의 작품을 폭넓게 접하기도 한다. 한편 1923년 초부터 미간행 시집을 십여권 집필하는 등, 잡지나 단체 활동 없이 홀로 시 창작에 전념했다. 그러나 1925년 첫 정식 시집 『가을 종』의 출간을 계기로 시인 쿠사노 신뻬이 등과 교류하며 문예지 『시지가(詩之家)』의 동인으로 참여했다. 이후 『일본시인』 『요미우리신문』 등에 잇달아 시를 발표했다. 1926년 폐결핵으로 쓰러져 1년 반 정도 투병한 후 두번째 시집 『가난한 신도』를 기획하지만 출간 1년 전 29세의 나이로 요절한다.

생전에는 거의 무명에 가까웠으나 『가난한 신도』가 세상에 소개된 이래로 이천구백여편에 달하는 방대한 작품을 수록한 『야기 주우끼찌 시집』(1942), 『신을 부르자』(1948) 등이 판을 거듭하며 일본을 대표하는 기독교시인으로 이름을 알리게 된다. 이후 『정본(定本) 야기 주우끼찌 시집』(1958), 『신(新)자료 야기 주우끼찌 시고(詩稿) 꽃과 하늘과 기도』(1959), 『야기 주우끼찌 미발표 유고와 회상』(1971)을 비롯해 그의 시 전모를 파악할 수 있는 『야기 주우끼찌 전집』(전3권, 1982)과 『야기 주우끼찌 전시집』(전2권, 1988) 등이 친지들에 의해 출간된다. 야기의 시에서는 천부적인 표현력을 바탕으로, 대상에 대한 감동을 절제된 언어로 순화하고 본질에 접근하려는 자세를 읽을 수 있다.

---

45 교회를 중심으로 하는 제도에 반대하고 성경 연구와 전도를 중시하는 기독교 사상.

나의 시

알몸으로 뛰쳐나가
그리스도의 발밑에 무릎 꿇고 싶어라
그러나 내겐 아내와 자식이 있습니다
버릴 수 있는 만큼만 버리렵니다
하지만 아내와 자식은 버릴 수가 없어라
아내와 자식을 버릴 수 없을 바엔
영겁의 죄도 타들어가지 않으니
여기에 나의 시가 있습니다.
이것이 나의 속죄양이니
이들은 모두 하나씩 십자가를 지고 있다
이들은 나의 피를 뒤집어쓰고 있다
손으로 만질 수 없을 만큼 아련하게 보일지라도
반드시 그대의 폐부에 들러붙어 눈물을 흘린다

작품해설

「나의 시」

초고 형태로 남아 있다가 작고 후 『야기 주우끼찌 시집』에 수록된 대표작이다. 기독교 신앙과 시 창작의 관련성은 야기 문학의 핵심이었다. 그는 자신의 시는 하나의 십자가를 짊어지고 있다고 했으며 때로는 시쓰기도 죄악이라고 여길 정도로 독실한 기독교 신자로서의 삶을 영위했다. 그러나 두번째 시집 『가난한 신도』에서는 행복한 가정생활에 대한 애착 또한 드러난다. 「나의 시」는 이런 종교인으로서의 신앙관과 가족으로 상징되는 일상적 삶의 갈등을 진솔하게 표현한 작품이다.

그는 시작 부분에서 "그리스도"를 향해 무한한 헌신을 천명하면서도 "아내"와 "자식"과의 관계는 포기할 수 없으며 그것이 만약 죄가 된다면 "영겁의 죄"일지라도 마다하지 않겠다고 말한다. 이처럼 신앙과 일상의 대극적 위치에 "시"가 존재하며 그런 의미에서 시는 자신의 "속죄양"으로 원죄의 상징 "십자가"를 짊어지고 있다고 표현한다. 결국 그가 추구한 시는 "만질 수 없을 만큼 아련하게 보"여도 "그대의 폐부에 들러붙어 눈물을 흘"리는 진실한 감동을 담았다고 할 수 있다. 이처럼 종교와 일상의 갈등을 응시하면서도 인간적 따뜻함을 잃지 않으려는 점에 야기 주우끼찌의 독자성이 존재한다.

타까하시 신끼찌(高橋新吉, 1901~87)

에히메현 출신으로 야와따하마 상업학교를 중퇴했다. 상업학교 재학 시절 하이꾸를 지으며 문학적 소양을 쌓았다. 1920년 잡지 『만조보』에 1차대전 후의 유럽 전위예술운동이 소개되면서 그의 문학세계의 핵심이 된 다다이즘을 접한다. 후꾸시 코오지로오의 시집 『전망』도 시 창작에 대한 관심을 고조시켰다. 1921년 초 생의 번뇌를 느끼고 고향의 진언종 사찰에 들어가 8개월간 승려생활을 한다. 이후 토오꾜오로 돌아가 19세기 독일 헤겔학파의 대표적 철학자 슈티르너(M. Stirner)의 『유일자의 사상』을 읽으며 권위를 부정하고 자아의 가치를 절대화하는 개인주의 사상에 심취한다. 특히 허무주의와 다다이즘에 공감해 대표적 다다이스트 츠지 준(辻潤)을 비롯해 미래파 시인 히라또 렌끼찌(平戶廉吉), 아나키스트 시인 하기와라 쿄오지로오(萩原恭次郞), 오까모또 준(岡本潤) 등과 교류한다. 1922년 여름, 시 「단언(斷言)은 다다이스트」 「다다의 시 세편」 등을 잡지 『개조(改造)』에 발표한다. 한편 1923년 츠지 준의 편집으로 시집 『다다이스트 신끼찌의 시』를 출판했다. 이 시집을 관통하는 파괴정신과 형식의 부정을 결합한 개성적 시세계는 당시 커다란 반향을 일으키며 일본을 대표하는 다다이스트 시인으로서 확고한 지위를 얻게 된다.

1924년 소설 『다다』를 집필하며 점차 다다이즘에서 멀어졌고 서정소곡풍의 시집 『기온제(祇園祭)』(1926)를 비롯해 궁핍과 고독, 정신분열증의 상황에서 삶의 의미를 직시한 시집 『희언집(戱言集)』(1934)과 『동체(胴體)』(1956), 『도미(鯛)』(1962), 『참새』(1966), 『타까하시 신끼찌 전시집』(1972) 외에 미술평론집과 불교 관련 저술 등이 전해진다.

접시

접시접시접시접시접시접시접시접시접시접시접시접
시접시접시접시접시접시접시접시

권태

    이마에 지렁이가 기어가는 정열

   백미색 에이프런으로

   접시를 닦지 마라

콧집이 검은 여인

   거기에도 해학이 움틀대고 있다

    인생을 물에 녹여

   차가운 스튜 냄비에

무료함이 뜬다

   접시를 깨라

   접시를 깨면

권태의 울림이 나온다

작품해설

「접시」

『다다이스트 신끼찌의 시』에 '1921년 시집 49'라는 부제로 발표된 일본 다다이즘 시의 대표작이다. "접시"(원문은 "皿"라는 한자가 빼곡하게 스물두개 나열돼 있다)라는 단어가 연속적으로 발음되며 끊임없이 나열된 접시를 보는 듯한 효과를 자아낸다. 이런 입체감은 일본의 미래파나 아나키즘 등 모더니즘 계열 시인들의 즉물적(即物的) 묘사태도에 큰 영향을 미쳤다. 참고로 츠지 준의 회고에 따르면 시인은 토오꾜오로 상경한 직후 단팥죽 가게와 모 신문사 식당에서 접시닦이 일을 했고, 작업 도중 "접시접시접시……"라고 중얼거리는 소리를 자주 들었으며 훗날 낭독할 때 이 부분을 유독 빠른 속도로 읽었다고 한다.

"접시"는 나열된 횟수만큼이나 씻고 닦아야 하는 부담감과 노동에 대한 혐오를 드러낸다. 이를 반영하듯 즉물적 이미지의 "접시" 뒤에는 "권태"라는 추상명사를 내던지듯 배치해 효과를 거둔다. 3행 이후는 접시를 닦으며 일하는 사람들의 모습이 정서 표현을 배제한 간결한 이미지로 그려진다. 시를 감싸는 해학성은 정감을 결합한 기존의 서정적 묘사와는 구별되는 특징이다.

광기를 품은 듯한 개성적 표현의 배후에는 기존의 형식을 파괴하려는 실험성이 깃들어 있다. 실제로 "접시를 깨라"는 시인이 암시하는 메시지이기도 하다.

하기와라 쿄오지로오(萩原恭次郎, 1899~1938)

군마현 마에바시 출신으로 마에바시 중학교를 졸업했다. 중학교 시절 키따하라 하꾸슈우, 이시까와 타꾸보꾸 등의 작품에 심취해 단까를 투고했다. 카와지 류우꼬오가 주재하던 『현대시가』에 참여해 첫 작품 「가지 끝에 걸려 잠자는 자」를 발표한 것을 계기로 미래파 시인 히라또 렌끼찌, 프롤레타리아 계열 시인 코마끼 오오미(小牧近江) 등 전위파 시인들과 친분을 맺는다. 1921년에는 토오꾜오로 상경해 프롤레타리아 계열의 문예지 『씨 뿌리는 사람』(1921)에 기고했다. 1923년 오까모또 준 등과 1차대전 후의 불안정한 사회에서 전위적 표현예술의 일익을 담당한 시잡지 『적과 흑』(1923), 『다무다무』 『마보』 등의 창간에 참여하며 혁신적 시들을 발표한다. 이 무렵 그는 첨예화된 시의식과 반항 정신을 바탕으로 첫 시집이자 대표시집 『사형선고』(1925)를 출간한다. 이 시집은 아나키즘 외에 다다이즘, 미래파의 입체시, 구성주의 등 타이쇼오 말기 예술적 전위시운동의 수법을 소화하며 기존 서정시의 개념 타파에 주력했다. 그 결과 오늘날까지 권력지상주의에서 상실된 인간성을 지식인의 고뇌로 노래한, 가장 걸출한 아나키즘 시집으로 남아 있다.

한편 그는 1928년 귀향 후에도 『흑색전선』 『탄도(彈道)』 등의 잡지를 통해 아나키즘 입장을 유지했으며 시 「늙어빠진 두건」(1934)에서는 궁핍한 농촌을 배경으로 생활자의 고뇌를 표현했다. 이후 1931년 두번째 시집 『단편(斷片)』을 발표하고 1935년 무렵부터 시적 관심이 민족주의로 흐르게 된다. 평생 남긴 개인시집은 두권에 불과하나 아나키즘 시인이자 일본을 대표하는 사상시인으로 평가받는다. 사망 후 유고시집 『하기와라 쿄오지로오 시집』(1940)이 발간됐고 『하기와라 쿄오지로오 전시집』(1968), 『하기와라 쿄오지로오 전집』(1980) 등이 전해진다.

히비야(日比谷)

강렬한 사각四角

　　　쇠사슬과 쇳불과 술책

　　　군대와 귀금속과 훈장과 명예

높게 높게 높게 높게 높게 높게 솟은

　　수도중앙지점————히비야

굴절된 공간

　　　무한의 함정과 매몰

　　　새로운 지식사역인부知識使役人夫의 묘지

높게 높게 높게 높게 높게 보다 높게 보다 높게

　　높은 건축과 건축의 암간暗間

　　　살육과 혹사와 투쟁

높게 높게 높게 높게 높게 높게 높게

　　간다 간다 간다 간다 간다 간다 간다

히　비　야

그 는 간 다———

그 는 간 다———

　　모든 것을 전방으로

그의 손에는 그 자신의 열쇠

　　허무한 웃음

　　자극적인 화폐의 춤

그는 간다———

점點

묵묵히———묘지———영겁의 매몰로

최후의 무용舞踊과 미주美酒

정점과 초점

높게 높게 높게 높게 높게 높게 높게 솟은 철탑

그 는 간 다 혼자!

그 는 간 다 혼자!

히 비 야

「히비야」

일본을 대표하는 아나키즘 시의 걸작이다. 작품이 수록된『사형선고』에는 점과 선을 비롯한 각종 기호와 부호의 사용, 활자의 크기와 배열, 위치 등 기존 시와는 다른 파격적 시각효과가 나타난다. "히비야"는 토오꾜오에 있는 중심부의 지명으로 일본 최초의 서양식 공원 '히비야공원'이 위치한다. 그러나 이 시에서는 "수도중앙지점"이 암시하듯 근대국가 일본의 중심이자 자본주의 경제, 정치, 사회의 제반을 상징하는 기호로 사용된다. 즉 권력이 집중된 히비야를 인간성을 상실한 근대 지식인의 모습으로 묘사하며 아나키스트로서의 비판의식과 변혁 정신을 표출하고 있다.

『사형선고』의 시풍에 대해 시인은 "지식계급자로서의 나 자신의 고뇌, 초조, 피로, 몰락이라는 필연적 과정과 여기에 이르기까지의 생활 해체를 추궁당하며, 한편으로는 무산계급예술의 종합 형태의 창조, 다른 한편으로는 적극적 투지의 실현을 목표로 삼아, 기존의 예술적 도취에서 이탈해 생활정진의 분출을 의도한 것"이라고 회상하고 있다. 권위에 도전하는 그의 정신은 일본을 대표하는 전위적 사상시인으로서의 진면목을 드러낸다.

나까노 시게하루(中野重治, 1902~79)

후꾸이현 출신으로 토오꾜오 대학 독문과를 졸업했다. 대학 재학 시절인 1925년 동문들과 잡지 『나상(裸像)』을 창간해 「하얀 파도」 등의 서정시를 발표했다. 『나상』 종간 후 동문들과 결성한 맑스주의예술 연구회를 통해 사회정의 실현을 향한 정치적 문예운동에 참여한다. 1926년 프롤레타리아 문학자 쿠보까와 츠루지로오(窪川鶴次郞) 등과 잡지 『당나귀』를 창간, 「새벽 직전의 안녕」 「노래」 「기관차」 등 프롤레타리아 시의 명작으로 평가되는 작품을 발표한다. 1927년 쿠라하라 코레히또(藏原惟人) 등과 일본 프롤레타리아 문학의 중심 단체 전일본무산자예술연맹(NAPF)을 결성해 간부로 활동한다. 이후 기관지 『전기(戰旗)』(1928)를 창간하는 등 프롤레타리아 문학운동의 발전에 일조한다. 기본적으로 그의 주장은 예술 대중화의 입장에서 정치와 문학, 예술과 생활을 통일하고 인간해방을 추구하는 것이었다. 이런 이념은 일본공산당원 탄압사건(3·15사건)을 묘사한 소설 『초봄의 바람』(1928)과 천황제 권력에 의해 일본에서 조선으로 쫓겨가는 동지들과의 연대를 외친 「비 내리는 시나가와역(品川驛)」(1929) 등의 시로 나타난다.

1932년 일본 프롤레타리아문화연맹(KOPFJ) 대탄압으로 투옥된 후 1934년 전향했고 이후 시와 소설, 평론 분야에서 활발한 활동을 전개한다. 『마을의 집』(1935) 등의 소설과 『사이또오 모끼찌(齋藤茂吉) 노트』(1942) 등의 평론 외에 자신의 시를 집대성한 『나까노 시게하루 시집』(1935) 등을 발표한다. 패전 직후 공산당에 복귀해 1947년부터 3년간 참의원 의원으로 활약하면서도 정치에 좌우되지 않는 문학자로서의 입장을 견지했다. 평론 『조선의 세균전에 대해』(1952)와 『배나무꽃』(1947~48), 소설 『나까노 시게하루 전집』(1976~80, 전28권) 등이 전해진다.

노래

너는 노래하지 마라
너는 개여뀌꽃과 잠자리 날개를 노래하지 마라
바람의 속삭임과 여인의 머리카락 향기를 노래하지 마라
온갖 나약한 것들
온갖 불안정한 것들
온갖 우울한 것들을 몰아내라
온갖 운치를 배척하라
오로지 정직한 것을
요깃거리가 될 것을
가슴 끝자락으로 치밀어 오르는 것을 노래하라
두들겨져 튀어 오르는 노래를
치욕의 밑바닥에서 용기를 퍼올리는 노래를
그 노래들을
목이 붓도록 엄중한 리듬으로 노래하라
그 노래들을
장차 사람들의 가슴팍에 때려넣어라

작품해설

「노래」

잡지 『당나귀』 시절의 작품으로 프롤레타리아 시인으로서의 정신을 엿볼 수 있다. 구성면에서 전반부 "노래하지 마라"의 부정과 후반부 "노래하라"의 긍정의 대비가 시인이 추구하는 문학예술의 성격을 부각한다. "개여뀌꽃"과 "잠자리 날개" "바람의 속삭임" 등은 초기 서정시에서 추구하던 아름다움의 상징이다. 자연의 "운치"와 "여인의 머리카락 향기"에 응축된 정서를 "나약"하고 "불안정"하며 "우울한 것"으로 규정한다. 이를 대신한 그의 문학적 자양분은 "정직"하고 "요깃거리"가 되는 생활자적 현실인식뿐이다. 결국 시인은 이상을 표현하기 위해 "가슴 끝자락으로 치밀어 오르"는 감동과 무산자계급에 대한 박해라는 "치욕"을 견디고 혁명가로서 강인한 "용기"가 필요하다고 역설한다.

프롤레타리아 문학은 정치사상에 주안점을 둔 나머지 예술성이 결여되기 쉽다. 그러나 이 시에서는 사상의 논리와 예술작품으로서의 완성도가 조화를 이루고 있다. 전반부의 과거 문학과 삶에 대한 부정에서 후반부의 미래를 향한 적극적 긍정으로의 전환은 시 전체를 흐르는 단호한 어법으로 부각된다. 또한 '~마라' '~해라'의 명령형과 '을(를)' '들'의 반복은 일정한 리듬감을 자아내며 사상적 메시지를 효과적으로 전달하고 감정을 고조시킨다. 이 과정에서 "치밀어 오르는" "튀어 오르는" "퍼올리는"의 강한 어조의 동사 또한 인상적이다.

한편 "개여뀌꽃"과 "잠자리 날개" "바람의 속삭임" 등의 자연물과 "여인의 머리카락 향기"는 시각과 청각, 후각이 어우러진 묘사다. 자연과 인간의 조화라는 일본 서정시의 전통정서를 후반부 "치욕" "용기" "요깃거리" 등 사상적 밀도의 시어들과 대비했다. 일본 프롤레타리아 시의 걸작으로 평가해도 손색없는 작품이다.

키따가와 후유히꼬(北川冬彦, 1900~90)

시가현 출신. 만주 철도회사 직원이던 아버지를 따라 소학교는 대련에서, 중학교는 여순에서 마쳤다. 유소년기에 경험한 만주의 풍토는 선 굵은 작품을 추구한 시인에게 중요한 자양분이 됐다. 귀국 후 토오꾜오 대학 법학부 재학 중 시 창작을 시작해 안자이 후유에(安西冬衛) 등과 전위적 단시운동46의 실험적 잡지 『아(亞)』(1924)와 『면(面)』을 창간했다. 이후 첫 시집 『삼반규관상실(三半規管喪失)』(1925)과 제2시집 『검온기(檢溫器)와 꽃』(1926)으로 모더니즘 계열의 시인으로 입지를 다진다.

1927년 주요 영화잡지 『키네마준보오(キネコ旬報)』 편집부에 입사해 영화비평을 담당하며 씨네뽀엠(cinèpoème)47, 시나리오문학운동 등 새로운 시 이론을 추구한다. 1928년 하루야마 유끼오(春山行夫) 등과 "낡은 시의 무시학적(無詩學的) 독재를 타파하고 오늘날의 뽀에지(poésie)를 정당하게 제시한다"라는 신시(新詩)운동의 기치를 내걸며 시잡지 『시와 시론』을 창간했다. 이 잡지를 통해 단시운동을 계승한 신산문시운동48을 전개하는 한편, 그 성과를 중심으로 제3시집 『전쟁』(1929)을 간행해 전위적 시인으로서의 지위를 확립했다.

1930년 『시와 시론』 편집 방침이 예술지상주의로 흐르는 것에 불만을 느끼고 『시간』 『시·현실』(이상 1930)을 창간해 휴머니즘과 신산문시운동, 현실 중시의 입장을 취했다. 특히 현실 중시는 당시 시단을 주도하던 프롤레타리아 문학과도 일맥상통했다. 그러나 키따하라는 시가 예술에 대한 고려없이 정치

---

46 시의 행을 짧게는 1행에서 2, 3행 정도로 구성하되 다다이즘 시처럼 언어 나열이 아닌, 의미를 지닌 언어를 연결해 산문적 세계를 도출해내려는 실험.

47 1차대전 후 프랑스를 중심으로 한 전위적 영화운동의 영향으로 시나리오 형식의 전개에 입각해 시의 이미지를 구성하는 시도를 가리킴. '영화시'로도 불림.

48 『아』의 단시운동의 흐름을 계승해 다다이즘 시의 무분별한 행갈이를 부정하는 한편, 타이쇼오기 민중시인들의 장황한 산문시 역시 배척함으로써 예술성을 중시하는 입장.

적 목적에 좌우되거나 안이한 리얼리즘으로 추락하는 것에 거부감을 가졌다. 즉 예술성에 기반을 둔 현실 중시의 입장으로 '현실 위에 더욱 새로운 현실'의 존재를 직시하려는 네오리얼리즘운동을 전개했다. 그후에도 『자장(磁場)』(1931), 『밀떡(麵麭)』(1932) 등의 잡지 창간 외에 『얼음』(1933), 『북방』(1935), 『배양토』(1941) 등의 시집을 통해 독특한 비판과 풍자의 작품세계를 견지했다. 잡지 『현대시』(1946)를 편집해 전후시의 새로운 방향성을 모색했고 이를 계기로 1946년 현대시인회(현 일본 현대시인회)를 설립했다. 키따하라 시의 문학사적 중요성은 다양한 실험적 현대시 이론을 제시한 이론가이자 시인으로 활약한 점에 있다. 특히 전쟁 전후에 걸쳐 시의 혁신을 주장하고 실천하며 전위적 시인으로 자리매김했다. 그밖에 『말(馬)과 풍경』(1952), 『한밤의 눈뜸과 책상의 위치』(1964), 『북경 교외에서 외』(1973) 등의 시집과 소설 『악몽』(1947)과 『현대영화론』(1941), 『시나리오의 매력』(1953) 등의 평론집이 있다.

말(馬)

군항軍港을 내장內臟하고 있다.

허들 레이스

다가오는, 벽과 같은 허들. 도약하는 그녀들.
조금씩이지만 같은 자세의 그녀들.
허들은 다리 밑에 있다, 곧추 세운 앞발. 한쪽을 맡긴다, 기수처럼.
멋진 유연성. '속력의 융단'을 깔고 간다.
손가락에 느껴지는 구름 한조각.

「말」

『시와 시론』에 발표한 후 제3시집 『전쟁』에 수록한 문제작이다. 시인이 주도한 단시운동 및 신산문시운동을 가늠해볼 수 있는 실험적 작품이다. "말"과 "군항" "내장"의 한자어가 하나의 이미지를 만들며 의미를 자유롭게 결합한다.

시인의 회고에 따르면 시 속 정경은 중학 시절을 보낸 만주 여순이다. 러일전쟁 당시 "백옥산 언덕 위에서 여순항을 내려다보고 있자니 건너편에서 말이 올라왔다. 몸통이 군항을 뒤덮어 군항을 잉태하고 있는 것으로 보였다"라고 한다. 말의 울퉁불퉁한 배를 항구에 정박한 크고 작은 군함들의 광경으로 포착한 상상력이 돋보인다. 결국 이 시는 말의 내장에 군항이 투시되는 기묘한 시각에 의존한다. 그림 같은 기괴한 영상에 "군항"이 떠오르게 하는 군국주의 일본의 암울함이 어우러져, 시인이 추구한 현실감각면에서도 충분한 메시지를 담고 있다. 정확한 언어 구사 속에 구어산문시로서의 예술을 추구하려는 태도가 느껴지는 작품이다.

「허들 레이스」

젊은 시절 스포츠에 열중한 시인의 면모를 엿볼 수 있는 작품이다. 시기적으로 시집 『검온기와 꽃』 무렵에 창작됐다. 움직임의 순간을 고속카메라로 포착하듯 영상화한 것으로 속도감이 두드러진다. 1행에서는 "허들"이 수직으로 놓인 가운데 주자가 느끼는 접근성이 "도약"을 통해 속도감으로 전환되면서 생동성이 창출된다. 이 시의 특징은 시점이 레이스에 임하는 주자, 관람자 등으로 자유롭게 이동하며 "허들 레이스"라는 긴박한 순간을 생생히 재현하는 데 있다. 특히 2행과 3행의 묘사가 인상적이다. 질주를 옆에서 바라보듯 허공에 뜬 여성 주자의 다리와 앞발과 뒷발이 교차되는 체공의 순간을 포착했다.

주제는 "기수"를 연상시키는 민첩한 몸놀림이며 이는 "속력의 융단"이라는 비유를 통해 속도감과 부드러움, 즉 "유연성"으로 이어진다. 마지막행의 "구름 한조각"은 영상 나열에 치우치기 쉬운 표현에 청량함을 가미한다. 기법면에서 클로즈업이나 롱숏 등 갖가지 형태가 플래시백으로 구성돼 시 전체가 쾌조의 템포로 변하는 영화를 연상시킨다. 전형적인 씨네뽀엠 요소다.

안자이 후유에(安西冬衛, 1898~1965)

나라시 출신으로 오오사까 부립 사까이 중학교를 졸업했다. 1916년 중학교 졸업 후 사까이 지역신문에 하이꾸를 투고한 것을 계기로 하이꾸 형식에 입각한 시의 데생에 관심을 갖는다. 이 경험은 훗날 대표작 「봄」을 비롯한 단시형 1행시 창작의 기폭제가 된다. 이후 1919년 아버지를 따라 만주 대련으로 이주해 『대련신문』 등에 인상시풍 단시를 발표한다. 1924년 대련에 있던 키따가와 후유히꼬 등과 시잡지 『아』를 창간해 단시운동을 전개한다. 1926년에는 잡지 『일본시인』에 시 「군함 마리호(茉莉號)」를 게재했다.

1927년 2월 『아』가 종간된 후 잡지 『시와 시론』의 동인으로 참여해 키따가와 후유히꼬 등과 쇼오와(昭和, 1926~89) 초기 신시운동의 중심 멤버로 활동한다. 이후 1929년 대표작 「봄」이 포함된 첫 시집 『군함 마리』를 출간하며 이미지즘 기법의 신산문시운동을 전개했다. 통념을 뛰어넘는 이미지에 입각한 환상적 탐미라는 이러한 특징은 시집 『아시아의 함호(鹹湖)』와 『목마른 신』(이상 1933)에서 농도를 더해간다.

1934년 아버지의 사망으로 귀국한 후에는 사까이시에 거주하며 1952년까지 시청 직원으로 시가(市歌) 작사와 시사(市史) 편찬을 한다. 패전 후에는 관서지방을 거점으로 문화 활동을 펼치며 신문에 영화평 등을 썼고 잡지 『일본 미래파』(1947), 『현대시』『시문화』(이상 1948) 출간 활동에 참여했다. 전후 발간한 주요시집으로는 『달단해협(韃靼海峽)과 나비』(1947), 『앉아 있는 투우사』(1949) 외에 그의 작품을 집대성한 『안자이 후유에 전집』(전10권, 1977~84) 등이 있다. 평생 문학과 인생 사이에서 일정 거리를 유지하며 기발한 이미지를 다채롭게 엮어낸 탐미적 시인으로 평가된다.

봄

나비가 한마리 달단해협을 건너갔다.

작품해설

「봄」

쇼오와 서정시의 절창으로 불리는 작품이다. 1행에 불과하지만 시의 깊이는 뚜렷한 존재감을 지닌다. "달단해협"은 아시아 대륙과 홋까이도오 북쪽 사할린 사이의 해협이다. "달단"은 몽고의 한 부족인 '타타르'에서 유래됐다고 한다. 문맥적으로는 봄이 도래해 나비가 달단해협을 건너갔다는 단순한 의미지만 선명한 이미지로 빼어난 효과를 거두고 있다. 구체적으로 이 시는 한마리 나비라는 생명체가 달단해협이라는 거대한 자연과 대조를 이루는 가운데 봄의 정감이 조화돼 영상미를 자아낸다. 그러나 단순히 "나비"와 "달단해협" 조합만으로는 광활한 해협을 건너가는 나비의 유유자적함을 그려낼 수 없다. 여기에 "봄"이라는 표현이 곁들여지며 비로소 겨우내 달단해협을 가두던 얼음이 녹는다. 그리고 그곳으로 경쾌하게 날개를 파득대며 날아가는 가녀린 나비의 모습이 독자의 뇌리에 인상을 남긴다.

시인의 1행시는 일본의 전통적 단시형 문학인 하이꾸와 비교되기도 한다. 하이꾸는 17음절(5·7·5)의 운율 정형성 외에 계절감을 바탕으로 자연과 인생을 조화하는 인생시적 요소를 강조한다. 이 시에도 봄이라는 계절감은 제시되고 있으나 해협과 나비 및 원경과 근경의 대비라는 시각에 집중되어 있을 뿐 하이꾸처럼 인생에 대한 메시지는 느껴지지 않는다. 키따가와 후유히꼬와 함께 『시와 시론』 시대를 선도해간 안자이의 단시·신산문시운동의 건조한 서정성을 읽을 수 있는 부분이다.

니시와끼 준자부로오(西脇順三郎, 1894~1982)

니이가따현 출신으로 케이오오 대학 이재과(理財科)를 졸업했다. 1912년 케이오오 대학에 입학해 시 창작에 관심을 갖지만 당시 시단의 주류이던 칸바라 아리아께, 우에다 빈 등의 상징시풍에 저항감을 느끼고 영시를 습작했다. 1920년 케이오오 대학 예과 교원이 된 후 하기와라 사꾸따로오의『달에게 짖다』를 읽고 감명을 받으며 일본어시 창작을 결심한다. 1922년 케이오오 대학 유학생 신분으로 영국에 건너가 옥스퍼드 대학 뉴칼리지에서 고대와 중세 영문학을 배우며 영국의 젊은 문학자, 화가, 저널리스트 들과 교류한다. 당시 영국문단은 조이스(J. Joyce)의『율리시즈』, 엘리엇(T. S. Eliot)의『황무지』등이 출간되던 시기이다. 또한 미래파, 다다이즘, 초현실주의, 추상파 등의 혁신적 모더니즘예술운동이 유럽대륙을 휩쓸고 있었다. 이런 영향을 담아 니시와끼는 1925년 영문시집『Spectrum』을 자비출판한다. 이듬해 귀국해 케이오오 대학 문학부 교수가 된 후 반자연주의 및 탐미파 계열의 문예지『미따(三田)문학』(1910)에 「초자연주의」(1928), 「시의 소멸」 등의 참신한 주지적 시론을 발표해 주목받는다. 1927년 타끼구찌 슈우조오(瀧口修造) 등의 초현실주의 시인과 일본 최초의 초현실주의 시선집『복욱(馥郁)의 화부(火夫)여』를 출간해 본격적인 초현실주의운동을 시작한다. 이후 1928년『시와 시론』이 창간되자 'J. N.'이라는 필명으로 「초자연시학파」 등의 시론과 시를 발표하며 이론가로 활약했다.『시와 시론』외에도『모밀잣밤나무』『시법』등의 잡지에 정력적으로 기고하는 한편,『초현실주의 시론』(1929) 등의 시론집과 일본어로 된 첫 시집『Ambarvalia』(1933),『암바와리아』(1935, 개정판)를 발표해 쇼오와 초기 모더니즘 시운동의 핵심 존재로 자리매김한다.

1935년부터 전쟁 기간까지는 시 창작을 중단하고 영문학 연구에 전념해 1948년 박사학위를 취득했다. 니시와끼가 시인으로서 진가를 발휘한 것은 1947년『나그네 돌아오지 않고』로 동양적 정감이 넘치는 정적 세계를 전개하면서부터다. 그러나 그의 시세계의 본령은 지성 중시의 주지적 모더니즘에서 찾을 수 있다. 1951년에는 케이오오 대학 문학부장으로 취임해 무라노 시로오(村野四郎) 등의 주지주의 계열 시인들과 『GALA』를 창간했다. 아(雅)와 속(俗)의 세계를 자유롭게 넘나드는 『근대의 우화』(1953)와 『제3의 신화』(1957), 『읽어버린 때』(1958) 등은 니시와끼 시의 지적인 세계를 가늠해볼 수 있는 대표시집이다. 이후 『예기(禮記)』(1967)를 비롯해 2,000행의 장편 시로 이루어진 『양가(壤歌)』(1969)와 『녹문(鹿門)』(1970) 등 개성 있는 시집을 발표하며 풍부한 학식과 소양을 겸비한 시인으로 쇼오와기의 일본시단에 전인미답의 업적을 남겼다.

날씨

(뒤집힌 보석) 같은 아침
몇명이 문 앞에서 누군가와 속삭인다
그것은 신이 탄생한 날

나그네 돌아오지 않고

나그네는 기다려라
이 한줄기 샘물에
혀를 적시기 전에
사고하라 인생의 나그네
그대 또한 바위틈에서 스며나온
물의 정령에 불과하니
이 사고하는 물도 영원히는 흐르지 않으리
영겁의 어느 시점에 메말라버리리
아 어치새가 재잘거려 시끄러워라
때때로 이 물속에서
꽃장식을 한 인간의 환영이 나온다
영겁의 생명을 갈구하는 것은 꿈
흘러 사라지는 생명의 여울에
사념을 버리고 마침내
영원한 벼랑으로 떨어져
사라지길 바람은 현실이어라
그렇게 말하는 건 캇빠⁴⁹의 환영
마을로 거리로 물에서 나와 놀러 온다
비낀 구름 그림자에 수초가 자라는 무렵

---

49 상상 속 동물로 4, 5세 정도의 어린아이 모습인데 얼굴은 호랑이를 닮았고 입이
튀어나왔으며 몸은 비늘로 덮여 있음. 머리숱이 적고 정수리에 움푹 파인 부분
이 있어 여기에 물을 담아두고 물과 육지를 넘나들며 산다고 전해짐.

작품해설

「날씨」

시가 수록된 『Ambarvalia』는 니시와끼 최초의 일본어시집으로, 일본 현대시사에 모더니즘 바람을 일으킨 개성적 작품들이 수록돼 있다. "Ambarvalia"는 곡물의 여신을 기리는 축제를 의미한다. 헬레니즘문화를 동경해 초현실주의 시작법을 배웠다는 작자의 성향을 엿볼 수 있다. 이 시는 시인이 추구한 초현실적 기법의 대표작이며 "신"의 "탄생"이 암시하는 원시성과 서정을 근대적 지성으로 재구성했다.

첫행에서 아침을 수식하는 "뒤집힌 보석"을 괄호에 넣음으로써 비유에 머물지 않고 독립된 이미지를 형성했다. 구체적으로 "뒤집힌 보석" 같은 상상력이 "신이 탄생한 날"의 신비로움을 도출하며 "날씨" "아침" "문" 등의 현실과의 조화 속에 초현실로 비약, 확대된다. 니시와끼가 추구한 초현실주의 기법은 시에서 통속적인 상징을 박탈하고 자유롭게 창조된 시적 공간을 전개하는 데 있다. 다시 말해 '현실'과 '초현실'을 동일한 공간에 위치시키고 양자가 대립하는 지점에서 본질을 추구하는 것이다. 이 과정에서 시인은 멀리 있는 것을 연결하고 가까이 있는 것을 단절하는 형태로 습관적인 의미 연결을 배척한다. 이를테면 "날씨" "보석" "아침" "문 앞" "신" 등은 특별한 의미상의 연결고리 없이 독립적으로 존재하며 신의 "탄생"은 현실과 초현실의 공존을 자연스럽게 암시한다.

「나그네 돌아오지 않고」

시집 『나그네 돌아오지 않고』의 서두시로, 시집의 정감을 가늠해볼 수 있다. 첫 시집 『Ambarvalia』가 서양풍 분위기라면 이 시집에서는 노자의 '현(玄)'의 세계를 연상시키는 동양적 정신이 느껴진다. 시인은 "시의 세계는 노자의 현의 세계로 유(有)인 동시에 무(無)인 세계, 현실이면서 꿈"이라고 언급한다. 4행의 "인생의 나그네"에서 알 수 있듯 전쟁 전에 발표한 초현실주의 시에서는 볼 수 없던 세계에 대한 관조가 이 시집을 기점으로 나타나며 후기 시세계로 진입한다.

1행 "나그네는 기다려라"부터 4행의 "사고하라 인생의 나그네"까지는 내면에 위치한 '영겁의 나그네'를 향해 외치는 부분이다. '영겁의 나그네'는 11행의 "인간의 환영"을 가리킨다. 시인은 "자신의 어느 순간에 와서 다시 사라져가는 존재"이며 "'원시인' 이전의 인간의 추억"으로 "생명의 신비, 우주 영겁의 신비"에 속하는 자의식의 표현이라고 말한다. 다시 말해 자신이 갖고 있는 신비스러운 의식, 즉 사념을 향한 외침이다. 이후 5행의 "그대 또한 바위틈에서 스며나온"부터 "영겁의 어느 시점에 메말라버리리"까지는 시인의 신비한 의식인 "사고하는 물" 또한 결국은 형체 없는 "물의 정령" 같은 것으로, 흘러나가는 순간 '무'로 환원되는 덧없는 것이다. 이렇게 보면 "어치새가 재잘거려 시끄러워라"는 "샘물"이나 "바위틈" 그리고 "여울"과 함께 의식 속 정경을 구성하는 자연의 요소에 불과하다. 이어 등장하는 "꽃장식을 한 인간의 환영"은 '영겁의 나그네'가 잠시 화려한 모습을 드러낸 것임을 알 수 있다. 그러나 자신이 추구하는 "영원한 생명"은 어디에도 존재하지 않으며 따라서 흘러 사라져버리는 생명의 흐름에 무상감을 자각하기에 이른다. 꿈과 현실의 대비에서, 궁극적으로 상념을 버리고 현실을 직시하려는 자기소멸 자세를 드러내기 때문이다.

결론적으로 시인이 전하는 무의 인생관은 "사라지길 바람은 현실이어라"에서 끝난다. 그러나 이어 등장하는 "그렇게 말하는 건 캇빠의 환영" 이하 3행에서는 이제까지의 심오한 인생철학을 해학적으로 뒤집는 반전을 시도한다. 전술한 "인간의 환영"이 우스꽝스러운 외모의 "캇빠의 환영"으로 전환되며 골계감을 자아내기 때문이다. 추상적 주제인 "영겁의 생명"과는 어울리지 않는 "캇빠"의 등장은 무겁게만 느껴지던 무상감에 파토스를 부여한다. 전체적으로 현실과 공상을 넘나드는 조합이 두드러지며 초현실주의 시인으로서의 면모가 여전히 남아 있음을 상기하게 하는 시이다.

무라노 시로오(村野四郎, 1901~75)

토오꾜오 출신으로 케이오오 대학 이재과를 졸업했다. 하기와라 사꾸따로오의 『파란 고양이』에서 감명을 받아 본격적인 시 창작을 시작한다. 이후 구어시의 개척자 카와지 류우꼬오 등과 잡지 『횃불』(2차, 1926)을 간행하고 1926년 도시생활을 풍자로 응시한 첫 시집 『함정』을 발표했다. 회사에서 근무하며 『신즉물성(新卽物性) 문학』 『기어(旗魚)』 『신영토』 등 쇼오와 초기의 신시운동 계열의 시잡지에 주지주의적 모더니즘 시를 잇달아 게재했고, 제2시집 『체조시집』(1939)으로 일본을 대표하는 신즉물주의 시인으로서의 위치를 확보했다. 이 시집은 1936년 베를린올림픽 등 스포츠 사진자료와 시를 조합한 이색적인 작품으로 주관의 개입을 배제한 채 대상을 냉정히 파악하는 시풍이 눈에 띈다.

『서정비행』(1942), 『산호(珊瑚)의 채찍』(1944) 등 전쟁 중에 발간한 그의 시집에서는 결말로 치닫던 전쟁을 반영하듯 냉소적 색채의 시가 다수를 차지한다. 이에 비해 1948년 발표한 『예감』에서는 전후의 혼란 속 냉소주의에서 이탈하기 시작해 『실재의 강기슭』(1952)에 이르러 실존주의적 삶의 응시라는 새로운 경지를 개척한다. 이후 발표한 『추상의 성(城)』(1954)과 『망양기(亡羊記)』(1959)에서는 무신론적 실존주의철학과 대상의 객관적 포착을 주제로 한 신즉물주의가 조화를 이룬다.

그밖의 시집으로는 『창백한 기행』(1963), 『무라노 시로오 전시집』(1968) 등이 있으며 시론집으로 『목신(牧神)의 목걸이』(1946), 『오늘의 시론』(1952), 『현대시 입문』(1971) 등이 있다. 동화집 『아이들의 무사시노(武藏野)』(1943) 등을 남겼으며 1965년에 작사한 「둥지를 떠나는 노래」는 대표적인 졸업식 합창곡으로 알려져 있다.

다이빙

나는 하얀 구름 속에서 걸어 나온다
한장의 거리距離 끝자락까지
커다랗게 나는 구부린다
시간이 그곳에 주름 짓는다
찬다 나는 차올랐다
이미 허공이다
하늘이 나를 안아 세운다
하늘에 걸린 근육
하지만 탈락한다
쫓겨나와 찌른다
나는 투명한 촉각 속에서 발버둥친다
머리 위의 거품 밖으로
여자들의 웃음과 허리가 보인다
나는 빨간 파라솔의
거대한 무늬를 잡으려고 안달한다

다이빙

꽃처럼 구름들의 의상이 펼치는
물의 반사가
그대의 알몸에 무늬를 새긴다
그대는 마침내 뛰어들었다
근육의 날개로.
햇살에 그을린 자그만 벌이여
그대는 꽃을 향해 떨어지고
찌르듯 물속으로 파고들었다
이윽고 건너편 꽃그늘에서
그대는 나온다
액체에 젖어
자못 무거운 듯이

작품해설

「다이빙」

다이버가 스프링보드에서 물속으로 뛰어들고 수면으로 떠오를 때까지의 과정을 사진처럼 묘사한 대표작이다. 시가 수록된 『체조시집』 서문에서 시인은 "오늘날 시에서는 이미 시인이 히스테리해질 이유가 어디에도 없다"라고 하면서 감상을 배제한 즉물적 시작법의 중요성을 강조한다. 아울러 아래 인용한 시 전반부에 대한 시인의 해설은 이 시집이 추구한 모더니즘적 시의 묘사를 설명하고 있다.

이 시에서는 모든 서정적 상상을 배제하고 냉정한 카메라아이에 의지하듯 사물 자체가 포착되고 있다. 그리고 모든 언어 표현이 합목적·직선적 의미로 구성돼 있다. 말(언어)의 의미와 태도에 곡선성은 허용되지 않는다. 이런 방법에 입각해 인간 육체 자체가 공간에 그리는 형태미를 묘사한 것이다. 이 고속카메라 같은 광경은 우선 남자 하나가 공중의 스프링보드 끝으로 걸어나가는 부분에서 시작된다. 그로부터 굴신(屈身), 도약, 낙하, 수중의 혼미 방식으로 이동해가며 물체 이동과 함께 시간 또한 '보이는 것'으로 포착되고 있다. 특히 "시간이 그곳에 주름 짓는다" 외에 "하늘이 나를 안아 세운다" "하늘에 걸린 근육" 등의 약간의 (시간적) 틈새를 부여한 표현은 가슴을 편 허공에서 육체가 하강 자세로 옮겨갈 때 일시정지하는 시간적 이미지를 고려한 것이다. "나는 빨간 파라솔의/거대한 무늬를 잡으려고 안달한다"는 물속으로 들어간 남자의 혼미와 초조의 심리상태를 수면에 비친 여자의 허리와 비치파라솔의 화려한 색채 교차로 나타내려 한 것이다.

미요시 타쯔지(三好達治, 1900~64)

오오사까 출신으로 토오꾜오 대학 불문과를 졸업했다. 대학 시절 신감각파 소설가 카지이 모또지로오(梶井基次郎)의 잡지 『청공(靑空)』 출간 작업에 참여했고 키따가와 후유히꼬 등의 영향을 받으며 시 창작을 시작했다. 이후 「유모차」 「벽돌담(甃)의 노래」 등의 초기 시편이 민중시인 모모따 소오지(百田宗治)의 호평을 받으며 잡지 『모밀잣밤나무』의 동인이 된다. 1928년 하기와라 사꾸따로오와 친교를 맺는 한편, 『시와 시론』에 참여해 시, 평론, 번역 등을 기고한다. 이듬해 보들레르의 산문시집 『빠리의 우울』을 번역했고 1930년 제1시집 『측량선(測量船)』으로 쇼오와 초기의 새로운 서정시를 모색한다. 같은 무렵 4행시를 기조로 한 『남창집(南窗集)』(1932), 『한화집(閒花集)』(1934), 『산과집(山果集)』(1935) 등 전기 시세계를 대표하는 시집들을 정력적으로 간행했다. 1933년 봄 쇼오와기를 대표하는 문예잡지 『사계(四季)』(2차, 1934)에서 편집 책임자로 활동한다. 사계파 대표시인으로 불릴 정도로 이 잡지를 통한 활약이 두드러졌다.

1937년 중일전쟁이 중국대륙 전체로 확대되자 당시 주요 문학 출판사였던 개조사(改造社)의 특파원으로 상해전선에 종군하며 잡지 『개조』 등에 르뽀르따주를 발표한다. 1938년 문예비평가 코바야시 히데오(小林秀雄) 등과 문예지 『문학』을 창간하며 활동 영역을 확대해간다. 시집 『초천리(艸千里)』(1939)에서는 자연 정감에 전통시가의 미의식과 근대적 서정을 융합함으로써 쇼오와 서정시의 시풍을 확립해 동시대 시인들에게 큰 영향을 미친다. 『측량선』에서 『산과집』에 이르는 네권의 시집을 수록한 종합시집 『봄의 땅끝(山甲)』과 『흙비(霾)』(이상 1939)를 비롯해 전쟁 기간에는 『일점종(一點鐘)』(1941)과 『첩보 다다르다』(1942), 『조채집(朝菜集)』 『한탁(寒柝)』(이상 1943), 『화광(花筐)』(1944) 등을 발표했다.

이 중 전쟁참여시집 『첩보 다다르다』를 제외한 다수는 서정시집으로 특히 『화광』에는 자연을 바탕으로 서정성을 문어체로 노래한 「돌아갈 날도 없는」 「산들 저 너머로」등의 중기 시세계를 대표하는 가작들을 수록했다. 전후의 시집으로는 종합시집 『봄의 나그네』(1945), 『모래의 요새』(1946), 『낙타 혹에 걸터앉아』(1952) 등 해학과 비평을 곁들인 시집들이 눈에 띈다. 타이쇼오 말기부터 약 40년에 이르는 기간에 신선한 언어와 지성으로 새로운 서정시시대를 구축했으며 니시와끼 준자부로오와 함께 쇼오와시단을 이끈 대표시인으로 평가된다.

눈

타로오太郎가 잠들도록, 타로오 집 지붕에 눈 내려 쌓인다.
지로오次郎가 잠들도록, 지로오 집 지붕에 눈 내려 쌓인다.

유모차

어머니 —
아련하고 서글픈 것이 내려요
자양화빛의 것이 내려요
끝없는 가로수 그늘에
생생 바람이 불어오네요

때는 저녁녘
어머니 내 유모차를 밀어줘요
눈물 젖은 석양을 향해
딸그락딸그락 내 유모차를 밀어줘요

빨간 레이스 장식의 비로드 모자를
차가운 이마에 씌워줘요
갈 길 바쁜 새들의 행렬에도
계절은 하늘을 건너갑니다

아련히 서글픈 것 내려요
자양화빛의 것이 내리는 길
어머니 난 알고 있어요
이 길은 멀고 먼 끝없는 길

대아소(大阿蘇)[50]

빗속에, 말들이 서 있다

한두마리의 망아지들이 섞인 말의 무리가 빗속에 서 있다

비는 추적추적 내리고 있다

말들은 풀을 먹고 있다

꼬리도 잔등도 갈기도 흠뻑 젖어

그들은 풀을 먹고 있다

풀을 먹고 있다

어떤 녀석은 풀도 먹지 않고 멍하니 목을 늘어뜨리고 서 있다

비가 내리고 있다 추적추적 내리고 있다

산은 연기를 피어올리고 있다

나까다께 봉우리에서 연노란빛 육중한 연기가 뭉실뭉실 피어오

르고 있다

온통 하늘을 덮은 비구름과

이윽고 그들은 분간할 수 없게 이어져 있다

말은 풀을 먹고 있다

구사센리가하마 고원[51] 어느 언덕의

비에 씻긴 푸른 풀을 그들은 오직 먹고 있다

먹고 있다

----

50 큐우슈우 쿠마모또현 북동부에 위치한 해발 1,592미터의 활화산. 두 분화구 중
   "나까다께(中嶽)" 대분화구는 지금도 화산 활동을 하고 있음.
51 아소산 중턱 해발 1,140미터 지점에 위치한 직경 1킬로미터 정도의 고원. 소와
   말 방목지로 아소산 관광의 중심.

그들은 그곳에 모두 조용히 서 있다
흠뻑 비에 젖어 언제까지나 한곳에 그들은 조용히 모여 있다
만약 백년이 이 한순간에 정지한들 이상할 것 없으니
비가 내리고 있다 비가 내리고 있다
비는 추적추적 내리고 있다

계림구송(鷄林口誦)

여기 신라의 왕릉 자리한 곳
가을 햇살 아직도 청명하여라

어디선가 닭 우는 소리 아련하고
저편 농가에 다듬이소리 들려라

먼 길 찾아온 길손은
잠시 숨을 돌리고 풀은 마냥 푸르구나

목화밭 속에는 목화꽃
오솔길 속으로 울어대는 귀뚜라미

소나무 가지를 건너는 바람
풀밭을 비껴 흐르는 시냇물

꾸벅꾸벅 관상觀相52의 눈을 감으니
나타났다 이내 사라지는 것들의 소리

고요에 잠길 무렵 푸른 하늘 깊숙이
문득 느릿한 벌 하나 춤추며 내려오고

---

52 여기서는 인생의 희로애락을 관조하는 것을 의미함.

햇살 속 사자상 흙 속에 묻힌 채
예를 표하는가 석상들 몸을 굽혔어라

아 떠나간 자 돌아올 날 언제려나
왕도 왕비도 군중도 갈림길에 누각까지

꿈결보다 사뿐한 차림으로 춤추는 궁녀들의
환영인가 때마침 양떼구름 수풀 위로 날아가고

새벽이슬 따라 지나쳐온 풀숲 사잇길
왕의 거처가 있던 곳 뒤돌아보니

고개 들고 꼬리 내린 커다란 소 하나
그림자 드리우며 멈춰 있어라

푸른 하늘이여
봉분의 언덕이여

정말이구나 멸한 것 모두가
하나같이 흙 속에 몸을 감추고

까치는
소리없이 발을 내딛고

풀나무 이삭에
가을바람 분다

작품해설

「눈」

일본 소학교 국어교과서에 수록된 널리 애송되고 있는 작품. 시가 수록된『측량선』으로 대표되는 전기 시세계의 특징을 압축적으로 보여준다. 의미 심화를 염두에 둔 간결한 언어 표현은『시와 시론』동인 시절 이미지즘 계열의 시를 지향하던 태도를 가늠하게 한다.

"타로오"와 "지로오"는 일본에서 흔한 이름으로 어린 남자아이의 대명사로 쓰인다('타로오'는 장남, '지로오'는 차남을 가리킴). 소리없이 눈이 내리는 가운데 집 안에서 곤히 잠자는 "타로오"와 "지로오"의 모습은 민화 속 평화로운 겨울 풍경을 떠오르게 한다. "타로오"와 "지로오"를 형제로 보아도 무방하나 다른 지붕 아래서 잠든 아이들로 보는 편이 효과적이다. 어구의 반복에 따른 운율이 고요히 쌓여가는 하얀 눈에 덮인 마을 모습으로 확대돼 떠오르기 때문이다.

「유모차」

잡지『청공』을 거쳐 훗날『측량선』에 수록된 초기 작품이다. "어머니"를 향한 그리움을 "유모차"에 함축한 유아의 심리로 표현하고 있다. 어머니에게 "유모차를 밀어줘요"라고 보채는 모습은 어른이 된 지금 애틋하게 떠오르는 어린 시절을 형상화한 것이다. 반복적으로 등장하는 "아련히 서글픈 것"을 통해 추억이 곧 사라질 듯 쓸쓸한 것임을 암시한다. 이는 마지막행의 "멀고 먼 끝없는 길"로 이어지면서 어른이 된 지금과 그 시절의 거리감을 통해 어머니를 향한 그리움이 영원한 것임을 새삼 자각한다. 3연의 "차가운 이마"와 "하늘을 건너"가는 "갈 길 바쁜 새들의 행렬" 등은 늦가을을 떠오르게 하며 "아련히 서글픈 것"이라는 정감과 호응한다.

「대아소」

시집 『봄의 땅끝』에 수록된 시인의 구어자유시 중 대표작이다. 미요시는 구어체와 문어체, 4행시와 단시 등 다양한 시형을 추구해 내용과 형식면에서 쇼오와 서정시의 새로운 틀을 모색한 것으로 평가된다.

우기에 접어든 아소산의 웅장한 자연이 한적하게 풀을 뜯는 말들의 모습 뒤로 떠오른다. 비에 젖은 말의 무리가 한가로우면서도 인상적이다. 장식을 배제한 평이한 시어의 나열과 '~고 있다'의 현재형의 반복이 평면적 묘사의 아름다움을 드러낸다. 아소산의 경관을 "대아소"로 표현한 시인의 의도는 "만약 백년이 이 한순간에 정지한들 이상할 것 없으니"를 통해 어떤 인간의 개입도 허락하지 않으려는 유구한 자연의 의지를 암시한 것이다. 말의 "꼬리" "잔등" "갈기" 등의 근경과 산 중턱 "봉우리"의 "연노란빛 육중한 연기" "하늘을 덮은 비구름" 등의 원경의 조화가 인상화 같은 운치를 자아내고 있다.

「계림구송」

1940년 9월 중순, 시인은 약 두달간의 일정으로 경성을 비롯해 시의 무대인 경주 등 각지를 여행한 적이 있다. 이를 소재로 한 네편의 시가 시집 『일점종』에 수록돼 있다. 그의 대표작은 아니나 한국을 소재로 한 다수의 일본시편 중에서 문학적 완성도가 돋보이는 작품이다. 제목의 "계림"은 『삼국사기』에 등장하는 표현으로 신라 혹은 경주를 가리킨다.

화창한 가을날 천년 고도 경주의 왕릉을 찾은 시인의 감회를 우아하면서도 묵직한 문어체로 묘사하고 있다. 전반부 5연에서 펼쳐지는 왕릉 주변의 풍경을 청각을 중심으로 그려냈다. 이어 풀밭에 앉아 휴식을 취하는 시인은 "관상"의 세계로 빠져든다. 닭의 울음소리나 농가의 다듬이질 소리, 오솔길 귀뚜라미 울음소리, 소나무 가지의 바람소리와 청명한 가을 햇살 아래로 펼쳐지는 목화꽃밭, 풀밭 사이로 흐르는 시냇물 등이 그것이다. 화려하지 않으나 은은한 풍경이다. 이를 통해 시인은 "관상"을 펼치며 신기루처럼 등장하는 왕과 왕비, 궁녀는 물론, 거리의 군중과 높다란 전각의 존재를 통해 경주의 유구한 역사를 떠올린다. 그러나 지금은 왕궁 터에 커다란 소 한마리만이 풀을 뜯고 있을 뿐 주위는 적막하다. 여기서 느끼는 감회가 주제연인 14연의 "멸한 것 모두가/하나같이 흙 속에 몸을 감추고"에 응축돼 있다. 영고성쇠에 대한 지나친 영탄을 자제하고 광경을 정감 있게 응시하는 묘사는 미요시 서정시의 특징을 웅변한다.

타찌하라 미찌조오(立原道造, 1914~39)

토오꾜오 출신으로 토오꾜오 대학 건축과를 졸업했다. 중학교 시절부터 단까를 쓰기 시작해 고등학교 진학 후 잡지 『시가』에 구어자유율의 단까를 발표했다. 시인으로서의 데뷔는 고교 재학 시절 미요시 타쯔지의 『남창집』에 자극을 받은 것과 『사계』 편집자인 소설가 호리 타쯔오(堀辰雄)와의 교류가 영향을 미쳤다. 1934년 미요시 타쯔지 등과 『사계』 2차 동인으로 참여한 뒤로 시 「마을 생활」 등을 발표하며 사계파 시인 중 가장 재능있는 청년 시인으로 주목받는다. 그해 여름 제2의 고향 나가노현 신슈우에 머물며 교류한 여성들과의 추억은 훗날 중요한 시적 모티브가 된다.

1937년 대학 졸업 기념으로 제1·2시집 『원추리(萱草)에 붙여』와 『새벽과 저녁의 노래』를 비롯해 잡지 『문예』에 운문소설 「은어의 노래」를 잇따라 발표하며 활발히 활동한다. 시집 발간 당시는 중일전쟁이 한창이던 시기로 시대 상황과 대비되는 청춘의 낭만을 참신하게 노래해 주목을 받았다. 그 무렵 늑막염에 걸려 신슈우에서 요양하던 중 자택 화재로 간신히 목숨을 건지는 고초 속에 문학 인생의 전기를 맞이한다. 대학 졸업 후 근무하던 건축사무소에서 알게 된 여성과의 연애를 계기로 진실한 사랑을 시 속에 추구하는 한편 고향에 대한 상실감을 바탕으로 과거와 결별하는 자세를 취한다. 평론 「바람이 일다」(1947)를 집필해 스승 같았던 호리 타쯔오에게 감사와 결별을 표현했고, 서정시인 나까하라 추우야(中原中也)를 논한 평론 「이별」(1937)을 발표했다. 1938년 가을, 건강이 악화돼 생이 얼마 남지 않았음을 자각하고 북쪽 지방에서 쿄오또오, 나가사끼로 이어지는 남쪽 종단의 여행길에 나선다.

이후 토오꾜오로 돌아와 시립요양소에서 투병 중이던 1939년 2월, 제1회 나까하라 추우야상 수상자로 선정된다. 그러나 한달 후 병세가 급변해 폐결핵으로 요절한다. 사망 후인 1947년 유고시집으로 간행된 『상냥한 노래』는 자연에 대한 관조 속에 청춘의 애상을 소박하게 묘사하는 시풍 전환을 시도하고 있다. 또한 미요시 타쯔지, 무로오 사이세이, 마루야마 카오루(丸山薫), 츠무라 노부오(津村信夫) 등의 일본시인들과 독일 서정시인 릴케(R. M. Rilke)의 시풍을 취하며 청춘의 미묘한 심리를 묘사했다. 14행의 쏘네뜨 형식에 섬세한 시어를 조화한 음악적 구성은 미요시의 4행시와 함께 쇼오와 구어자유시의 서정적 가능성을 한단계 발전시켰다고 평가된다.

처음인 그대에게

자그마한 지상의 이변은 그 흔적으로
화산재를 내렸다 이 마을에 그칠 줄 모르고
재는 서글픈 추억처럼 소리를 내며
나뭇가지 끝에 마을의 지붕 위에 쏟아져 내렸다

그날 밤 달은 밝았으나 나는 그녀와
창가에 기대어 이야기를 나누었다(그 창 너머로 산이 보였다)
방 구석구석은 가파른 골짜기처럼 빛과
맑게 울리는 웃음소리가 넘치고 있었다

──사람의 마음을 헤아림은…… 사람의 마음이란……
나는 그녀의 모기를 쫓는 손짓이 모기를
잡으려는 건가 왠지 의아했다

언제 봉우리에 잿빛 연기가 피어오르기 시작했던가
불덩이 산의 이야기와…… 또 몇 밤인가 꿈속에서
그날 만난 엘리자베스의 이야기를 수놓았다

잠으로의 초대

잘자요 상냥한 표정의 아가씨들
잘자요 검은 머리 곱게 묶고
그대들의 베갯머리에서 밤색으로 빛나는 촛대 부근에는
쾌활한 무언가가 깃들어 있소(바깥은 온통 사락사락 가랑눈)

난 언제까지라도 노래를 불러주겠소
난 캄캄한 창밖에 또 창 안에
그리고 잠 속에서 그대들의 꿈 깊숙이
그리고 몇번이나 몇번이나 노래하며 있어주겠소

등불처럼
바람처럼 별처럼
내 노랫소리는 마디마디 여기저기로……

그러면 그대들은 하얀 사과꽃을 피우고
아담하고 푸른 열매를 맺으며 상쾌한 속도로 빨갛게 익어감을
짧은 시간 잠자며 보기도 하겠지요

작품해설

「처음인 그대에게」

『원추리에 붙여』의 권두시로 4·4·3·3의 14행으로 이루어진 쏘네뜨 형식의
작품이다. "지상의 이변"으로 표현된 화산재 분출 사건이 배경이다. 1935년
8월 작가가 머물던 신슈우 오이와께 소재의 아사마산에서 폭발이 발생해 8월
18일에는 화산재가 온 마을을 뒤덮었다. 2연의 "그날 밤"이 바로 화산재가 내
리던 날이다. 훗날 친구에게 보낸 서한에 의하면 시인은 우연한 계기로 엘리
자베스라는 젊은 여성의 별장에 초대됐다. 그곳에는 마침 토오꾜오에서 피서
차 이곳을 찾은 네다섯명의 또래 여성들이 있었다. 시인은 이때의 엘리자베스
에 대한 기억을 "피서지의 희미한 붉은 전등 아래로 물기가 남아 있는 머리카
락을 찰랑대며 고원의 모기를 쫓는 하얀 손등, 나만의 인상으로 여겨진다"라
고 적고 있다.

1, 2연에서는 산기슭 고원에 자리한 작은 마을에 화산재가 떨어진다. 세상을
뿌연 잿빛으로 물들인 풍경과는 대조적으로 화자가 위치한 "방" 안에는 달빛
아래 창가 너머의 산을 바라보며 담소를 나누는 사람들이 있다. 3연에서 "사
람의 마음을 헤아림은" "사람의 마음이란"이라며 복잡한 내면을 독백조로 노
래한 후 내용상 연결고리를 찾을 수 없는 "그녀"의 동작이 이어진다. 모기를
잡으려는 건지 쫓으려는 건지 알 수 없는 기묘한 "손짓"은 마지막행의 "의아
했다"를 통해 쉽게 알 수 없는 "사람의 마음"으로 연결된다.

마지막 4연의 "언제 봉우리에 잿빛 연기가 피어오르기 시작했던가"는 1연에
제시된 분화과정의 연장선상에 위치한다. 그러나 처음 접한 광경의 강렬함만
큼 "모기를 쫓"던 "엘리자베스"와의 만남 또한 화자의 "꿈"을 "몇 밤"인가 "수
놓"을 정도로 각별했음을 나타낸다. "불덩이 산"과 "엘리자베스"를 "이야기"
형태의 대구로 묶은 것은 화산처럼 연기를 내며 타오르기 시작한 연정을 우회
적으로 나타낸 것이다. 4연은 "봉우리에 잿빛 연기가 피어오르기 시작"한 날,
즉 "엘리자베스"를 만나 설렘을 느끼기 시작한 날부터 "사람의 마음"을 고민

하기 시작했고 이후로는 며칠 밤이나 그녀와의 사랑 이야기를 "꿈속"에서 엮어왔다는 의미로 해석된다. 만남과 사랑을 인간생활의 단면으로 포착하는 점에서 다찌하라 서정시의 특징을 읽어낼 수 있다. 제목은 처음 겪은 화산 폭발과 미지의 여성 "엘리자베스"와의 만남을 중의적으로 묘사한 것으로 볼 수 있다. 참고로 엘리자베스는 19세기 독일 작가인 슈토름(T. W. Storm)의 초기 소설 『임멘호수』(*Immensee*, 1849)에 등장하는 여성 주인공 이름이다.

「잠으로의 초대」

시가 수록된 시집 『새벽과 저녁의 노래』의 작품 다수가 청춘의 비애를 노래하고 있음을 생각할 때 다소 이색적인 시편이다. 시인 자신을 "아가씨들"의 잠의 안내자로 자임하는 동화적 발상이 낭만을 자아낸다. 자신이 부르는 "노래"가 그녀들의 잠 속 "마디마디 여기저기"로 퍼져나가 "하얀 사과꽃"을 피우고 "푸른 열매"를 거쳐 "빨갛게 익어감"으로 표현하며, "노래"로 비유된 자신의 시가 "그대들"로 비유된 인간, 즉 독자의 내면을 성숙시킨다는 자긍심을 드러낸다. 3연의 "등불" "바람" "별"은 "노랫소리"의 달콤함을 염두에 둔 표현으로 나르시시즘을 내포한다. 1연의 "가랑눈"이 내리는 주위가 깊은 잠에 빠져 있는 겨울날, 시인만이 창을 바라보며 "그대들"을 위해 "언제까지라도 노래를 불러주"는 이유이기도 하다. 결국 "아가씨들"로 은유된 청춘의 개화와 성숙은 자신의 시로 배양된 인생의 찬가임을 시사한다.

기법적으로는 쏘네뜨 형식을 바탕으로 1연의 "잘자요", 2연의 "난" "그리고" "~주겠소" 등 표현의 반복, "사락사락"의 의성어, 나아가 1연의 "검은"과 "밤색"에 이어 4연의 흰색, 푸른색, 빨간색으로 변화하는 다양한 색채 표현 등이 음악 효과와 감각적 인상을 염두에 둔 시어 구사로 나타난다. 중일전쟁이라는 격동의 시대에 시인이 추구한 잔잔한 서정성이 돋보이는 작품이다.

나까하라 추우야(中原中也, 1907~37)

야마구찌현 출신으로 토오꾜오 외국어학교(현 토오꾜오 외국어대학) 불어과를 수료했다. 중학교 시절부터 문학서를 가까이하고 학업에는 소홀했다. 결국 3학년 과정에서 낙제하고 쿄오또오의 리쯔메이깐 중학교로 전학한다. 쿄오또오 체재 중 타까하시 신끼찌의 영향으로 다다이즘풍의 시와 소설, 희곡을 습작했다. 1925년 동거 중이던 여성과 토오꾜오로 상경한 후에는 프랑스 상징시에 관심을 갖는다. 1926년 상징시풍의 쏘네뜨「아침의 노래」로 시의 방향성을 자각한다. 한편 1929년 문예평론가 카와까미 테쯔따로오(河上徹太郎) 등과 동인잡지『백치군(白痴群)』을 창간해 베를렌 등 프랑스 상징시의 영향하에 시 창작과 번역을 이어간다.

그후『백치군』폐간과 동생의 죽음으로 실의에 빠지지만 1938년 결혼을 통해 안정감을 되찾는다. 이런 신변의 변화 속에 그의 시풍은 삶을 '비재(非在)의 것', 혹은 '가상의 것'으로 간주해 감각적으로 묘사했고 그런 자아를 대인관계에서 희화하는 형태로 전기를 맞이했다. 1934년 첫 시집『염소의 노래』로 시단에 등장하는데, 인칭 표현을 배제한 어법을 구사해 특정 시점에 치우치지 않는 보편적 사랑과 사명감을 추구했다. 이 시집으로 문단에서 확고한 지위를 확보한 후 쇼오와기의 대표적 양대 문예지『사계』와『역정』의 동인으로 참여한다.

1936년 장남을 잃은 슬픔으로 신경쇠약 증세를 보이며 건강이 악화된다. 번역 시집『랭보 시집』(1937)과 제2시집『지난날의 노래』(1938) 편집을 마치고 귀향을 준비하던 중 결핵성 뇌막염에 걸려 짧은 생을 마감했다. 시집『지난날의 노래』에서는 외부 시선을 외면한 채 의식적으로 내면에 스스로를 가두려는 자세를 취하고 있다. 이런 자세는 시집의 제목 "지난날"에 추억과 석별의 모티브로 연결된다. 청춘의 고독한 삶에서 윤리적 실존을 '노래'의 형태로 엮어낸 그의 시세계는 지성과 자유의 추구로 결실을 맺으며 타찌하라 미찌조오와 함께 동시대의 가장 걸출한 작가로 자리매김한다.

더럽혀진 슬픔에……

더럽혀진 슬픔에
오늘도 가랑눈 내려 떨어진다
더럽혀진 슬픔에
오늘도 바람마저 스쳐 지나간다

더럽혀진 슬픔은
이를테면 여우가죽옷
더럽혀진 슬픔은
가랑눈에 닿아 움츠러든다

더럽혀진 슬픔은
무엇 하나 바라고 원하지 않으니
더럽혀진 슬픔은
권태 속에서 죽음을 꿈꾼다

더럽혀진 슬픔에
애처롭게 겁을 먹고
더럽혀진 슬픔에
하릴없이 해는 저문다……

하나의 메르헨

가을밤은 아득히 저 너머에,
조약돌뿐인, 강가가 있어,
그곳으로 햇살은, 사락사락
사락사락 비추고 있었습니다.

햇살이라지만, 마치 규석硅石 같은 것으로,
무척 단단한 개체의 분말 같은 것으로,
그렇기에, 사락사락
희미한 소리를 내기도 하였습니다.

문득 조약돌 위로, 때마침 나비 하나가 내려앉아
아련한, 하지만 또렷한
그림자를 드리우고 있었습니다.

이윽고 나비가 보이지 않자, 어느 틈엔가,
이제껏 흐르지 않던 강 밑에, 물이
사락사락, 사락사락 흐르고 있었습니다……

작품해설

「더럽혀진 슬픔에」

『염소의 노래』에 수록돼「하나의 메르헨」과 함께 애송되는 작품이다. 자신을 떠나 친구를 택한 동거녀의 기억이 배경에 자리한다. 스스로를 숙명적 비애의 존재라 느낀 청춘의 정서를 읽어낼 수 있다. 특히 "슬픔"을 "더럽혀진"이라는 속어로 묘사한 자기비하에서 그 심리를 느낄 수 있다.

구성상 특징은 "더럽혀진 슬픔"이 "에"와 "은"의 격조사와 함께 각 연에 두번씩 전16행 중 8행에 등장하는 점이다. 일본어 원작이 7·5조의 정형성을 지니고 있음을 염두에 둘 때 슬픔을 얼마나 처절히 인식하는지 엿볼 수 있다. 추운 겨울의 "가랑눈"과 차가운 "바람"은 슬픔을 감각적으로 표출한다. 슬픔은 시간의 경과 속에 따뜻한 "여우가죽옷"이 "가랑눈에 닿아 움츠러"들 듯 볼품없는 것으로 형상화된다. 절망의 현실은 3연에 이르러 자포자기로 이어져 "권태"를 발견하고 "죽음을 꿈꾸"는 극한으로 치닫는다. 그러나 마지막연에 이르러 슬픔이 일상적인 감정임을 "하릴없이 해는 저문다"의 자괴감 속에 발견한다. 이처럼 "더럽혀진 슬픔"을 자기관조적으로 응시하는 태도는 시인이 추구한 서글픈 청춘의 자화상이자 자신의 시적 삶을 지탱하는 핵심임을 환기한다. 시인은 고독과 이로 인한 영혼의 슬픔을 인간 존재가치의 발로로 파악하며 역설적으로 삶의 의미를 갈구하고 있다.

「하나의 메르헨」

작고 1년 전 발표해 시집『지난날의 노래』에 수록했다. '메르헨'은 독일어로 동화(Märchen)를 의미하며 실제로 내용과 형식에서 동화의 요소가 농후하다. 특유의 환상적 분위기에서 아이를 향해 말을 건네는 듯한 '~하였습니다'와 '~고 있었습니다' 같은 어법이 눈에 띈다.

"가을밤"에 "햇살"이 "사락사락 비추고 있"는 것은 현실적으로 불가능하다. "햇살"에 소리를 부여하거나 "규석" 같은 광물질에 의성어를 연결하는 것은 환상에서나 가능하기 때문이다. 이런 비현실은 4연에 이르러 추상적 상념으로 전개된다. "나비"는 시에 등장하는 유일한 생물로, 나비가 사라지자 말라 있던 "강 밑"에 갑자기 "물"이 흐르기 시작했다는 비약을 통해 삶과 죽음에 대한 철학을 느끼게 한다. "햇살"이 암시하는 빛, 즉 삶의 세계와 "가을밤"의 어둠인 죽음이 극명하게 대치한다. 자신의 죽음과 얼마 남지 않은 생명의 빛을 표현하기 위해 현실을 벗어난 아련한 동화세계로 안내하는 것으로 여겨진다. 쏘네뜨 형식 및 "사락사락"의 반복된 음악적 구성과 "조약돌" "규석" "나비" 등의 색채감 있는 시어 조합이 동화의 분위기를 자아내며 관념적으로 치우치기 쉬운 삶과 죽음의 세계에 밀도를 부여하고 있다.

이또오 시즈오(伊東靜雄, 1906~53)

나가사끼현 출신으로 1929년 쿄오또오 대학 국문과를 졸업했다. 이후 동인잡지 『여(呂)』(1932) 등에 참여했다. 1933년 낭만파 문예잡지 『고기토』(1932)에 처음 시를 발표했고 『일본낭만파』(1935)의 동인으로 활동했다. 두 잡지 모두 휠덜린(F. Hölderlin)과 릴케로 대표되는 독일 낭만주의의 대두 속에 무분별한 서양숭배를 자성하고 일본 고전으로의 회귀를 주장했다. 사상적으로는 하기와라 사꾸따로오의 문어체시집 『빙도』를 계승해 시적 이상의 좌절된 현실을 낭만적으로 그려냈다고 보는 것이 정설이다.

1935년 첫 시집 『내 사람에게 주는 애가(哀歌)』가 출판되자 "진정한 의미의 본질적 서정시인"이라는 하기와라의 극찬 속에 시단의 총아로 부상한다. 한편 점차 일본 고전에 바탕을 둔 동양의 정신세계를 추구하는 시풍으로 변화했고 그 결실은 시집 『여름꽃』(1940)과 『봄의 서두름』(1943)으로 나타난다.

서양풍 풍자에 섬세한 동양적 시정을 조화한 그의 시풍은 『사계』와 『고기토』가 주류를 형성한 쇼오와 10년대 일본 낭만파운동의 핵심이다. 또한 서민생활자로서의 유머와 동심 등 일상과 시적 이상을 결합한 사상적 서정시를 추구하기도 했다. 같은 시기 프랑스 상징파 시인의 영향을 받은 나까하라 추우야나 릴케풍의 청순한 사랑을 노래한 타쩨하라 미찌조오와는 달리, 독일 가곡과 만년의 하기와라 사꾸따로오의 영향을 받은 넓은 스펙트럼을 지닌 시인으로 불린다.

내 사람에게 주는 애가(哀歌)

태양은 아름답게 빛나고
혹은 태양이 아름답게 빛나기를 바라
손을 단단히 깍지 끼고
말없이 우리는 걸어갔다
이렇게 이끄는 것이 무엇일지라도
우리 안에 있는
이끌려가는 순수함을 나는 믿는다
인연 없는 사람이 설령
새들은 늘 변함없이 지저귀고
초목들의 속삭임은 때를 가리지 않는다 말해도
이제 우리는 듣는다
우리의 의지의 자세로
그들의 무한대의 광활한 찬가를
아 내 사람이여
반짝이는 이 햇살 속에 숨어 깃든
소리없는 공허를
또렷이 가늠하는 눈의 발명이
무엇이란 말인가
차라리 인적 없는 산에 올라
사무치게 바라는 태양에게
거의 죽은 호수 위를 고루 비추게 하련만

작품해설

「내 사람에게 주는 애가」

시집『내 사람에게 주는 애가』의 제목이 된 시로, 시인의 초기 시세계를 대표한다. "내 사람"은 시인이 그리는 영원의 여성이다. 현실에서는 맺어질 수 없는 이상화한 인물형으로 여겨진다.

전반부에서는 "태양"으로 암시된 밝은 세계로 손을 잡고 걸어가는 연인이 떠오른다. "태양이 아름답게 빛나기를 바라"는 그들이 갈구하는 것은 자연의 축복이며 내면의 "순수함"을 믿는 자만이 누릴 수 있는 섭리이기도 하다. 이런 마음가짐은 청춘의 "순수함"이 있는 한 어디로든 갈 수 있다는 '믿음'에서 비롯된다. 중반부의 "인연 없는 사람"은 '새들의 지저귐'이나 "초목들의 속삭임"을 무의미한 행위로 간주하는 일반 사람들을 암시한다. 평범해 보이는 자연("그들")은 인간들("우리")의 "의지의 자세"로 듣게 되는 자연의 찬가, 즉 생명의 찬가로서 넘치는 생명감을 표출한다.

그러나 "아 내 사람이여" 이하 후반부에서는 "공허"와 "죽은 호수" 등에서 보이듯 비극의 세계가 펼쳐진다. 밝은 세계 속에 "소리없는 공허"를 발견하고 그것을 분간하는 "눈의 발명"을 부정적으로 바라보기 때문이다. 시인은 연애 감정으로 표상된 생명감에 대한 추구가 부질없는 것임을 자각한다. 제목에 "애가"가 들어 있는 것도 이 때문으로, 사변적 외침의 배후에는 허무주의가 자리하고 있다. 이상의 좌절이 초래한 허무주의가 가장 아름다워야 할 연애 감정을 관념화하는 것이다. 기존 연애시들이 추구한 낭만성에 머물지 않고 자신의 철학을 결합한 개성적 작품이다.

쿠사노 신뻬이(草野心平, 1903~88)

후꾸시마현 출신. 케이오오 대학을 중퇴하고 1921년부터 중국 광저우 소재 미국계 기독학교인 영남대학에서 수학했다. 재학 중이던 1923년 죽은 형의 시노트에서 자극을 받아 시를 쓰기 시작해, 1923년 형과 자신의 시를 모은 합본시집『폐원의 나팔』(1923)을 등사판으로 간행했다. 1925년 중국 시인들과 시잡지『동라(銅鑼)』를 발간하나 상해에서 일어난 반제국주의운동인 '5·30사건'으로 항일 기운이 고조되자 결국 귀국한다. 약 4년에 걸친 중국 체재는 그의 작품세계에 큰 영향을 미친다. 귀국 후 타까무라 코오따로오와의 교류로 시단 활동을 시작해 1928년 첫 시집『제백계급(第百階級)』을 발표하며 아나키스트 시인의 면모를 드러낸다. 같은 해 군마현 마에바시로 이주하고 경제적으로 어려운 생활에도 시잡지『학교』를 발간했다. 하기와라 사꾸따로오와 교류한 것도 이 무렵이다. 1931년 토오꾜오로 상경해 음식점을 경영하나 실패하고 회사에 취직해 생활의 안정을 찾는다.

1934년부터 이듬해에 걸쳐 타까무라 코오따로오, 모더니즘 계열의 소설가 요코미쯔 리이찌(橫光利一) 등과 일본 최초의 미야자와 켄지 전집을 간행했다. 1935년 타까하시 신끼찌, 나까하라 추우야 등과 시잡지『역정』을 창간해 중심인물로 활약했고 시집『모암(母岩)』(1936),『개구리』(1938)를 발표한다. 같은 해 중화민국 중앙정부의 선전부 전문위원으로 중국에 건너가 전쟁이 끝날 때까지 남경에 체재하며 시집『절경』(1940),『후지산』(1943)과 다수의 전쟁시가 포함된『태백도(太白道)』(1944) 등을 발표했다.

패전과 함께 귀국해 1947년에는『역정』복간에 참여한다. 복간 후 동인 수가 증가해 주요 잡지로 발전한다. 시집『일본사막』(1948)을 거쳐 1950년『정본 개구리』등을 간행했고, 이후 왕성한 창작열 속에 시집『천(天)』(1951),『아시아 환상』(1953) 등을 발표한다. 1956년에는 문화사절단 부단장 자격으로 방중한다. 당시 경험을 훗날 수필집『점(點)·선(線)·천(天) 이전의 중국과 지금의 중국』(1957)에 담고 있다. 이밖에 생전 간행한 시집은『제4의 개구리』(1964),

『맘모스의 송곳니』(1966), 『부서진 오르간』(1968), 『주라기의 끝인 작금(昨今)』(1971), 『식물도 동물』(1976), 『현현(玄玄)』(1981)과 마지막 시집 『씰크로드』(1988) 등 방대하다. 시집 외에도 『나의 코오따로오』 『나의 켄지』(이상 1970), 『무라야마 카이따(村山槐多)』(1976) 등 일본시사에 뚜렷한 족적을 남긴 시인들의 전기적 평론집과 수필, 소설, 시화집, 동화를 발표했다. 우주적 감각과 생명력을 바탕으로 아시아, 특히 중국과의 관계 속에 포용력 있는 사상시를 추구했다고 평가된다.

가을밤의 대화

춥구나.
아 춥구나.
벌레가 울고 있구나.
아 벌레가 울고 있구나.
이제 곧 땅속이구나.
땅속은 싫구나.
야위었구나.
너도 무척 야위었구나.
무엇이 이토록 애달픈 걸까.
배일까.
배를 따면 죽는 건가.
죽고 싶지 않구나.
춥구나.
벌레가 울고 있구나.

구리마의 죽음

구리마는 아이에게 잡혀 내팽개쳐져 죽었다.
홀로 남겨진 루리다는.
제비꽃을 따서.
구리마의 입에 꽂았다.

반나절이나 곁에 있었기에 고통스러워 물로 들어갔다.
얼굴을 진흙 속에 파묻고 있자니.
환락의 소리소리가 배에 저려온다.
눈물이 분수처럼 목에 차오른다.

제비꽃을 입에 문 채.
제비꽃도 구리마도.
쨍쨍 여름 태양에 메말라갔다.

작품해설

「가을밤의 대화」

쿠사노 신뻬이는 개구리에 대한 시를 다수 남겨 개구리 시인이라고도 불린다. 첫 시집 『제백계급』의 사십오편은 모두 개구리와 관련된 것이며 『개구리』 『정본 개구리』 『제4의 개구리』 등 주요시집의 명칭에도 개구리가 등장한다. 「가을밤의 대화」는 『제백계급』의 서두시이자 개구리에 관한 대표작으로 손꼽힌다.

제목이 암시하듯 겨울잠을 앞둔 개구리의 대화가 전개되며 동면에 임하는 개구리의 심정이 인간의 것으로 전환된다. 긴 가을밤 추위와 배고픔으로 야윈 개구리의 대화는 인간사의 궁핍으로 의미를 확장한다. 9행에 "애달픈" 감정을 배치한 이유를 알 수 있는 부분이다. 이어 개구리의 "배"를 통해 화자가 개구리임을 암시하면서 추위와 배고픔이라는 본능을 생생히 부각한다. 특히 "땅속"은 인간에게 죽음을 의미하기에 동면에 임하는 개구리의 두려움을 상상하게 된다. 우화적 발상으로 개구리의 감정을 인간의 것으로 연결하는 기법은 『제백계급』을 비롯한 다수의 동물시편이 지닌 리얼리즘 서정시로서의 가치를 보여준다.

「구리마의 죽음」

『제백계급』에 수록된 시로, 인간의 손에 죽임을 당한 개구리의 서글픔이 떠오른다. 그것도 천진난만한 "아이"에 의한 것이기에 비극은 배가된다. 인간에게 장난감처럼 취급되는 힘없는 생명체의 현실이 사상적 메시지를 내포한다.

이 시에서는 무엇보다 "루리다"라는 개구리의 시선으로 표현되고 있음에 주목할 필요가 있다. 2연의 "배"가 암시하듯 "구리마"와 "루리다" 모두 개구리를 떠올리게 한다. 1연의 "홀로 남겨진 루리다"에서 "구리마"와 "루리다"는 부부 혹은 연인으로 보이는데 이 때문에 독자의 안타까움은 더해진다.

시의 주제는 자연을 착취 대상으로 여기는 인간중심주의에 대한 저항과 생명존중의식으로 볼 수 있다. 나아가 시인의 메시지는 단순한 인도주의를 넘어 생명의 본질적 의미로 확대된다. 2연의 개구리들의 교미를 암시하는 "환락의 소리소리"라는 표현 때문이다. "쨍쨍 여름 태양에 메말라"가는 "제비꽃"과 "구리마"의 주검, 그리고 희열에 찬 개구리들의 교미소리를 한 공간에 배치함으로써 생식의 당위성 및 생사가 교차하는 비정한 자연의 섭리를 예리하게 응시한다. 즉 삶과 죽음은 순환 속에 연결되어 있다는 자연관을 떠올리게 한다. 생명을 청각적으로, 죽음을 시각적으로 그려내는 기법 또한 절묘한 효과를 거두고 있다.

오노 토오자부로오(小野十三郎, 1903~96)

오오사까 출신으로 중학교 졸업 후 토오꾜오로 상경해 토오요오 대학을 다니다 중퇴했다. 동인지『검은 고양이』(1922) 등을 간행한 후 1923년 시잡지『적과 흑』에 동인으로 참여하며 시적 방향성을 확립한다. 이 잡지를 통해 사회주의 계열의 전위파 시인 오까모또 준, 하기와라 쿄오지로오 등과 친교를 맺으며 아나키즘사상에 매료된다. 1924년 잡지『다무다무』에 참여했으며 아나키즘 계열의 첫 시집『반쯤 열린 창』(1926)으로 물질만능주의와 도시산업화를 비판했다. 1930년 아끼야마 키요시(秋山淸)와 시잡지『탄도』를 간행했고『시행동』(1935) 등의 출간에 관여하며 아나키즘 시운동의 이론적 지주가 된다.

1933년 오오사까로 돌아와 제2시집『오랜 세계 위에』(1934)를 간행했고 전쟁 중에는 시집『오오사까』(1939)를 발표해 오오사까 주변의 중공업단지를 배경으로 독자적인 사상을 표현했다. 이 시집은『풍경시초』(1943)와 함께 문명 비평을 리얼리즘 수법으로 표현한 오노 특유의 풍경시편으로 평가된다. 전후에는『역정』을 비롯해 반전시와 전쟁책임에 관한 제언 등 전후 문제에 관심을 보이며『코스모스』(1946)에 동인으로 참여한다.

리얼리즘적 비평 정신을 견지했으며 전후 주요시집으로『대해변(大海邊)』(1947),『불을 삼키는 느티나무』(1952),『중유(重油) 후지』(1956),『태양의 노래』(1967),『거절의 나무』(1974) 등이 있다. 시론 및 평론집으로는 전통 단까의 서정성을 부정하고 산문시를 통한 시비평 기능의 중요성을 강조한『시론』(1947) 등이 있으며 자서전으로『기묘한 책장』(1964)이 전해진다.

갈대 지방

저 멀리
파도소리가 난다.
잎이 마르기 시작한 드넓은 갈대밭 위로
고압 전선줄이 축 늘어져 있다.
지평으로는
중유 탱크.
차갑고 투명한 늦가을 햇살 속을
유파우시아[53]를 닮은 실잠자리가 바람에 떠밀리고
유안硫安과 소다曹達와
전기와 강철밭에서
노지국화 한무리가 오그라들어
절멸한다.

---

53 새우류와 비슷하게 생긴 절지동물. 난바다곤쟁이과의 한 속.

작품해설

「갈대 지방」

시집 『오오사까』에 수록된 작품이다. 과학과 자연의 대립으로 황폐해진 현실을 표현했다. "고압 전선" "중유 탱크" "유안" "소다" "강철" 등으로 표상된 과학이 "갈대밭" "실잠자리" "노지국화"의 자연을 "절멸"하려 한다. 이런 과학과 자연의 대치는 시인이 추구한 문명비판적 풍경시의 전형을 엿보게 한다.

그러나 시선이 대립에만 갇혀 있는 것은 아니다. 과학, 특히 중공업의 배후에는 전쟁을 대비한 국가 권력과 자본가가 위치한다. 이런 정책에 휩쓸릴 수밖에 없는 자연은 황폐해진 서민의 위기를 드러낸다. 이에 대해 시인은 "갈대는 결코 자연의 추이 속에서 바람에 흔들리고 있던 것은 아니다. 내 갈대는 그런 곳에는 한그루도 자라고 있지 않았다. 전쟁, 이 무시무시한 환영이 흔들대는 시간과 장소 외에서 갈대는 모습을 드러내려 하지 않았다"라고 적는다. 이런 언급은 "강철밭"에서 "절멸"하려는 "노지국화"로 상징되는 전시의 불안을 형상화하며 일종의 저항시로 의미를 확장한다.

기법적으로는 전통적 서정에 비평을 조화한 묘사라든가 자연과 과학에 대한 시어 채택이 인상적이다. "유파우시아를 닮은 실잠자리"나 "노지국화"는 구체적이면서도 서정적인 이미지로 탈속적인 느낌을 준다. 이에 비해 "유안"과 "소다" 등은 과학용어로서 묘한 대조를 이룬다. 탈속적 자연과 세속적 과학의 이미지가 주는 낙차는 이 시의 문명비판성을 부각하고 있다.

카네꼬 미쯔하루(金子光晴, 1895~1975)

아이찌현 출신. 와세다 대학, 토오꾜오 미술학교, 케이오오 대학을 중퇴했다. 1916년경부터 시 창작을 시작했다. 첫 시집『적토(赤土)의 집』(1919)을 자비 출판한 후 유럽으로 건너가 2년간 머물며 베르하렌(E. Verhaeren)과 보들레르 등의 작품을 접했다. 1924년 시인 요시다 잇스이(吉田一穗)의 애인과 사랑에 빠져 결혼하지만 재산을 탕진하고 결별한다. 흔히 간통사건으로 불리는 이 일은 그에게 깊은 회의감을 초래한다. 시집『물의 유랑』(1926),『상어 가라앉다』(1927)는 간통사건 이후 관서 지방과 상해, 동남아시아, 유럽 등지로 떠났던 일을 소재로 한 것이다. 외국에서의 방랑은 안주처를 상실한 자의 심리로 자아를 응시하게 했다. 또한 현실의 비참함 속에서 깊은 성찰을 통해 리얼리즘 시인으로 도약하는 계기가 됐다.

리얼리즘 시인으로서의 본령을 드러낸 시집『상어』(1937)에 이런 일련의 경험에서 얻은 비판적 시야가 담겨 있다. 천황제 폐지와 전쟁비판의 이념적·정치적 입장에서 세계 정세를 악(惡)으로 표현한 수작이다. 이후 전쟁비판사상은 그의 시세계의 핵심 주제로 자리 잡는다. 특히 중일전쟁 중의 시편들을 모아 전후 간행한『낙하산』,『모기』(이상 1948),『귀신 아이의 노래』(1949)의 3부작은 반전시인으로서의 입지를 확립하게 한다. 한편 무분별하게 미국식 생활을 따르는 것을 비판하며 현실 풍조에 쉽게 휩싸이는 나약함을 집요하게 추궁하기도 했다. 그 구체적 성과가 시집『인간의 비극』(1952)이며 이후 시집『일』(IL, 1965) 등에서는 시와 산문을 혼합한 독특한 문체로 현대문명의 병폐를 꼬집었다. 전쟁과 천황제 비판 등 민감한 정치적 이슈에 시의 예술성을 조화한 쇼오와기의 대표적 사상시인이다.

낙하산

—

낙하산이 펴진다.
도리 없이,

메꽃처럼, 시들고 엉클어져.

창공에 홀로 떠다니는
이 무슨 쓸쓸함이려나.
우박과
천둥으로
굳어지는 구름.
달과 무지개가 비추는 천체를
흐르는 파라솔의
이 무슨 미덥지 못함인가.

대체, 어디로 가는가.
어디에 다다르려 하는가.

떨어져 내리는 이 속도는
무엇이냐.
무엇이 잘못되었는가.

二

　이 발밑에 있는 곳 어디냐.
……내 조국!

다행일까. 난 저곳에서 태어났다.
　전승戰勝의 나라.
옛날 조상 때부터
여인들이 정숙한 나라.

곡식 껍질과, 생선뼈.
굶주린 때에도 웃음 짓는다.
가르침.
궁핍한 옷차림
정겨운 풍물들.

　저곳에는, 무엇보다 내 말이 통하고, 표정 속 의미까지 알아차
리는,
　좁은 이마에, 골똘한 눈빛, 어깨뼈가 불거진, 정다운 동지들이
있다.

“용사들의
기원을 담은

주연酒宴이어라."

홍수 속의 전신주.
초가집 행랑에도
나풀대는 일장기.

흩날리는 벚꽃잎.
결이 선명한
충혼비.
의리와 인정이 늘어선 집의 행랑채
분재.
후지산 장식물.

三

흔들흔들 떨어져가며
눈을 감고,
두 발등을 비비며, 난 기도한다.
   "신이여.
   부디. 틀림없이, 고향 땅 낙토樂土에 다다르도록.
   바람 사이사이로, 바다 위로 떠내려가지 않도록.
   발아래가, 찰나에 사라지는 꿈이 아니도록.
   만약, 지구의 인력에 외면당해, 떨어져도, 떨어져도, 다다를

곳 없는, 서글픈 일이 없도록."

작품해설

「낙하산」

시집 『낙하산』에 수록된 시로, 전쟁으로 치달은 일본을 풍자적으로 비판한 작품이다. 배후에는 오랫동안 타향을 방랑하던 그의 생애가 자리한다. 누구보다 조국의 현실을 안타깝게 여기는 지식인의 고뇌를 어디로 떨어질지 모르는 낙하산의 불안한 움직임 속에 비애를 담아 노래하고 있다. 반전시임에도 반어법의 표현 덕분에 발표할 수 있었다. 시인의 해설 일부를 인용해본다.

(一)은 낙하산이 푸른 하늘 한가운데를 떠돌며 내려오는 모습을 묘사했다. 낙하산에 매달린 나 자신이 어디로 떨어질까 생각하고 있다. (二)는 떨어져가는 발밑으로 펼쳐진 조국 땅을 그리고 있다. "다행일까"는 반어적으로 '불행일까'이고, 이후 얼핏 조국을 칭찬하는 듯한 표현들을 하나하나 뒤집어보면 의미가 확실해진다. "전승의 나라" "여인들이 정숙한 나라"는 봉건적인 상무(尚武)의 나라를 가리키며 "곡식 껍질"이나 "생선뼈"는 조국의 궁핍함, 생활의 고통을 이야기한다. 그리고 그곳에 있는 동포들은 무엇인가에 홀린 표정을 지으며 전쟁에 협력하고 돌입해간다. 어떤 재해에도 노예적 복종이 습관이 된 일본인은 마음속에 "일장기"를 펄럭이고 메이지정부의 교묘한 허영심에 매수된다. 학생 시절부터 영혼을 빼앗긴 일본인은 "벚꽃잎"이 되어 떨어지기를 소원하면서 "충혼비"로 받들어지기를 기원하고 있다. "의리와 인정"으로 살아가는 좀스러운 사람들은 기울어진 "행랑채"에 늘어서 "분재"를 만들며 즐기고 있다. 그 분재 속에 "후지산 장식물"이 놓여 있다. 작고 비좁은 환경에서 자연스레 분재처럼 조촐해져버린 일본인의 마음을 상징하는 후지산은 낙하산 위에서 보면 장식물처럼 보인다. 그것은 모두 당시 일본인의 성격을 내 나름대로 해석한 셈이다. (三)에 접어들어 다시 원래대로 나풀나풀 바람에 흔들리며 내려가는 나는 마음속으로 기도한다. '이제 이런 곳으로는 돌아가고 싶지 않다. 바람에 실려 바다 위로라도 흘러

가는 게 차라리 낫다. 낙하산이 찢어져, 추락하는 편이 훨씬 낫다'라는 것이
대체적인 뜻이다.

아유까와 노부오(鮎川信夫, 1920~86) ————————

토오꾜오 출신으로 와세다 대학 영문과를 중퇴했다. 1937년 잡지 『새싹풀』에 「한대(寒帶)」를 투고하며 시 창작을 시작했고 일본 전후시(戰後詩)의 기념비적 시잡지 『황지(荒地)』의 모태가 된 『LUNA』(1937) 발간에 참여했다. 같은 시기, 나까기리 마사오(中桐雅夫), 모리까와 요시노부(森川義信), 타무라 류우이찌(田村隆一) 등 1차 전후파 시인들과 교류를 맺는다. 1938년 잡지 『신영토』에서 활동했고 『열도(列島)』(1952)와 함께 1차 전후파의 핵심 잡지로 평가되는 1차 『황지』(1939)를 나까기리, 모리까와, 타무라 등과 창간한다.

1942년 가을, 보병으로 입대해 이듬해 인도네시아 수마트라 전선에서 태평양 전쟁에 참전한다. 1944년 부상으로 국내에 송환돼 후꾸이현의 부상군인 요양소에서 반생을 돌아보는 시간을 갖는다. 『전중수기(戰中手記)』(1965)는 군생활과 패전을 응시한 것으로, 군국주의하에서 겪은 청년 지식인의 고뇌를 생생히 묘사해 후세대에게 영향을 준 수작으로 남았다. 패전 후에는 잡지 『신시파(新詩派)』 『순수시』 등에 기고하는 한편, 나까기리 등과 2차 『황지』(1947) 연간 시집 『황지시집』(전8권, 1951~58)의 중심시인으로 활약한다. 이후 평론 「현대시란 무엇인가」(1949) 등을 통해 『황지』가 추구하는 일본 전후시의 방향성을 모색한다. 전후 주요시집으로는 기존 작품을 집대성한 『아유까와 노부오 시집』(1955)을 비롯해 전쟁 전의 시편을 모은 『다리 위의 사람』(1963), 『아유까와 노부오 저작집』(1973~76) 등이 있다. 일본 전후시의 본격적 출발점인 황지파 그룹의 대표적 이론가로서 시에 문명론적 사고를 적극적으로 도입한 점에서 문학사적 업적을 남겼다.

죽은 남자

예컨대 안개와
모든 계단의 발자국소리 속에서,
유언집행인이, 희미하게 모습을 드러낸다.
—— 이것이 모든 것의 시작이다.

머언 어제……
우리는 어두운 술집 의자 위에서,
일그러진 얼굴을 주체스러워하거나,
편지 봉투를 뒤집어본 적이 있었다.
"사실은, 그림자도, 형체도 없다고?"
—— 죽을 뻔해보니, 분명 그 말대로였다.

M이여, 어제의 차가운 창공이
면도날에 언제까지나 남아 있구나.
하지만 난, 언제 어디에서
그대를 놓치고 말았는지 잊어버렸다.
짧았던 황금시대——
활자 바꾸기와 하느님 놀이——
"그것이, 우리의 낡은 처방전이었다"라고 중얼거리며……

언제나 계절은 가을이었다, 어제도 오늘도,
"쓸쓸함 속에 낙엽이 흔들린다"

그 소리는 사람 그림자 속으로, 그리고 거리로,
검은 납鉛 길을 계속 걸어왔던 것이다.

매장하는 날은, 말도 없고
입회한 자도 없었다,
분노도, 비애도, 불평의 연약한 의자도 없었다.
허공을 향해 시선을 돌리고
그대는 그저 묵직한 구두 속에 발을 밀어넣고 조용히 누워 있었
다.
"잘 가게, 태양도 바다도 미덥지 않으니"
M이여, 지하에 잠든 M이여,
그대의 가슴 상처는 지금도 아파오는가.

작품해설

「죽은 남자」

일본 전후시의 출발을 알린 기념비적 작품으로, 1951년『황지시집』수록을 거쳐 훗날『아유까와 노부오 시집』의 권두를 장식했다. 시 속 "M"은『황지』의 동료 시인 모리까와 요시노부를 가리키며 전쟁 중 사망한 그를 애도하는 형식을 취하고 있다. 1연의 "유언집행인"은 고인이 남긴 유지를 이어받아 실현하려는 시인 자신을 가리킨다. 그의 등장을 "모든 것의 시작"으로 묘사해 "M"을 대신해 살아가게 되는, 전쟁에서 살아남은 자의 역할을 암시한다. 2연에서는 당시 젊은 지식인들의 모습 속에 암울한 전쟁의 분위기를 투영한다. 이를테면 "일그러진 얼굴"과 뒤집혀진 "편지 봉투" 등은 어긋나버린 시대의 비유다. 그리고 "그림자도, 형체도 없다"라는 "M"의 말을 거쳐 삶의 허무감으로 이어진다. 이런 인식은 전쟁에서 죽을 뻔한 경험을 겪고 "면도날"처럼 차가워진 시인의 시선을 이끌어낸다. 나아가 "M"과의 과거 속에 "황금시대"로 표상된 청춘기를 떠올리고, 모더니즘 시인으로서 언어 탐구에 집중하던 "활자 바꾸기"와 자신들의 천재성을 과시하던 "하느님 놀이"로 구체화한다. 그러나 과거의 화려한 시적 행보가 병든 시대를 치유할 수 없는 임시방편("낡은 처방전")이었음을 자각하는 순간, 시간의 흐름에는 가늠할 수 없는 회의가 드러난다.

4연에서는 "가을"의 쓸쓸함과 "검은 납 길"의 비정함이 전쟁으로 얼룩진 "어제"와 전후의 "오늘"이 비극이었음을 자각한다. 마지막연의 "M"의 매장 장면은 일종의 액자식 구성으로 현실이기보다는 심상 표현에 가깝다. 시인은 가슴 깊숙이 "M"을 잠들게 하며 "M"과의 영혼 일체화를 도모한다. 한편 "분노"와 "비애" "불평" 등 나약했던 과거를 함께 묻으며 이제는 미래를 향해 나아갈 때임을 암시한다. "태양도 바다도 미덥지 않으니"는 "M"의 '유언'인 동시에 '유언집행인'으로서 시인의 다짐이다. 또한 오직 자신만을 믿으며 미래를 영위해 가려는 포부다. 마지막 "그대의 가슴 상처는 지금도 아파오는가"에는 전쟁의 상처가 살아남은 자들에게 평생 잊을 수 없는 것임을 나타낸다.

요시오까 미노루(吉岡實, 1919~90)

토오꾜오 출신으로 혼쇼 고등소학교를 졸업했다. 재학 중 키따하라 하꾸슈우의 서정적 단까를 접하며 문학에 흥미를 느낀다. 졸업 후 의학 전문 출판사에서 근무하며 훗날 시적 모티브가 되는 인체 관련 서적을 접한다. 출판사 근무와 병행해 야간 상업학교에 다니며 단까와 하이꾸를 창작했고, 모더니즘 계열의 전위파 시인 키따조노 카쯔에(北園克衛) 등의 작품을 읽으며 시 창작에 힘쓴다. 이후 유서의 형태로 시가집 『혼수상태』(1940)와 시집 『액체』(1941)를 출판하고 만주로 출정했다. 전쟁 후 출판사로 복귀했고 하기와라 사꾸따로오, 니시와끼 준자부로오 등의 시를 읽으며 창작의지를 불태운다. 1951년 메이저 출판사 치꾸마쇼보오(筑摩書房)에 입사해 1978년 퇴사할 때까지 출판인으로서의 삶을 영위했다.

1955년 실질적 의미의 첫 시집이자 전후 첫 시집인 『정물(靜物)』과 1958년 출간한 『승려』를 통해 전후 모더니즘 계열의 개성적 시인으로 입지를 확립했다. 이 시집은 초현실주의적 기법을 바탕으로, 삶과 죽음의 부조리를 추상적 이미지와 생리적 감각 속에 유머러스하게 융화한 전후시의 걸작으로 평가된다. 1958년에는 결혼과 함께 단까집 『어람(魚籃)』을 출판하며 문학자로서 완숙기를 맞이했다. 이후 1959년 키요오까 타까유끼(淸岡卓行), 오오오까 마꼬또(大岡信), 이이지마 코오이찌(飯島耕一) 등과 2차 전후파 시인들의 대표적 시잡지 『악어』(1959) 창간에 참여했다. 이밖에도 『방추형(紡錘形)』(1962), 『요시오까 미노루 시집』(1967), 『신비적인 시대의 시』(1975), 『싸프란 따기』(1976), 『약옥(藥玉)』(1983) 등의 시집 외에 수필집 『'사어(死語)'라는 그림』(1980) 등이 전해진다.

승려

1

네명의 승려
정원을 거닐며
이따금 검은 헝겊을 말아 올린다
막대기 모양
미움도 없이
젊은 여인을 때린다
박쥐가 고함칠 때까지
하나는 식사를 준비한다
하나는 죄인을 찾으러 간다
하나는 수음手淫
하나는 여자에게 살해당한다

2

네명의 승려
각자의 임무에 진력한다
성인형聖人形을 내려놓고
십자가에 황소를 매달고
하나가 하나의 머리를 깎아주고
죽은 하나가 기도하고

다른 하나가 관을 만들 때
심야의 마을에서 밀려오는 분만分娩의 홍수
네명이 일시에 일어선다
불구의 네개의 엄브렐라
아름다운 벽과 천장
그곳에 구멍이 나타나
비가 내리기 시작한다

3

네명의 승려
저녁 식탁에 앉는다
손이 긴 하나가 포크를 나눠준다
사마귀가 있는 하나의 손이 술을 따른다
다른 둘은 손을 보이지 않고
오늘의 고양이와
미래의 여인을 쓰다듬으며
동시에 양쪽 바디를 갖춘
털 수북한 상像을 두사람의 손이 만들어낸다
살은 뼈를 조이는 것
살은 피에 노출되는 것
둘은 포식으로 살찌고

둘은 창조 때문에 야위어가고

4

·네명의 승려
아침 고행에 나선다
하나는 숲까지 새의 모습으로 사냥꾼을 마중하러 간다
하나는 강까지 물고기 모습으로 하녀의 사타구니를 엿보러 간다
하나는 마을에서 말의 모습으로 살육의 도구를 신고 온다
하나는 죽었기에 종을 친다
넷이 같이 왁자지껄 웃은 적이 없다

5

네명의 승려
밭에서 씨앗을 뿌린다
그중 하나가 실수로
어린애 엉덩이에 무청을 공양한다
경악한 도자기 얼굴의 어머니 입이
붉은 진흙 태양을 가라앉혔다
무척 높다란 그네를 타고
셋이서 합창하고 있다

죽은 하나는
둥지 속 까마귀의 깊은 목구멍 속에서 소리를 낸다

6

네명의 승려
우물가에 웅크린다
빨랫감은 염소의 음낭
못다 뺀 월경 자국
셋이 달려들어 짜낸다
기구氣球 크기의 씨트
죽은 하나가 짊어지고 말리러 간다
빗속의 탑 위로

7

네명의 승려
하나는 사원의 유래와 네명의 내력을 적는다
하나는 세계의 꽃여왕들의 생활을 적는다
하나는 원숭이와 도끼와 전차의 역사를 적는다
하나는 죽었기에
다른 자의 뒤에 숨어

셋의 기록을 차례차례 불사른다

8

네명의 승려
하나는 고목의 땅에 천명의 사생아를 낳았다
하나는 소금과 달이 없는 바다에 천명의 사생아를 죽게 했다
하나는 뱀과 포도로 뒤엉킨 저울 위에서
죽은 자 천명의 발과 산 자 천명의 눈의 무게가 같음에 놀란다
하나는 죽었으나 여전히 병자
돌담 너머에서 기침을 한다

9

네명의 승려
견고한 가슴 갑옷의 보루를 나선다
한평생 수확이 없으므로
세계보다 한 계단 높은 곳에서
목을 매고 함께 비웃는다
따라서
넷의 뼈는 겨울나무의 굵기대로
새끼줄이 끊어질 시대까지 죽어 있다

작품해설

「승려」

전후 일본시의 걸작으로 평가되는 이색적 작품으로 시집 『승려』에 수록됐다. 호색한 승려의 모티브는 일본 고전문학에서 다양한 형태로 등장하나 이 시에서는 한층 기괴한 모습으로 그려지고 있다. 동료 시인 이이지마 코오이찌는 이 작품에 대해 "기괴하면서 우아하고, 외설적이면서 고귀하고, 골계스러우면서 엄숙한 암흑의 축제"라고 표현했다. 승려의 고결한 이미지 이면에 잠재된 속물성이 아이러니를 형성하며 엽기적인 장면을 창출하고 있다.

「승려」는 아홉개의 파트로 구성돼 있고 서두는 모두 "네명의 승려"로 시작한다. 내용적으로 도입부의 시 1과 마지막 총괄부의 시 9를 제외하고는 순서에 상관없이 독립적으로 읽어도 무방하다. 동료 시인 키요오까 타까유끼의 "인간의 근원적 욕망과 악덕에 대해 승려들이 행위로 연주하는 현악 4중주"라는 비유가 적절할 것이다. 나아가 성(聖) 속에 속(俗)이 존재하며, 인간 행위의 속물스러움 속에 성스러움이 존재한다는 종교적 사고의 본질에까지 의미를 확대해볼 수 있다. 꺼림칙하게 느껴지는 파계승의 이미지가 시를 압도하면서 인간 본성을 파헤치는 장치로 작동한다.

1

"하나는 여자에게 살해당한다"는 네명의 승려가 생과 사의 대극에 위치하며 독자적 행위를 하고 있음을 암시한다. 그러나 생의 영역에 위치한 나머지 세 승려의 관계도 서로 긴밀히 연결되지 않았다. 승려는 인간에게는 신의 신성성을, 신에게는 인간의 속물성을 부각하는 역할을 자임한다. "검은 헝겊"의 승복 아래 드러난 "막대기 모양"은 남근을 의미하며 "젊은 여인"과의 음양의 성적 이미지에서 성욕은 "미움" 등의 감정이 개입되지 않는 것임을 환기한다. "식사" "죄인" "수음"은 인간의 속물적 이미지로, 승려 하나가 "살해"당함으로써 속물성에 대한 경고가 종교인의 역할임을 드러내고 있다. "박쥐"의 "고함"에 담긴 불길함은 타락한 본성에 대한 위기의식의 표출로 볼 수 있다.

2

시인은 승려들의 "각각의 임무"에 초점을 맞춘다. "성인형" "십자가" "기도" 등은 승려의 본분과 관련이 있으며, 공통된 특징은 인간을 신성의 세계로 인도한다는 점이다. 특히 죽음을 또다른 생의 시작으로 여기는 윤회관이 눈길을 끈다. 승려 본연의 임무는 "죽은 하나가 기도하고"에서 드러나듯 생과 사를 초월해 영위해야 할 가장 중요한 일이다. 역설적으로 인간의 생은 죽음을 인식하고 받아들일 때 성립되는 것으로 후반부의 "분만의 홍수"에서 생명 탄생의 활기가 뒷받침한다. 생명 탄생의 신비에 압도된 승려들의 모습이 "불구의 네개의 엄브렐라"에 압축되어 있으며, 후반 3행은 양수(羊水)의 파수(破水)를 염두에 두고 있다.

3

저녁식사 중 세명의 산 자와 한명의 죽은 자의 구도가 무너지고 2대 2의 대립 구조를 형성한다. "손이 긴 하나"와 "사마귀가 있는 하나"는 식사를 준비하지만 나머지 둘은 "오늘의 고양이"와 "미래의 여인"을 만지며 "양쪽 바디를 갖춘/털 수북한 상"을 만들고 있다. 이들의 모습은 후반 4행에서 알 수 있듯 탐욕으로 일그러진 인간의 자화상을 포스트모던적으로 포착한 표현이다. 식욕에 집착하는 둘은 "포식으로 살찌"게 되며, 인간과 고양이의 기형적 합체를 시도하는 육욕에 눈이 먼 둘은 자기파멸적인 "창조" 욕구로 "야위어갈" 뿐이다.

4

승려들의 "고행"을 떠올리며 다시 3대 1의 대립으로 전환된다. 이들의 행위는 여전히 고행과 거리가 멀다. 오히려 "사냥꾼" "하녀의 사타구니" "살육의 도구" 등 탐욕이 넘치는 반승려적 행위가 장면을 압도한다. 승려에게 어울리는 행위는 "종"을 치는 정도지만 그마저 죽은 승려에게 국한된다. 나아가 어법적으로 "죽었기에"로 인과적 관계를 암시하고 있어, 살아 있는 승려의 반고행적 행위가 당연시된다는 비판을 읽을 수 있다. 마지막행 "넷이 같이 와자지껄 웃은 적이 없다"에서는 그들에게 파계에 대한 자각이 애초부터 존재하지 않았음이 드러난다. 웃지 않는 것이 고행일 리 없건만 그것조차 고행으로 여기는 모습이 인상적이다.

5

승려들이 밭에서 작업하는 광경을 묘사하고 있다. "씨앗을 뿌리"는 행위는 성교를 의미하고 "실수"로 비롯된 "어린애 엉덩이의 무청"은 패륜적 유아 간음을 떠올리게 한다. "무청"을 남근의 이미지로 파악할 수 있기 때문이다. 이렇게 보면 다음행의 "경악한 도자기 얼굴의 어머니 입"은 비윤리적 광경을 목격한 어머니의 피를 토하는 분노로 연결된다. "붉은 진흙 태양"의 소멸은 왜곡된 생명 탄생의 행위가 죽음의 영역과 혼재돼 성립함을 반어적으로 암시한다. 중요한 것은 생과 사가 교차하는 순환에서, 살아 있는 세 승려는 "높다란 그네를 탄" 채 "합창"하고 있으며 나머지 죽은 하나도 "까마귀의 깊은 목구멍"에서 불길한 "소리"를 외쳐대고 있는 점이다. "합창"과 "소리"는 외설로 점철된 속세를 응시하는 승려들의 무의미한 독경소리로 보는 것이 적절하다. 결국 시인의 메시지는 "그네"가 확보하는 높이에서 드러나듯 삶과 죽음을 고자세로 방관하는 몽매한 종교에 대한 우회적 비판이다.

6

"우물가"에서의 세탁 풍경이지만 장면이 나타내는 의미성은 시 5와 흡사하다. "염소의 음낭" "월경 자국" 모두 패륜적 욕구를 염두에 두고 있다. 욕구를 억제하고 절제를 설파하는 것이 승려의 본분이지만 이들은 음탕함을 완전히 씻어내지 못한다. "못다 뺀"이 애초 사심으로 가득한 이들에게는 불가능한 일임을 암시한다. "기구 크기의 씨트"도 동일한 개념으로, 살아 있는 세명이 이를 짜내고 "죽은 하나"가 이를 "말리러 가"지만 그것이 마르는 일은 없다. 인간의 탐욕은 생과 사의 영역 어디에서도 해소되지 않는다는 것이다. "빗속의 탑 위"는 색욕에서 벗어나지 못하는 어리석은 승려들이 위치한 곳으로, 시 5에서의 "무척 높다란 그네"와 동일한 의미를 지닌다. 비가 내리는 동안 이 "씨트"가 마르는 일이 없는 것처럼 "탑"이 떠올리는 종교적 이미지도 인간의 동물적 본능 앞에서는 무기력한 존재임을 확인하게 된다.

7

여기서 중요한 시어는 "역사"다. "사원의 유래와 네명의 내력"은 종교의 역사를, "세계의 꽃여왕들의 생활"은 속물적 인류 역사를 표현한다. "원숭이와 도끼와 전차의 역사"는 생명의 고귀함을 무시한 채 반복해온 전쟁의 역사를 떠올리게 한다. 이 역사들은 삶을 유지하고 발전시킨다는 명목하에 자행되어온 어리석은 인류의 행위다. 그러나 죽은 승려는 이를 은밀히 소각한다. 인류를 지탱해온 종교나 역사가 무의미한 것임을 자각하는 태도이며 어느 것도 인간을 재단할 수 없다는 메시지다. "적는다"에 담긴 '기록'과 이를 소각하는 행위가 떠오르게 하는 기록의 무의미성은 시인이 처한 전후상황에서, 과거를 부정하고 오로지 '무(無)'의 현실을 직시하려는 사상적 긴박감과 자기파괴를 향한 혁신의지를 내포한다. 서적을 불사르는 행위가 진시황제의 분서갱유를 떠오르게 하기 때문이다. 이 시에서 가장 논리적이고 관념적인 해석이 가능하다는 점에서 다소 이질적 부분이다.

8

승려가 출산을 하는 기괴한 설정이 이중 메시지를 드러낸다. "고목의 땅"에서 "낳"은 "천명의 사생아"나 "소금과 달이 없는 바다"에 "죽게" 한 "천명의 사생아"는 삶과 죽음의 공존 및 순환의 윤회를 형성한다. 5행의 "죽은 자 천명의 발"과 "산 자 천명의 눈의 무게"의 균등함 또한 같은 의도로 볼 수 있다. 이들을 에워싸는 "뱀과 포도로 뒤엉킨 저울"은 탐욕에 휩싸인 욕정을 상징하며 무분별한 생식본능의 결과로 이어진다. "고목의 땅"이나 "소금과 달이 없는 바

216

다"는 황폐해진 인간의 터전으로, 시인이 인식한 전후 일본의 극한 상황을 떠올리게 한다. 삶과 죽음의 구분이 무의미한 비정(非情)의 공간에서 "하나는 죽었으나 여전히 병자"라는 죽어서조차 죽음을 인지할 수 없는 자가당착으로 이어지고 있다. 7의 시와 함께 전후시로서의 관념성을 엿볼 수 있는 부분이다.

9

시 1에서 8까지 생과 사로 양분된 세계에서 펼쳐지는 승려들의 기이한 행동이 '성'과 '속'의 구도에서 행해지고, 마지막 시 9에 이르러 네 승려의 일관된 행동으로 전환된다. 정경으로 성직자의 지위인 "견고한 가슴 갑옷의 보루"를 버리고 자살을 택하는 승려들을 상정해볼 수 있다. 자살의 이유를 암시하는 "수확"은 종교적 득도인지, 시 8의 "사생아" 같은 의미에 기인한 것인지는 불확실하다. 네 승려가 거듭해온 어리석은 행위가 원인으로 여겨지나 죽음까지도 '웃음'으로 처리하는 것에 생과 사의 의미를 박탈하려는 시인의 의도가 담긴 듯하다. 자살 장소로 택한 "세계보다 한 계단 높은 곳" 또한 자살이라는 또다른 어리석음을 실행에 옮기기 적절하다고 판단한 장소로, 바벨탑 이야기로 대표되는 인간의 몽매함에 대한 신화성 부여가 가능하다. 그 한편에서 "새끼줄이 끊어질 시대까지 죽어 있다"는 얼어붙은 겨울 같은 죽음 너머로 존재하는 생을 직감하게 한다.

이 작품의 특징 중 하나로 승려의 신분과 성과 속을 초월해 존재하는 인간의 자유가 있다. 자유로움은 시인이 꿈꾸는 성과 속의 조화에서 성립되는 유토피아로 간주할 수 있다. 특히 죽은 승려를 설정한 의도에는 살아 있는 세 승려를 압도하는 형태로 생과 사를 자유롭게 넘나들게 하려는 목적이 있다. 양자의 경계를 무의미하게 만들거나 조롱하는 기능을 부여하는 것이다. 이 시의 가장 큰 매력으로 볼 수 있는 부분이다. 참고로 작품의 성립배경에 대해 시인은 실연이라는 개인적 경험에 입각한 "인간 불신의 시"로 적고 있다. 그러나 이를 전후시의 관점에서 접근한다면 전후의 폐허가 초래한 사생관에서 반종교적으로 미래에 대한 긍정과 비판이 무의식적으로 표출된 것으로 파악 가능하다. 즉 전쟁으로 희생된 사자(死者)들에 대한 기억에서 전후사회에 대한 비판을 초현실주의적으로 형상화한 작품이라 할 수 있다.

타무라 류우이찌(田村隆一, 1923~98)

토오꾜오 출신으로 토오꾜오 부립제3상업학교와 메이지 대학 문예과에서 수학했다. 상업학교 시절 동급생 키따무라 타로오(北村太郞)와 시 창작을 시작했다. 잡지『신영토』『LE BAL』등을 통해 아유까와 노부오 등과 황지파 시인 그룹을 결성한 후『황지』를 창간하고 중심시인으로 활약했다. 이 시기의 작품에서는 황지파 시인들이 주장하는 현대문명에 대한 위기감을 모더니즘적 언어로 추구하고 있다.

1950년부터는 시 창작과 함께 번역을 시작해 애거서 크리스티(A. Christie)의『삼막(三幕)의 살인』을 발표했다. 이후 1953년부터 4년간 출판사에서 근무했다. 그의 첫 시집『사천(四千)의 날과 밤』(1956)은 전후 10년의 작품을 모은 것으로, 비극적 관념시가 주류를 이루며 사상시인으로서의 면모를 드러내고 있다. 이어서 시집『말이 없는 세계』(1962)에서는 기존 현대문명에 대한 위기의식에서 인간의 그림자를 반어적으로 응시하고 있다. 동료시인 쿠로다 사부로오(黑田三郞)는 두 시집에 대해 "전후시에 결정적 충격을 주었으며 공포와 전율의 비전에서 비교 대상이 없다. 전쟁으로 무수한 인간과 엄청난 물자, 수많은 도시와 사원이 파괴됐지만 그 이상으로 언어와 상상력의 파괴를 문명 최대 불행으로 여기는 시인의 강렬한 역설의 세계"라고 평한다.

1967년부터 1년간 미국 아이오와 주립대학 객원시인으로 초빙됐고 만년에는 하기와라 사꾸따로오상 선고위원으로 활동했으며 TV 방송인으로도 활약했다. 1976년에는 전후 30년간 간행한 다섯편의 시집과 장편 시「공포의 연구」등을 재수록한『시집 1946~1976』을 출간했다. 그밖에『노예의 환희』(1984),『허밍 버드』(1993) 등 총 스물여섯권의 시집을 비롯해『젊은 황지』(1968) 등 사십편에 이르는 평론집을 출간했다. 그가 펴낸 번역작품만 해도 팔십편이 넘는 양으로, 일본의 전후시인 중 가장 활발한 활동을 펼친 것으로 기록된다.

부각화(腐刻畵)[54]

독일의 부각화에서 본 한 풍경이 지금 그의 눈앞에 있다 그것은
황혼에서 밤으로 접어드는 고대도시의 부감도[55] 같기도 하고 혹은
심야로부터 새벽으로 안내되는 근대의 낭떠러지를 모사한 사실화
같다고도 여겨졌다

이 남자 즉 내가 말하기 시작한 그는 젊은 나이이면서 아버지를
죽였다 그 가을 어머니는 아름답게 발광發狂하였다

---

54 약물을 써서 유리나 금속 등에 조각한 그림.
55 높은 곳에서 아래를 내려다본 풍경을 그린 것.

작품해설

「부각화」

시인이 자신의 시적 원형을 형성하고 있다고 평한 작품이다. "독일의 부각화에서 본 한 풍경"을 "고대도시의 부감도"와 "근대의 낭떠러지"라고 재창조하며 전쟁으로 황폐해진 일본을 묘사했다. "부감도"가 암시하는 시선의 수직성은 시인의 시세계에서 중요 요소로, 전쟁이 초래한 충격을 나타낸다. "황혼에서 밤으로"의 어둠 속에 싸인 "고대도시"는 역사와 더불어 지속된 전쟁을 떠올리게 하며 "심야로부터 새벽으로 안내되는 근대의 낭떠러지"는 전쟁에서 헤어나지 못하는 현실을 "사실화"처럼 투영한다.

시의 키워드 "근대의 낭떠러지"는 전쟁으로 위기에 처한 근대 일본을 암시한다. 시인은 권위의 상징 "아버지"를 죽이며 습속을 정면에서 부정하는 초윤리적 위치에 자신을 세운다. 결국 "아버지"는 인류의 비극인 전쟁을 초래한 일본 근대에 대한 비유가 된다. 마지막 '아름답게 발광한 어머니'는 전쟁의 소용돌이에 휩싸인 모국을 감성적으로 재확인한 표현으로, 시대적 상황이 자신의 시세계를 자극한 단서임을 나타낸다. 문명국가를 표방하면서도 인류사의 비극인 전쟁을 답습한 일본을 비판적 시선과 선명한 언어로 응시하고 있다.

이시가끼 린(石垣りん, 1920~2004)

토오꾜오 출신으로 아까사까 고등소학교를 졸업했다. 4세 때 어머니를 여의고 이후 두 계모와도 일찍 사별한다. 생사를 응시하는 시세계의 배후에는 유년기의 가족사가 그림자를 드리우고 있다. 소학교 시절부터 소녀잡지에 투고하며 시에 관심을 갖다가 1934년 졸업 후 진학을 포기하고 일본흥업은행에 입사한다. 1975년 퇴사할 때까지 가족의 생계를 지탱하면서 독신으로 살았다. 은행원으로서의 생활과 시인으로서의 행보를 조화한 이력은 훗날 '은행시인'으로 불리는 계기가 된다. 타이쇼오기의 민중시인 후꾸다 마사오(福田正夫)의 지도를 받으며 본격적인 시 창작을 시작해 1938년 동료들과 여성 시잡지 『단층』을 창간했다. 후꾸다 마사오와의 만남은 시세계의 형성과 전후 행보에 중요한 계기가 됐다. 건실한 근로자로서의 의식과 인간 제반 문제를 에워싼 휴머니즘의 태도에 큰 영향을 받았기 때문이다.

1951년경부터 『은행원 시집』 등에 시를 발표하며 전후시인으로 본격 행보를 시작한다. 이후 이 시집의 선고위원이던 시인 겸 평론가 이또오 신끼찌(伊藤信吉)의 지도를 받으며 은행 노동조합운동에 참여하는 등 정력적으로 활동한다. 이런 활약 속에 시인 오노 토오자부로오의 절찬을 받은 첫 시집 『내 앞에 있는 냄비와 솥과 타오르는 불과』(1959)를 발표한다. 이 시기 시풍은 오랜 직장생활에서 배양된 사회의식을 적절히 조화한 것이었다. 또한 일하는 여성의 입장에서 사회모순을 예리하게 비판해 서민들이 추구하는 행복을 사실적으로 그려냈다. 첫 시집 이후 『표찰 등』(1968)을 발표하며 전후 대표시인으로서의 입지를 확고히한다. 이 시집은 대표작 「바지락」에서 드러나듯 생활인의 감각에 입각한 소재를 전면에 세운다. 조직에서 소외된 개인이나 삭막한 경쟁에서의 인간관계 등을 현실적으로 묘사했다. 이런 소외된 인간 응시는 흔히 '비소속(非所屬)'의 사상으로 불리며 그 연장선상에는 근대인의 존재의식을 자각하고 이를 애정으로 감싸려는 개성적 시풍이 자리한다.

1965년부터 1988년까지 시잡지 『역정』 출판에 참여했으며 1999년 NHK전국학교음악꽁꾸르에 과제곡 「이 세상 안에 있다」를 작사해 존재감을 드러냈다.
기타 산문집으로 『단층』 시절의 습작소설과 수필 등을 모은 『유머의 쇄국』
(1973)을 비롯해 『불꽃에 손을 장식하고』(1980), 『밤의 큰 북』(1988) 등이 있
으며 시집으로 『이시가끼 린 시집』(1971/1998), 후기 시집의 대표격인 『약력』
(1979), 『상냥한 말』(1984) 등이 전해진다.

바지락

한밤중에 잠에서 깨었다.
어제 저녁 사놓은 바지락들이
부엌 구석에서
입을 벌리고 살아 있었다.

"날이 새면
이것저것
모조리 먹어 치울 거야"

마귀할멈의 웃음을
나는 웃었다.
그러고는
슬며시 입을 벌리고
자는 것밖에 내 밤은 없었다.

표찰

자신이 사는 곳에는
스스로 표찰을 내거는 것이 제일이다.

자신이 자고 머무는 장소에
남이 달아주는 표찰은
항상 제대로 된 것이 없다.

병원에 입원했더니
병실 이름표에는 이시가끼 린 사마라고
사마가 붙었다.

여관에 묵어도
방 밖에 이름은 나오지 않지만
마침내 화장장 소각로에 들어가면
닫힌 문 위로
이시가끼 린 도노[56]라는 표찰이 붙겠지
그때 난 이를 거부할 수 있을까?

사마도
도노도

---

56 우리말로는 '님' 정도로 번역되는 격식을 차린 호칭. 도노(殿)는 사마(樣)보다
격식의 정도가 강하며 예로부터 주군이나 귀인에게 사용한 극존칭에 해당함.

붙어서는 안된다.

자신이 사는 곳에는
자신의 손으로 표찰을 내거는 것이 제일이다.

정신의 안주처 또한
외부에서 표찰을 내걸어서는 안된다
이시가끼 린
그것으로 족하다.

작품해설

「바지락」

시집 『표찰 등』의 권두를 장식한 시이다. 바지락은 일본인의 식탁에서 빼놓을 수 없는 된장국의 주재료로 서민적 이미지를 내포한다. 1연은 된장국에 넣을 바지락을 미리 물에 담가 모래를 제거하는 서민의 일상을 담담히 그리고 있다. 그러나 감상의 초점은 2연에서 바지락을 남김없이 먹어 치우겠다는 시인의 다짐과 마지막연에서 간밤에 사놓은 바지락처럼 "슬며시 입을 벌리고/자는 것밖에 내 밤은 없었다"라는 바지락과 시인의 동질화에 있다.

바지락과 시인을 연결하는 고리는 살아 있는 생물로서의 존재론적 인식이다. 다른 생명체를 잡아먹지 않으면 삶을 지탱할 수 없는 것, 그리고 그것이 바로 인생이라는 메시지가 느껴진다. 먹힘을 당하는 바지락은 인간과 다른 생명들의 계층적 구도를 상대화하며 무기력한 운명을 자각한다. 그러나 바지락을 인간인 "나"와 동질화한 의도는 인간 또한 바지락처럼 수동적 존재에 불과하다는 서민생활자로서의 비애를 드러낸다. 2연에서 날이 새면 바지락을 모조리 먹어버리겠다는 욕망은 본능에 잠재된 잔혹함을 떠올리게 하고 이는 다음연의 "마귀할멈의 웃음"에 의해 구체화된다. 평생 가족의 생계를 책임지며 삶의 무게를 견뎌온 시인의 관조가 풍자를 수반하며 솔직 담백하게 표현되고 있다.

「표찰」

「바지락」과 함께 『표찰 등』에 수록된 대표작이다. '사마'나 '도노' 같은 일본어 호칭은 타인과의 관계에서 성립된다. 그런데 이런 사회적 호칭을 "제대로 된 것이 없다"라고 부정적으로 보고 있다. 호칭은 자신이 처한 상황이나 관계에 의해 성립되는 가변적인 것이기 때문이다.

그런 가변성을 병원에 입원하였을 때의 "사마"와 고인이 되어 화장장 소각로에 들어갔을 때의 "도노"의 미묘한 뉘앙스 차이로 설명하고 있다. 일본어에서는 상대와의 관계에 따라 씨(氏), 상, 사마, 도노 등 다양한 호칭이 존재하는데 시인은 이같은 언어관습을 비판한다. 병원에 있든 여관에 투숙하든 심지어 화장장 소각로에 누워 있는 그곳에 존재하는 이는 '이시가끼 린'이라는 하나의 인간이므로 호칭에 의해 구분하는 것은 모순이라는 지적이다. 한편 사회적 요인이나 타인과의 관계에 속박됨 없이 스스로를 평가하고 응시하려는 사고는 반복적으로 등장하는 "자신이 사는 곳에는/자신의 손으로 표찰을 내거는 것이 제일"에 응축되어 있다. 어디에도 얽매이지 않는 '비소속'의 입장에서 "정신의 안주처"를 추구하는 자립적인 인생관으로 경청의 가변성에 맞서는 존재의 영원성을 주장한다.

이바라기 노리꼬(茨木のり子, 1926~2006)

오오사까 출신. 의사인 아버지의 근무지 이동으로 쿄오또오와 아이찌를 전전하며 성장했다. 토오꾜오로 상경 후 현 토오호오 대학의 전신인 제국의학·약학·이학전문학교 약학부를 졸업했다. 훗날 중요한 시적 소재가 되는 전시의 혼란과 패전을 겪는다.

처음에는 동화작가, 각본가로 활동하다 1949년 결혼 무렵부터 시 창작에 몰두해 1950년 잡지 『시학』(1947)에 첫 작품 「씩씩한 노래」를 투고했다. 1953년 5월 시인 카와사끼 히로시(川崎洋)와 2차 전후파의 핵심 잡지 『노(櫂)』를 창간했다. 이 잡지는 투고 전문잡지로 타니까와 슌따로오(谷川俊太郎), 오오오까 마꼬또(大岡信), 요시노 히로시(吉野弘) 등 1950년대에 등장한 전후 2세대 주요시인들이 동인으로 참여했다. 같은 무렵 연극에도 관심을 기울여 『노 시극(詩劇) 작품집』에 작품을 발표했고 연극인들과의 교류에도 열정적으로 임했다. 연극 분야 활동은 그의 시세계의 특징인 간결한 어휘 구사와 드라마틱한 구성에 영향을 줬다.

이후 『노』에서의 활약과 1955년 첫 시집 『대화』와 『보이지 않는 배달부』(1958) 등의 출간으로 전후시인으로서의 입지를 확립했다. 특히 『대화』에서는 동북 지역 방언을 사용하며 일상어의 아름다움을 추구했다. 제3시집 『진혼가』(1965)에서는 여성의 감각을 대담한 발상과 속죄적 언어로 묘사하며 자유분방한 인간상을 제시했다. 일상에 밀착한 정감과 전쟁으로 혼란에 빠진 일본을 감성적으로 표현한 점 등은 그를 주요 전후시인으로 각인시킨다.

『이바라기 노리꼬 시집』(1969), 『인명시집』(1971), 『자신의 감수성쯤』(1977), 『촌지』(1982) 등의 시집은 싱싱한 감성에 입각해 여성의 꿈을 평이한 서정으로 노래했다. 또한 자기성찰에 입각한 사회비판의 자세와 섬세한 시선으로 전후 일본사회의 그늘을 예리하게 표현했다. 1999년의 시집 『의지하지 않고』는 십오만부가 팔리는 대기록을 세웠으며 그밖에 시론집 『시의 마음을 읽다』(1979), 수필성 산문집 『노래의 마음으로 살아간 사람들』(1967) 등이 전해진다. 한글과 한국문화에도 관심이 많아 평론집 『한글로의 여행』(1986) 외에 번역시집 『한국현대시선』(1990)을 간행했고 2000년대에도 『대화-이바라기 노리꼬 시집』(2001), 『이바라기 노리꼬집(集) 언어 1~3』(2002) 등 다수의 시집과 수필을 발표했다.

내가 가장 예뻤을 때

내가 가장 예뻤을 때
거리는 와르르 무너져내려
생각지도 못한 곳에서
푸른 하늘 같은 것이 보이곤 하였다.

내가 가장 예뻤을 때
주위 사람들이 무수히 죽었다
공장에서 바다에서 이름도 없는 섬에서
난 멋 부릴 기회를 놓치고 말았다

내가 가장 예뻤을 때
아무도 다정한 선물을 건네주지 않았다
남자들은 거수경례밖에 모르고
해맑은 눈길만을 남긴 채 모두 떠나갔다

내가 가장 예뻤을 때
내 머리는 텅 비어 있었고
내 마음은 굳어 있었고
손발만이 밤색으로 빛났다

내가 가장 예뻤을 때
내 나라는 전쟁에 패했다

그런 어이없는 일이 있단 말인가
블라우스 소매를 걷어붙이고 비굴한 거리를 활보하였다

내가 가장 예뻤을 때
라디오에서 재즈가 넘쳐흘렀다
금연을 깨뜨렸을 때처럼 어질어질하면서
난 이국의 달콤한 음악을 탐하였다

내가 가장 예뻤을 때
난 몹시도 불행했고
난 몹시도 엉뚱했고
난 무척이나 쓸쓸했다

그래서 결심했다 가능하면 오래 살기로
나이 들어 무척 아름다운 그림을 그린
프랑스의 루오 영감님[57]처럼
　　　　　　　말이지

<hr />

57 프랑스의 화가 겸 판화가 조르주 루오(G. Rouault). 생몰연대는 1871~1958년이며
대표작 『그리스도교적 야상곡』(1952) 등의 주된 작품 활동은 만년에 이루어짐.

자신의 감수성쯤

바삭바삭 말라가는 마음을
남의 탓으로 돌리지 마라
스스로 물 주기를 게을리해놓고

서먹스러워진 것을
친구 탓으로 돌리지 마라
유연함을 상실한 것이 어느 쪽이더냐

조바심 나는 것을
친척 탓으로 돌리지 마라
모든 것이 서투른 건 바로 나

초심이 사라지려는 것을
생활 탓으로 돌리지 마라
애초부터 나약한 마음가짐에 불과했다

안되는 것 모두를
시대 탓으로 돌리지 마라
조용히 빛나는 존엄의 포기

자신의 감수성쯤
스스로 지켜라

어리석은 자여

작품해설

「내가 가장 예뻤을 때」

『보이지 않는 배달부』에 수록된 시인의 대표작이다. 전쟁으로 누리지 못한 청춘을 회상하는 내용으로 오랜 기간 일본에서 애송됐다. 패전을 맞이할 당시 대학생이었던 시인은 이 시에 관해 다음같이 회상한다.

> 동급생 중에는 주둔군을 두려워해 여성의 정조를 지키고자 일찌감치 머리를 밀어버린 사람도 있어 한동안 두건을 쓰고 등교하기도 했다. 그 무렵 '아 난 지금 스무살인데'하며 나이를 곰곰이 의식한 적이 있다. 눈동자가 검게 빛을 발하고 푸른 잎에 반사라도 된 걸까, 거울 속의 얼굴이 비교적 아름답게 보인 적이 있어서…… 하지만 그 젊음은 누구에게서도 전혀 부여되지 않은 채, 모두 사느냐 굶어 죽느냐의 극한에서 자기 일에만 급급했다. 10년이나 지나서 「내가 가장 예뻤을 때」라는 시를 쓴 것도 그때의 원통함이 남아 있었기 때문이다.

아름답고 싶은 것은 많은 이들의 소망이다. 이 시의 매력은 한창 아름다웠을 무렵 그 아름다움을 인정받을 수 없었던 심정을 솔직하게 노래한 점에 있다. 가장 예뻤던 기억에는 늘 전쟁이 위치했다는 사실이 동시대인들에게 많은 공감을 얻었다.

특히 3연의 묘사가 인상적이다. 사랑을 주고받아야 할 남성들은 딱딱한 군대식 "거수경례"와 "해맑은 눈길"만을 남기고 전장으로 떠나갔다. "해맑은 눈길"은 젊은이의 순수한 애국심을 나타내고 있어 꽃다운 삶을 바쳐야 했던 비극을 환기한다. 4연의 '텅 빈 머리'와 '굳어 있는 마음'은 청춘을 상실한 삭막함을 드러낸다. 그러나 시인은 시대상황을 비관하기보다 저항하려는 태도를 취한다. 이는 4연의 "밤색으로 빛"나는 "손발"은 원석 같은 아름다움의 자각으로 나타나며, 패전의 비통함에 "비굴한 거리"를 거만하게 "활보"하고 "이국의 달콤한 음악을 탐하"는 청춘의 정열과 고뇌로 이어진다.

이 시는 전쟁 후의 암담함을 표현하는 점에서 여느 전후시와 다르지 않아 보일 수 있다. 그러나 마지막연 "그래서 결심했다 가능하면 오래 살기로"를 통해 전쟁으로 누리지 못한 아름다움을 미래의 충실한 삶으로 메워가려는 긍정적인 인생관을 강조하며 차별성을 갖는다.

「자신의 감수성쯤」

시집 『자신의 감수성쯤』 제목의 모티브가 된 시이다. 「내가 가장 예뻤을 때」와 마찬가지로 "~탓으로 돌리지 마라"의 반복이 시인이 전하려는 바를 음악적으로 부각한다. 메시지는 동시대 젊은이, 나아가 세상 사람들을 향한 교훈이다. "바삭바삭 말라가는 마음" "서먹스러워진 것" "조바심" "초심이 사라지려는 것" "안되는 것" 등은 추상적 표현이지만 그것이 무엇인지 설명하지 않아도 누구나 한번쯤 겪는 심경일 것이다. 여기에 나를 에워싼 환경, 즉 "남" "친구" "친척" "생활" "시대" 등은 일상에서 간과할 수 없는 중요한 것들이다. 이처럼 시인은 세상을 살아가며 겪는 주위의 어려움에 나약해지지 말고 정면으로 맞설 것을 주문한다.

마지막연에서는 부정적 상황을 '자기'가 아닌 '타자'의 탓으로 돌린 과거를 지적하며 감수성은 스스로 지켜야 한다고 충고한다. 주목할 점은 5연의 "존엄의 포기"와 "감수성"의 관계다. 즉 문맥적으로 버려야 할 것은 "존엄", 지켜야 할 것은 "감수성"이 된다. 감수성은 정서의 산물로, 감수성을 지닌 인간은 사물의 아름다움을 판단할 수 있는 자를 가리킨다. 따라서 시인은 '자기'만을 존엄한 것으로 여기는 가치관을 버리고 '타자'와의 관계를 중시할 것을 충고하며 그러기 위해서는 감수성이 중요하다고 강조한다.

요시노 히로시(吉野弘, 1926~2014)

야마가따현 출신. 전쟁으로 사까따 시립상업학교를 조기졸업한 후 사까따 제국석유주식회사에 입사한다. 이후 입영을 목전에 두지만 입대 닷새 전 패전을 맞는다. 전쟁 후 노동조합운동에 참여하다 1950년 폐결핵으로 수술을 받고 3년간 요양했다. 이때 시 창작을 시작해 요양 관련 잡지 『보건동인』 『시학』에 「I was born」을 투고해 아유까와 노부오의 절찬을 받았다.

1953년 『시학』에 「잠자리의 노래」 「눈」을 발표한 후 카와사끼 히로시의 권유로 『시학』 투고자를 중심으로 창간한 시잡지 『노』 3호부터 동인으로 참여했다. 초기 시집으로는 첫 시집 『소식(消息)』(1957)과 『환(幻)·방법』(1959)이 있다. 1962년 회사를 퇴직하고 카피라이터로 활동하는 한편, 시화집 『10와트의 태양』(1964)을 발표하고 『노』의 복간에 참여했다. 교가와 사가(社歌) 작사에도 정력적으로 임했다. 그중 1967년 작사한 합창곡 「마음의 사계」가 유명하다. 기타 시집으로는 일본 현대시인 시선집 시리즈로 유명한 사조사(思潮社)판 '현대시문고'에 수록된 『요시노 히로시 시집』(1968)을 비롯해 『감상여행』(1971), 『무지개의 발』(1973), 『바람이 불면』(1977), 『햇살을 받으며』(1983), 『자연삽체(澁滯)』(1989), 『두사람이 정답게 있기 위해서는』(2003) 등이 있다. 시 평론으로는 시의 매력과 작시법, 기술론, 시적 감동의 원점 등을 추구한 『현대시 입문』(1980)이 유명하다. 1979년부터 7년간 토오꾜오의 세이부이께부꾸로 칼리지에서 시에 관한 공개강좌를 하며 후진 양성에 힘썼다.

요시노의 문학세계에 대해 시인 키요오까 타까유끼는 "자신에게 엄격하고 타인에게 관대한, 한없이 조용하고 투명하게 펼쳐지는 비평. 생명을 향한 아련한 따사로움. 요란할 정도의 과도한 표현을 꺼리는, 소박한 아름다움의 취미"라고 평한다. 전후상황에서 소외된 이들을 따뜻하게 응시하며 일상적 어법과 구성의 긴밀감을 강조한 민중시인이다. 젊은 시절, 인도주의 서정시인 타까무라 코오따로오의 『도정』에서 깊은 감명을 받았다는 회상을 뒷받침하는 부분이다.

I was born

아마도 영어를 갓 배우기 시작한 무렵의 일이다.

어느 여름밤. 아버지와 함께 절 경내를 걷고 있자니 파란 저녁 안개 속에서 피어오르듯 하얀 여자가 이쪽으로 다가왔다. 무거운 표정으로 천천히.

여자는 임신 중인 것 같았다. 아버지를 의식하면서도 나는 여자 배에서 눈을 떼지 않았다. 머리를 아래에 둔 태아의 유연한 꿈틀거림을 배 언저리에 연상하고 그것이 이윽고 세상으로 나오는 신비함에 사로잡혀 있었다.

여자는 지나갔다.

소년의 마음은 비약하기 쉽다. 그때 나는 '태어난다'는 것이 정녕 '수동형'인 이유를 문득 헤아렸다. 나는 흥분해서 아버지에게 말을 건넸다.
—— 역시 I was born이네요——
아버지는 이상한 듯 내 얼굴을 살펴보았다. 나는 반복했다.
——I was born이라고요. 수동형이에요. 정확히 말하면 인간은 태어나지는 거예요. 자신의 의지가 아닌 거예요——
그때 어떤 놀라움으로 아버지는 아들의 말을 들었을까. 내 표정이 그저 천진난만함으로 아버지 눈에 비칠 수 있었을까. 그것을 헤아리기에 나는 아직 너무 어렸다. 내게 이것은 문법상의 단순한 발견에 불과했으니까.

아버지는 한동안 말없이 걷더니 예상치 못한 이야기를 하였다.

── 잠자리라는 곤충은 말이지. 태어나서 2, 3일이면 죽는다는데, 그렇다면 대체 무엇을 위해 이 세상으로 나올까 그런 것이 무척이나 마음에 걸리던 때가 있었지──

나는 아버지를 보았다. 아버지는 말을 이어갔다.

── 친구에게 그 이야기를 했더니 어느날 이것이 잠자리 암컷이라며 확대경으로 보여주었어. 설명에 따르면 입은 완전히 퇴화해서 음식을 섭취하기에 적합하지 않아. 위 부위를 열어보아도 들어 있는 것은 공기뿐. 들여다보니 과연 그랬단다. 하지만 알만큼은 배 안에 빼곡히 들어차 있어 홀쭉한 가슴 쪽까지 이르고 있었지. 그것은 마치 어지럽게 반복되는 삶과 죽음의 슬픔이 목 끝까지 복받쳐 올라 있는 것처럼 보이는 거야. 쓸쓸한 빛의 조각들이었단다. 내가 친구 쪽을 보며 "알"이라고 하자 그도 끄덕이며 대답했어. "서글프구나." 그런 일이 있고 나서 얼마 후의 일이었지, 어머니가 너를 낳자마자 돌아가신 것은──.

아버지 이야기의 그다음 부분은 이제 기억나지 않는다. 단 하나 아픔처럼 애달프게 내 뇌리에 각인되어 있는 것이 있었다.

── 홀쭉한 어머니의 가슴 쪽까지 답답하게 가로막고 있던 하

얀 나의 육체——

저녁노을

늘 있는 일이지만
전차 안은 만원이었다.
그리고
늘 있는 일이지만
젊은이와 아가씨가 앉아 있었고
노인이 서 있었다.
고개를 숙이고 있던 아가씨가 일어나
노인에게 자리를 양보했다.
허둥대며 노인이 앉았다.
고맙다는 말도 없이 노인은 다음 역에서 내렸다.
아가씨는 앉았다.
다른 노인 하나가 아가씨 앞으로
옆쪽에서 떠밀려 왔다.
아가씨는 고개를 숙였다.
그러나
다시 일어나
자리를
그 노인에게 양보했다.
노인은 다음 역에서 인사를 하고 내렸다.
아가씨는 앉았다.
두번 있는 일은 세번이라 하듯이
다른 노인이 아가씨 앞으로

떠밀려 왔다.
안쓰럽게도
아가씨는 고개를 숙이고
그리고 이번엔 자리에서 일어나지 않았다.
다음 역도
그다음 역도
아랫입술을 꼭 깨물며
경직된 몸으로――.
나는 전차에서 내렸다.
굳은 자세로 고개를 숙인 채
아가씨는 어디까지 갔을까.
상냥한 마음을 가진 자는
언제든 어디서든
자신도 모르게 수난자가 된다.
왜냐고?
상냥한 마음의 소유자는
타인의 고통을 자신의 고통처럼
느끼니까.
상냥한 마음에 시달리면서
아가씨는 어디까지 갈 수 있을까.
아랫입술을 깨물며
괴로운 심정으로

아름다운 저녁노을은 보지도 않고.

작품해설

「I was born」

등사판으로 인쇄된 첫 시집 『소식』에 수록했다가 훗날 『환·방법』에 재수록한 걸작 산문시이다. "아버지"와 산책 중이던 "소년"이 우연히 마주친 임신한 "하얀 여자"의 "배"를 보고 생명 탄생에 대해 이야기를 나누는 내용이다.

영어를 배우기 시작한 소년은 "I was born"이라는 문장을 통해 인간의 탄생이 수동형임을 깨닫고 혼란을 느낀다. 표면적으로는 "문법상의 단순한 발견에 불과"했지만 순진무구했던 "소년"은 비로소 굴절된 생의 원리를 자각하게 된다. 그러나 시의 주안점은 생명 탄생의 수동성을 거쳐 죽음으로까지 사고가 이어지는 것에 있다. 아버지가 들려준 "잠자리"의 "배 안"에서 "홀쭉한 가슴"까지 "빼곡히 들어차 있"는 "알" 이야기를 통해 생과 사의 원리와 "어지럽게 반복되는 삶과 죽음의 슬픔"을 이해하게 된다. '삶과 죽음의 슬픔'은 잠자리 등의 곤충에 국한되지 않고 인간, 나아가 모든 생명체로 의미를 확장한다. 마지막 구절 "홀쭉한 어머니의 가슴 쪽까지 답답하게 가로막고 있던 하얀 나의 육체"는 태아 상태의 '나'를 연상시키며 '잠자리의 알'과 호응을 이룬다. 이로써 모든 생명체의 생과 사의 순환이 인류의 진리임을 환기하며, 또한 그것이 "어지럽게 반복"됨으로써 "서글프구나"의 심정적 표현에 동조하게 한다.

이처럼 의지와는 무관하게 찾아오는 삶과 죽음의 진리가 허무한 분위기로 묘사된다. 삶과 죽음을 의연하게 응시하는 태도에는 패전 직후 노동운동에 가담하다 과로로 쓰러져 2년 반 동안 투병을 한 경험과 13세에 여읜 어머니에 대한 기억이 잠재돼 있다. 앞 부분 "하얀 여자"와 마지막 "하얀 나의 육체"의 '하얀'은 잠자리 배에 꽉 찬 "알"의 색깔로 이어지며 생명력의 이미지를 형성한다.

「저녁노을」

어느 저녁 전차 속 풍경을 담담하게 표현한 작품으로 시집 『환·방법』에 수록됐다. 이처럼 요시노의 시에는 버스나 전차 등 생활공간을 소재로 한 작품이

다수 전해진다. 현대인의 일상의 한대목을 가지고 인생론을 확장하는 방법은 난해할 수 있으나 시인은 이를 쉽게 묘사한 것으로 유명하다.

유교 전통의 일본에서 노인에게 자리를 양보하는 것은 당연한 일인지 모른다. 그러나 동일한 상황이 반복되며 시 속 "아가씨"는 "상냥한 마음의 소유자"로서의 피로와 한계를 실감한다. "아랫입술을 꼭 깨물며/경직된 몸으로"의 현실적 묘사는 공감을 불러일으키며 "그리고 이번엔 자리에서 일어나지 않았다"는 그녀의 행동에 공감하게 한다. 이 시의 묘미는 화자인 '나'가 전차를 내린 후 "아가씨"의 심리를 상상해보는 것에 있다. "아가씨는 어디까지 갔을까"에는 "아가씨"가 가게 되는 거리가 그녀가 겪게 되는 정신적 고통의 시간적 거리를 거쳐 "아가씨는 어디까지 갈 수 있을까"의 인생의 거리로까지 의미를 확장하기 때문이다.

한편 일기풍의 서술에 예술적 방점을 찍는 것은 마지막 "아름다운 저녁노을은 보지도 않고"이다. "상냥한 마음의 소유자"가 "수난자"가 될 수 밖에 없는 현실에 시인은 침묵을 택한다. 침묵으로 인해 하늘을 붉게 물들인 저녁노을의 아름다움이 "아가씨"의 지친 일상을 위로해주기 때문이다. 고단한 현대인의 일상을 직시하며 인간애를 담아낸 전후 대표적인 민중시인으로서의 면모를 느끼게 한다.

타니까와 슌따로오(谷川俊太郎, 1931~)

토오꾜오 출신으로 토오꾜오 도립 토요따마 고등학교를 졸업했다. 아버지는 저명한 철학자 겸 평론가 타니까와 데쯔조오(谷川徹三)이다. 고교 시절부터 시를 쓰기 시작해 1950년 미요시 타쯔지의 추천으로『문학계』에 시「네로」등 다섯편을 발표하며 등단한다. 첫 시집『이십억 광년(光年)의 고독』(1952)으로 전후파 서정시인으로 주목받은 한편, 동인잡지『역정』과『노』의 출간에 참여해 오오오까 마꼬또, 카와사끼 히로시, 이바라기 노리꼬 등 1950년대의 신인 시인들과 활약을 이어간다.

『이십억 광년의 고독』으로 대표되는 초기 시에서는 스스로를 우주에 위치한 지구의 자그마한 존재로 인식하며 여기서 시작된 고독감을 참신한 지성과 언어로 응시했다. 뒤이은『육십이(六十二)의 쏘네뜨』(1953)는 타니까와 시의 핵심인 감수성의 해방을 더욱 심화해 감성 넘치는 개인적 사고를 전개한다. 제3시집『사랑에 대해서』(1955) 이후 점차 사념적 색채를 드러내면서도 시의 우선순위를 감동에 두며 정제된 언어 속에 인간과 사회의 관계성을 모색한다. 이런 모색은 TV 드라마, 연극, 영화의 각본을 비롯해 가요, 동화, 만화의 번역, 애니메이션용 작사, 광고 카피 등 사회 제반 분야에서의 활동으로 이어졌다.

1960년대에 접어들어 소설가 이시하라 신따로오(石原愼太郎), 에또오 준(江藤淳), 오오에 켄자부로오(大江健三郎) 등 젊은 문화인들과 '젊은 일본의 모임'을 결성해 1960년의 안보투쟁58에 앞장선다. 1962년에는「월화수목금토일의 노래」로 일본레코드대상 작사상을 받고 영화와 그림책 제작으로 활동을 이어간다. 영화 각본에서는 이찌까와 콘(市川崑) 감독과『고려(股旅)』(1973),『불의 섬』(1978) 등에서 원작에 충실하면서도 시적 본령을 발휘한 작품을 발표했다. 번역에도 힘을 쏟아『마더 구스의 노래』(전5권)(1975~76)와『다리가 긴 아저

---

58 1960년대 일본의 격동기를 상징하는 사건으로 미일안전보장조약 개정에 반대해 전개된 범국민적 운동. 항의 데모로 연일 사상사가 발생했고, 조약 발효와 함께 이에 책임을 진 키시 노부스께(岸信介) 내각이 총사직함.

씨』(1978) 등 약 오십편을 출간했다.

이밖에 1970년대까지 주요시집으로 『그림책』(1956), 『당신에게』(1960), 『21』(1962), 『여행』(1968), 『고개 숙인 청년』(1971), 『말장난 노래』(1973), 『하늘에 작은 새가 없어진 날』(1974), 『아무도 모르다』(1976) 등 다수를 발표했으며 수필집으로는 『산문』(1972), 대화집 『시의 탄생』(1975) 등이 전해진다. 1980년대 이후에도 『일일(日日)의 지도』(1982), 『부질없는 노래』(1985), 『철부지』(1993), 『샤갈과 나뭇잎』(2005), 『나』(2007), 『토로무소 꼬라주』(2009), 『눈 오는 나라의 백설공주』(2014) 등 현재까지 출판한 시집이 팔십권 이상에 이르며, 성격도 동요적인 것에서 실험적인 현대시까지 광범위하다. 그의 시는 세계 각국의 언어로 번역돼 많은 독자의 사랑을 받으며 일본 최고의 현역 시인으로 불리고 있다.

슬픔

저 푸른 하늘 파도소리가 들려오는 언저리에
뭔가 엄청난 것을
나는 분실해왔던 것 같다

투명한 과거 역에서
유실물 보관소 앞에 서니
나는 더욱 슬퍼지고 말았다

살다

살아 있다는 것
지금 살아 있다는 것
그건 목이 마르다는 것
가지 사이의 햇살에 눈이 부시다는 것
문득 어떤 멜로디가 떠오른다는 것
재채기를 하는 것
그대와 손을 잡는 것

살아 있다는 것
지금 살아 있다는 것
그건 미니스커트
그건 플라네타륨[59]
그건 요한 슈트라우스
그건 삐까소
그건 알프스
온갖 아름다운 것들과 만난다는 것
그리고
숨겨진 악을 주의 깊게 거부하는 것

살아 있다는 것

_____

59 천구(天球) 위에서 천체의 위치와 운동을 설명하기 위해 만들어진 장치.

지금 살아 있다는 것
울 수 있다는 것
웃을 수 있다는 것
화낼 수 있다는 것
자유롭다는 것

살아 있다는 것
지금 살아 있다는 것
지금 멀리서 개가 짖는다는 것
지금 지구가 돌고 있다는 것
지금 어딘가에서 탄생의 울음소리를 지른다는 것
지금 어딘가에서 병사가 부상을 당한다는 것
지금 그네가 흔들린다는 것
지금 그 지금이 지나가버리는 것

살아 있다는 것
지금 살아 있다는 것
새는 날갯짓한다는 것
달팽이는 기어간다는 것
사람은 사랑한다는 것
그대 손의 따스함
생명이라는 것

개구리 뽕

개구리 뽕
나는 것이 제일 좋아
처음엔 엄마를 뛰어넘고
다음엔 아빠를 뛰어넘는다
뽕

개구리 뽕
나는 것이 제일 좋아
다음엔 자동차를 뛰어넘고
신깐센도 뛰어넘는다
뽕 뽕

개구리 뽕
나는 것이 제일 좋아
날아가는 비행기를 뛰어넘고
내친 김에 해님까지 뛰어넘는다
뽕 뽕 뽕

개구리 뽕
나는 것이 제일 좋아
기어이 오늘을 뛰어넘어
내일 쪽으로 사라졌다

뽕 뽕 뽕 뽕

요오께이산(鷹繫山)

몸속을 혈액처럼 흐르는 언어를 행으로 나누려 하니
언어가 몸을 굳게 함을 느낀다
내 마음과 교류하는 것을 언어는 꺼리고 있는 듯하다

창문을 여니 60년 동안 눈에 익은 산이 보인다
능선에 오후의 햇살이 비추고 있다
타까쯔나기鷹繫란 이름을 갖고 있지만 그것을 '타까쯔나기'로 읽든
요오께이산으로 읽든 산은 미동 하나 없다

하지만 언어 쪽은 불편한 듯하다
그건 내가 그 산에 대해 아무것도 모르니까
그러니 안개에 싸이는 일도 없고 그곳에서 뱀에게 물리는 일도 없다
그저 바라보고 있을 뿐이니

미워하고 있다고 여긴 적도 없거니와
언어를 좋다고 여긴 적도 없다
창피한 나머지 소름 돋는 언어가 있고
투명하여 언어라는 사실을 잊게 하는 언어가 있다
그리고 어렵게 생각해낸 언어가 제노사이드로 끝나는 경우도 있다

우리의 허영이 언어를 치장한다
언어의 민낯이 보고 싶다
그 아르카이크·스마일[60]을

---

60 그리스시대 초기 인물조각의 입가에 보이는 미소. 중국 육조시대나 일본의 고
대 아스까시대 불상에도 나타남.

작품해설

「슬픔」

1950년대 전후시의 본격 출발을 알린 기념비적 시집 『이십억 광년의 고독』에 수록됐다. 많은 이들이 생에 한번쯤은 뭔가 "엄청난 것"을 상실한 경험이 있을 것이다. 잃어버린 것의 소중함은 그것이 부재하는 상황에서 더 크게 느껴진다. 이 시에서는 상실한 것을 원래 상태로 돌릴 수 없다는 인식이 슬픔을 초래한다. 시인은 상실이 "푸른 하늘 파도소리가 들"리는 추상적 공간에서 행해졌음을 자각한다. 하지만 실체 없는 "투명한 과거 역"에 위치하고 있음을 깨달으며 현재가 "슬프"고 쓸쓸한 것임을 인식하게 된다. 과거의 상실을 인지할 때 비로소 현재의 인생이 시작된다는 일종의 철학적 자각이다. "역"은 인생의 전환점을 암시하며 "유실물 보관소"에서 '무엇을, 언제, 어디서'의 사무적 질문이 상실한 기억을 선명하게 부각한다.

작품의 시대상황을 중시하는 관점에서 보면 소년의 나이로 전쟁과 패전을 겪은 시인의 슬픔을 노래한 작품으로도 볼 수 있다. 이렇게 해석한다면 전쟁으로 소년이 상실한 것은 "푸른 하늘"의 "투명한 과거"가 된다. 당시 어린 나이로 전쟁에는 참여하지 않았으나 전쟁의 기억에서 자유로울 수 없는 2세대 전후시인의 특징을 엿볼 수 있다. 전쟁에서 해방된 감수성을 바탕으로 자연과의 교감을 노래한 전후시인으로서의 출발을 알린 대표작으로 전해진다.

「살다」

『고개 숙인 청년』(1971)에 수록된 시로 실존의 의미를 다양한 각도에서 노래했다. 매연 반복하는 "살아 있다는 것/지금 살아 있다는 것"이 실존의식을 자각한다. 또한 "~는 것"과 명사로 행을 마감하는 것을 통해 낭독 효과를 자아낸다.

1연에서는 살아 있음이 시각과 청각, 촉각을 비롯한 모든 신체적 감각으로 나타난다. "목이 마르다는 것"은 삶의 갈증을 암시하며 "재채기" 등은 생리적 감각을 대표한다. 이은 2연에서는 패션("미니스커트")과 과학("플라네타륨"), 음악("요한 슈투라우스"), 미술("삐까소"), 자연("알프스") 등 인류문명을 구성해온 근대 학문과 미의 가치에서 실존의 의미를 음미한다. 그러나 시인은 이런 "온갖 아름다운 것들"의 "숨겨진 악"을 주의하라고 경고한다. 그것은 아름다움 이면에서 삶을 저해하는 부정적인 것들의 비유로 아름다울수록 빠져들기 쉬운 유혹을 염두에 둔 표현이다.

3연에서는 산다는 것에 대한 자각을 희로애락의 보편 감정으로 포착하며 감정을 솔직하게 표현하기 위해서는 자유로운 정신이 필요함을 드러낸다. 4연에서는 형이상학적 실존감이 두드러지는데 이를테면 개 짖는 소리나 지구의 자전, 생명 탄생의 신비와 연관한 시어가 그것이다. 인류를 위협하는 전쟁이나 "그네"로 표상된 무생물의 존재는 현재 느끼는 삶의 중요성을 부각한다. 특히 마지막 "지금 그 지금이 지나버리는 것"에는 한번 지나가면 돌릴 수 없는 시간의 추이를 인식하며 그 속에 자신을 위치시킨다.

마지막연은 모든 사물이 존재할 수 있는 것은 "생명"에서 기인하며 생명이 없다면 세상은 무에 불과함을 확인한다. 종합해보면 이 시는 인간의 눈을 통해 지각되는 '현상'과 '관념'을 관찰하는 가운데 진리의 영원성을 주장한다. 2011년 동일본대지진 때 실의에 빠진 일본인들에게 용기를 주며 널리 애송되기도 했다.

「개구리 뽕」

시집 『아무도 모르다』(1976)에 수록됐다. 이후 소학교 저학년 교과서에 실려 어린이에게 많은 사랑을 받은 동요풍 시이다. 이 작품은 개구리하면 떠오르는 울음소리와 동작을 조화한 묘사가 흥미롭다. 공이 튀듯 경쾌하게 움직이는 동작을 음악적으로 표현했다. 보통 일본어시는 한자와 카나문자의 조합으로 이루어지지만 이 작품은 동요의 효과를 살리기 위해 카나문자로만으로 표기했다. "뽕"은 개구리의 동작을 나타내는 의태어이자 시 속 개구리의 이름으로 볼 수 있다. "나는 것"을 좋아하는 어린 개구리 "뽕"은 "엄마"와 "아빠"는 물론 "자동차 "신깐센" "비행기", 저 하늘에 떠 있는 "해님"까지 가볍게 뛰어넘을 기세다. 어린 개구리의 자유분방함은 미래에 대한 기대로 이어져 마지막연에서 "오늘을 뛰어넘어/내일 쪽으로 사라"지고 만다. 어린아이의 가능성을 부각하면서, 이를 바라보는 어른의 기대를 동시에 엿볼 수 있다. 그러나 시의 주안점은 시인의 메시지가 동물의 영역을 넘어 인간 범주로까지 확장됨에 있다. 참고로 일본 시가에는 개와 고양이, 소, 말, 개구리 등 인간과 밀접한 관계를 맺어온 동물이 소재로 자주 등장한다.

「요오께이산」

'언어란 무엇인가'는 많은 현대시인이 추구한 화두이다. 이런 태도는 언어를 시의 목적이자 방법으로 여기는 순수시적 자각에서 나타난다. 이 시 또한 언어에 대해 깊이 고민했다. 시가 수록된 시집 『철부지』가 발표된 것은 1993년으로 62세 때이다. 과거에 발표한 시집의 성격을 뒤로하고 새롭게 언어 문제에 몰두하는 태도가 인상적이다.

1연은 언어를 신체적 이미지로 포착한다. "마음과 교류"가 없는 말은 "몸을 굳게 할" 뿐에서 언어와 교감을 중시하는 자세가 느껴진다. 2연과 3연에서는 언어와 사물의 관계로 시선을 돌린다. "타까쯔나기"와 "요오께이산"에서 알 수 있듯 일본어는 한자에서 음독과 훈독 두가지로 읽을 수 있다. 하지만 "산"은 "미동 하나 없"이 언어에 구애받지 않는다. 언어의 본질을 파악하지 못하고 구사하기에만 급급한 형식의 폐단을 꼬집고 있다.

자기비판은 4연에서도 이어진다. 시인은 "소름 돋"을 정도로 과장된 언어 사용을 서슴지 않는다. 진실함 없이 기계적으로 남용하는 언어를 비판하는 대목이다. 더 나아가 그릇된 언어 사용은 "제노사이드" 같은 비극으로 이어질 뿐이라고 경고한다. 그럼으로써 시인의 결론은 "언어의 민낯"을 보고 싶다는 것이다. 장식이나 과장을 제거한 순수한 언어야말로 고대 그리스 조각의 "아르카이크·스마일" 같은 원시적인 아름다움을 지닌 것이며 현대시인이 추구해야 할 언어의 고전적 모범임을 환기한다.

오오오까 마꼬또(大岡信, 1931~2017)

시즈오까현 출신으로 토오꾜오 대학 국문과를 졸업했다. 중고교 시절부터 등사판 동인지를 만들어 창작시와 번역시를 게재했다. 1954년 카와사끼 히로시, 이바라기 노리꼬, 타니까와 슌따로오 등과 『노』의 동인으로 참여해 왕성한 시 창작과 평론 활동을 펼쳤다. 1953년 시론집 『현대시 시론』을 거쳐 제1시집 『기억과 현재』(1956)로 시세계의 골격을 완성했다. 『황지』로 대표되는 1차 전후파의 사상성과는 대조적으로 자연을 의식하는 감성적 언어의 중요성을 자각하고 자유로움을 추구했다. 1956년에는 이이지마 코오이찌 등과 쉬르레알리슴 연구회를 결성해 잡지 『악어』 창간에 힘썼다.

한편 『오오오까 마꼬또 시집』(1960)과 『나의 시와 진실』(1962)에 이르러서는 시의 원리에 대한 지적 접근을 추구한다. 형식면에서는 초현실주의적 자동기술법에 입각한 산문시나 시극풍 시 등 실험적 기법을 시도했으며 1970년대 이후에는 시와 삶의 틈새를 고찰했다. 주요시집으로 『그녀의 향기 나는 육체』(1971), 『비가(悲歌)와 축도(祝禱)』(1976), 『시는 무엇인가』(1985), 『오오오까 마꼬또 전시집』(2002), 『청춘부(靑春賦) 15』(2013) 등이 있으며 여러 문학상을 받았다. 아울러 「만엽집」 시대의 가인(歌人) 키노 츠라유끼(紀貫之)의 서정세계를 규명한 『키노 츠라유끼』(1972)로 단가 연구에 중요한 발자취를 남겼다. 또한 『아사히신문』 연재 칼럼 「그때그때의 노래」(1979~2007)로 많은 독자의 사랑을 받았다. 시세계의 특징은 일본어의 근원을 직시하고 본질적 언어를 추구하는 순수시적 자각에 있다. 시적 언어의 문제에 관심을 기울인 시인이자 이론가로 평가된다.

봄을 위해

모래 해변에 졸고 있는 봄을 파헤쳐
넌 그것으로 머리를 치장한다 넌 웃는다
파문처럼 하늘에 흩어지는 웃음에 거품이 일고
바다는 고요히 풀빛 햇살을 따사롭게 품는다

너의 손을 나의 손에
너의 조약돌을 나의 하늘에 아
오늘의 하늘 속을 흐르는 꽃잎 그림자

우리들 팔에 싹트는 새싹
우리들 시야의 중심에
물보라를 일으키며 회전하는 금빛 태양
우리는 호수이며 수목이며
잔디 위로 삐져나온 햇살이며
가지 사이 햇살 춤추는 너의 머릿결의 언덕이다
우리들

새로운 바람 속에서 문이 열리고
초록 그림자와 우리를 부르는 무수한 손
길은 보드라운 땅 표면 위로 생생하게
샘물 속에서 너의 팔은 빛나고 있다
그리고 우리들 눈썹 아래로 햇살을 받으며

고요히 성숙하기 시작하는
바다와 과실

작품해설

「봄을 위해」

원제목은 '바다와 과실'이었다. 이후 제1시집 『기억과 현재』에 수록되며 '봄을 위해'가 됐다. "봄"은 청춘의 의미를 내포한다. "우리들"을 연인으로 보면 연애시로서 감상도 가능하다. 1연에서는 바닷가에 감돌기 시작한 봄기운 속에 쾌활히 웃는 연인이 떠오른다. 2연에서는 "너"와 "나"의 "손"과 "조약돌" "하늘"의 일체감 속에 "꽃잎"으로 장식된 두사람의 하늘이 그려진다. 다정한 이들의 희망찬 행동은 3연에서 새로운 생명의 싹틈으로 이어진다. 이를 축복하듯 두사람의 "시야의 중심"에는 "회전하는 금빛 태양"이 위치하며 "우리들"은 "호수" "수목" "햇살" "언덕" 등으로 표상된 자연과 합일을 이룬다. 두사람의 미래는 빛으로 가득한 풍요로운 자연의 축복 속에 "성숙"해간다.

그러나 「봄을 위해」는 단순한 연애시 이상의 의미를 함축한다. 이 작품에 대해 시인은 "'전후의 장밋빛 청춘'이라는 측면을 일부 지니고 있다. 그러나 나는 배제하기 힘든 장애물을 지니고 있어 마음은 어둡게 닫혔고 시큼쌉쌀한 신경쇠약 약을 먹으며 눈동자만 반짝이는 경우가 많았다. 이 시는 물론 나의 현실을 비추지만, 오히려 현실과는 대조적인 꿈을 비추는 부분이 많았다"라고 회상한다. "현실과는 대조적인 나의 꿈"은 오오오까의 초현실주의적 시풍이 지향하는 '대상의 이상화 내지는 심볼화'를 염두에 둔 것으로 지적된다. 환언하자면 남녀의 사랑을 통해 자연과 인간의 합일을 칭송한 것이다. 시인이 추구한 현실과 꿈의 대조는 결국 현실을 초월하는 상상력의 비상을 의미하며 여기에 그가 추구한 지적 서정시로서의 본령이 존재한다. 시 속 남녀는 아담과 이브 같은 신화적 존재로 자연은 그들을 둘러싼 범신론적 관점의 반영으로 볼 수 있다. 시인이 평소 주장한 다채로운 감성과 상상력의 조화를 만끽할 수 있는 초현실주의 작품이다.

이리사와 야스오(入澤康夫, 1931~)

시마네현 마쯔에시 출신. 토오꾜오 대학 불문과를 졸업하고 동대학원에서 수학했다. 대학 시절 시인 코까이 에이지(小海永二) 등과 잡지 『우리의 미래를 위해』에 시를 발표했다. 첫 시집 『행복 그렇지 않으면 불행』(1955)을 출간하고, 1957년 오오오까 마꼬또 등과 잡지 『오늘』에 동인으로 참여했으며 잡지 『아모로후』를 창간했다. 시집 『하지(夏至)의 불』(1958)과 『랑엘 한스씨의 섬』(1962) 등으로 이야기 형식의 시풍을 전개한다.

1959년 대학원 석사과정을 마친 후 출판사에서 근무한다. 이후 메이지 학원대학 강사로 교단에 서는 한편, 잡지 『역정』에 동인으로 참여했다. 1961년 시집 『오랜 토지』를 발간한 데 이어 『계절에 대한 시론(試論)』(1965), 장시 형식과 자주(自註) 형식, 그리고 인용을 곁들인 『나의 이즈모(出雲)·나의 진혼』(1968)을 발표했다. 1970년 토오꾜오 공업대학 조교수로 부임해 1971년부터 『교본(校本) 미야자와 켄지 전집』의 편집에 종사했고 미야자와의 작품에서 자극받아 집필한 시집 『일찍이 자아껜주우(座亞謙什)를 자칭한 사람을 향한 9연(連)의 산문시』(1978)를 비롯해 『봄의 산보』(1982), 죽은 자와의 영혼의 교류를 담은 연작시집 『죽은 자들이 무리 지은 풍경』(1984) 등을 발표했다.

기타 시집으로 『소리없는 다람쥐의 노래』(1971), 『이리사와 야스오 시 집성 1951~1970』(1973), 『'달' 그 외의 시』(1977), 『수변역려가(水辺逆旅歌)』(1988), 『떠도는 배 내 지옥 행보』(1994), 『이리사와 야스오 시 집성 1951~1994』(1996), 『가상의 선잠』(2007) 외에 평론집 『시의 구조에 대한 각서』(1968), 『시적 관계에 관한 각서』(1979), 『시에 관여하다』(2002) 등을 남겼다. 미야자와 켄지와 프랑스의 낭만시인 네르발(G. Nerval)의 연구자로 유명하며 『네르발 전집』(전3권, 1975)을 비롯한 다수의 프랑스문학 관련 번역과 논문을 남겼다.

미확인 비행물체

주전자라 해도,
하늘을 날지 않는다고 단정할 수 없다.

물이 가득 든 주전자가
밤마다, 살며시 부엌을 빠져나와,
마을 위를,
밭 위를, 또, 다음 마을 위를
살며시 몸을 기울이고,
필사적으로 날아간다.

은하수 아래, 건너가는 기러기 행렬 아래,
인공위성의 가랑이 아래를,
숨을 헐떡이며, 날아, 날아,
(하지만 물론, 그렇게 빠르지는 않아)
마침내,
사막 한가운데 한송이 피어난 쓸쓸한 꽃,
제일 좋아하는 그 흰 꽃에,
물을 모두 주고는 돌아온다.

작품해설

「미확인 비행물체」

시집『봄의 산보』에 수록된 시로 "미확인 비행물체"를 "주전자"로 묘사한 동화적 발상이 흥미롭다. 마법의 "물이 가득 든 주전자"가 "부엌"으로 표상된 일상 공간에서 벗어나 하늘을 질주하는 속도감을 보여주며 환상의 세계로 안내한다.

3연에서는 "주전자"가 하늘을 날아가는 이유가 드러난다. 바로 "사막 한가운데"에 피어난 "쓸쓸한 꽃"에게 물을 주기 위해서였다. 이렇게 보면 "주전자"를 비롯해 "사막" "꽃" 등은 우의적 해석이 가능하다. 일반적으로 떠오르는 것은 "사막" 같은 일상에 오아시스라는 시를 만들어 현대인의 정서를 풍요롭게 적시려는 소망이다. 결국 "주전자"는 시인, "꽃"은 정제된 언어인 "물"을 먹고 개화한 시작품으로 볼 수 있다. 소소하면서도 비장한 소망을 "미확인 비행물체"라는 유머러스한 발상에 담아 노래한 점이 이색적이다. 특정 대상을 비유적으로 노래하는 것은 일본 현대시에서 많이 볼 수 있는 특징이기도 하다.

아마자와 타이지로오(天澤退二郎, 1936~)

토오꾜오 태생으로 토오꾜오 대학 불문과 출신이다. 1949년 미야자와 켄지의 영향으로 시 창작을 시작했고 대학 재학 중 『뱃노래』(1956)의 동인으로 활동했다. 『폭주』(1960)를 비롯해 『X』(1961), 『흉구(凶區)』(1964) 등 1960년대를 대표하는 급진적 성향의 시잡지를 잇달아 창간해 존재감을 드러낸다. 첫 시집 『길길(道道)』(1957) 등의 초기 시에서는 자연에 대한 소박한 범신론을 나타냈으며, 제2시집 『아침의 강』(1961) 이후 거친 이미지를 구사하면서 1960년대 대표시인으로 주목받는다. 언어지상주의 시각과 초현실주의적 이미지 전개에서 꿈의 세계나 쓰는 행위를 모티브로 삼는 순수시를 추구했다. 프랑스 유학 후 메이지 학원대학 문학부에서 1967년부터 2005년 정년퇴임까지 재직했다. 아마자와의 시집은 수차례 상을 받을 정도로 뛰어난 평가를 받고 있다. 주요 시집으로 『Les Invisibles』(1976), 『'지옥'에서』(1984), 『유명우륜가(幽明偶輪歌)』(2001) 등을 비롯해 『그 몸(御身) 혹은 기담기문집(奇談紀聞集)』(2004), 『Avision—환몽시편(幻夢詩篇)』(2009), 『아리스 아마테라스』(2011) 등이 있다. 그밖에 1985년에는 미야자와 켄지의 동화 「은하철도의 밤」의 애니메이션 제작에 참여하는 등 켄지 연구가로서 꾸준한 활동을 펼쳤다. 1973년부터는 『교본 미야자와 켄지 전집』 편집에 참여했고 『미야자와 켄지의 저편으로』(1968), 『'미야자와 켄지'론』(1976), 『'미야자와 켄지'감(鑑)』(1986) 등의 연구 성과를 냈다.

아침의 강

밤이 몇겹의 층으로 사막에 쓰러지고
법랑琺瑯을 입힌 만장[61]이 여기저기 펄럭이며
그 언저리에 강물이 어스레히 비추기 시작한다
바람 속에 내던져진 사당을, 임신한 여자들이 흘러나온다
연기의 노래를 휘날리며
묘안석猫眼石 아침을 씨앗처럼 씹어 흐트린다
한편에서 한줄기로 이어진 갈색풀이 하늘을 달릴 무렵
그녀들은 순식간에 입술을 깎아 자르고
복사뼈 가시로 남자의 등을 무참히 짓밟으며
전신에 흙칠한 머리로 쫓아가는 거다
이어서 차갑게 빨간 풀의 구토가 싹튼다
차디찬 벽에는 알알이 나병 반점이 피어나고
밤의 잔재는 메마른 선풍을 자아내며
어쩌다 피가 섞인 양수가
남자의 남루한 작은 목젖을 적신다
버림받은 거리거리의 모래에는
마침내 남자들의 회색 우산이 역병처럼 늘어서겠지
시큼한 한낮의 포장도로에도
무너진 나무 강 밑에도 빼곡히 눈을 깔아 덮고
남자들은 또다시 제전을 꿈꾼다

---

61 비단이나 종이에 적어 기(旗)처럼 만든 것. 장례식 때 상여 행렬에 들고 따라감.

그러나 결국 임신한 여자는 돌아오지 않고
말馬보다 불모의 개암나무빛 처녀들
저 먼 한낮의 운하를
오직 멀어져만 가겠지

작품해설

「아침의 강」

제2시집 『아침의 강』에 수록됐다. 1960년을 전후로 그의 시세계는 미야자와 켄지풍의 차분함에서 벗어나 과격한 이미지로 변한다. 1960년은 안보투쟁으로 대변되는 격동기로 시와 예술에서의 실험도 절정에 치달았다. 엉뚱한 어법과 이미지는 파격과 난해로 요약되며 통일성을 추구하는 것은 불가능에 가깝다. 서두부터 일상의 결합을 부정하고 해체하려는 자세가 엿보인다.

이 시는 무엇보다 이미지에 입각해 읽어야 한다. 언어의 파격만큼이나 의외성을 수반한 이미지의 전개를 감상하면 된다. 단어의 결합을 속도감을 갖고 읽어 내려갈 때 파격적 어법과 영상 전개의 묘미를 느낄 수 있다.

굳이 감상의 틀을 부여한다면 제목 '아침의 강'이 떠오르게 하는 생성 이미지에 주목할 필요가 있다. "만장" "나병" "역병" 등이 암시하는 죽음과 "임신한 여자(들)"와 "양수" 등의 생의 영역이 대치한다. 그렇다고 이 시가 죽음 혹은 무의 세계에서 생명 창조로의 순환을 전개하는 것은 아니다. 마지막 4행의 "임신한 여자는 돌아오지 않고"나 "불모의 개암나무빛 처녀들" "저 먼 한낮의 운하를/오직 멀어져만 가겠지"에 함축된 부정적 표현들이 뒷받침한다. 결국이 작품은 죽음에서 삶으로의 순환을 의도적으로 해체하며 생성되는 무의식의 세계를 염두에 둔다. 이처럼 일정한 의미로는 환원될 수 없는 이형(異形)의 세계야말로 시인이 추구하는 세계의 본질로서, 요설적 언어에 주목한 실험적시이다.

요시마스 고오조오(吉增剛造, 1939~)

토오꾜오 출신으로 케이오오 대학 국문과를 졸업했다. 재학 중 탐미파문학 동인지 『미따문학』에서 활동했고 시잡지 『드럼통』(1962) 등을 발행하며 창작을 시작한다. 첫 시집 『출발』(1964)과 제2시집 『황금시편』(1970) 등의 초기 시집에는 부호를 연발하는 표기법으로 질주감을 표현한 시가 다수 수록됐다. 그의 독특한 문체는 1970년대의 주요시집 『두뇌의 탑』(1971), 『왕국』(1973), 『나의 악마 다루기』(1974), 『초서로 쓰여진, 강』(1977) 등으로 이어져 구두점과 점선, 파선 등 활자의 입체성을 활용한 시각 효과 속에 우주와 교감을 추구하는 개성적 시세계로 연결된다. 1979년의 시집 『청공(靑空)』과 『열풍 a thousand steps』에서는 전통을 바탕으로 한시대의 광기 속에 이미지를 증식하는 새로운 장편시를 개척한다.

미시간 주립 오클랜드 대학의 초빙교수를 비롯해 죠오사이 여자단기대학, 쌍빠울루 대학, 죠오사이 국제대학 등에서 객원교수를 역임했다. 기타 각종 상을 받은 주요시집에 『오시리스, 돌의 신(神)』(1984), 『나선가(螺旋歌)』(1990), 『'설도(雪島)' 혹은 '에밀리의 유령'』(1998), 『표지 omote gami』(2008), 『벌거벗은 메모』(2011), 『괴물군(怪物君)』(2016) 등이 있다. 낭독 퍼포먼스의 선구자로 해외에서도 여러차례 시낭송 공연을 했다. 자신의 시와 결합한 파노라마 카메라나 다중노광(多重露光)을 활용한 사진, 동판화를 이용한 오브제작품과 영상 제작 등 다양한 영역에서 활약 중이다. 시인 요시모또 타까아끼(吉本隆明)는 그를 타니까와 슌따로오, 타무라 류우이찌와 함께 가장 전문적인 현대시인으로 평했다.

타오르다

황금 대도刃가 태양을 직시하는
아
항성恒星 표면을 통과하는 배나무꽃!

바람 부는
아시아의 한 지대
혼은 바퀴가 되어, 구름 위를 달리고 있다

나의 의지
그것은 눈이 머는 일이다
태양과 사과가 되는 일이다
닮는 것이 아니다
유방이, 태양이, 사과가, 종이가, 펜이, 잉크가, 꿈이! 되는 일이다
엄청난 운율이 되면 돼

오늘 밤, 그대
스포츠카를 타고
유성을 정면에서
얼굴에 문신이 가능한가, 그대는!

작품해설

「타오르다」

『황금시편』에 수록된 대표작이다. 이 시집을 읽으면 강력한 엔진을 장착한 자동차가 '시'라는 고속도로를 질주하는 인상을 받는다. 느닷없이 등장한 "배나무꽃"과 그것이 통과하는 "항성 표면"과 "스포츠카"의 질주 등 초자연적 어휘가 속도감을 분출한다. 『황금시편』의 특징은 일상성을 초월한 스케일과 역동적으로 펼쳐지는 대담한 어휘 구사에 있다. 『황금시편』에 수록된 모든 시에는 "태양"과 "바람"이 등장한다. 또한 독자를 선동하는 듯한 목소리를 연발하며 느낌표를 비롯한 점선이나 파선 등의 기호를 구사한다.

「타오르다」는 장편 시가 많은 그의 작품 중 비교적 단시에 속한다. 제목 그대로 타오르듯 질주하는 어휘들이 시인이 추구한 일본 현대시의 역동성을 드러낸다. 『황금시편』으로 대표되는 그의 시세계는 작자의 폭발력을 마음껏 과시하며 일본 현대시의 스케일을 확대한다. 배후에는 안보투쟁과 경제성장으로 대표되는 1960년대 일본사회의 역동성이 응축돼 있다.

오사다 히로시(長田弘, 1939~2015) ────────────

후꾸시마현 출신으로 와세다 대학 독문과를 졸업했다. 대학 시절 시잡지『섬』
『현대시』『시와 비평』등의 창간과 편집에 참여했고 전후 주요 시잡지『시학』
『지구』(복간, 1950),『현대시』『현대시수첩』등에 시를 투고했다. 시인으로서
의 본격 등장을 알린 시집『우리들 신선한 나그네』(1965)에서는 안보투쟁 후
청춘의 심정을 사회성과 서정성으로 조화해 1960년대를 대표하는 시인으로
자리 잡는다. 이 시집은 전체주의가 만연한 시대를 응시하며 인간의 사랑과
청춘의 이상을 추구한다. 안보투쟁을 경험한 세대로서의 자기검증 자세가 반
영돼 있다. 초기 평론집『서정의 변혁』(1965) 또한 부제 '전후의 시와 행위'가
암시하듯 안보투쟁 이후 전후시의 지향점을 모색했다. 미국 아이오와 대학에
서 객원시인을 지냈으며 NHK의 오피니언 프로그램「시점·논점」에 출연하는
등 방송인으로도 활동했다.

기타 주요시집으로『오사다 히로시 시집』(1968),『메란꼬릿꾸한 괴물』(1973)
을 비롯해『심호흡의 필요』(1984),『식탁 일기일회(一期一會)』(1987),『세계
는 한권의 책』(1994),『다행일까 책을 읽는 사람』(2008),『세계는 아름답다고』
(2009),『기적-미라클』(2013),『최후의 시집』(2015) 등이 있다. 아동문학가로
도 활발한 활동을 펼쳐『고양이에게 미래는 없다』를 시작으로 많은 동화를 남
겼다.

후로후끼[62] 먹는 법

자신의 손으로, 자신의
하루를 움켜쥔다.
신선한 하루를 움켜쥐는 거다.
바람구멍이 들어 있지 않은 하루다.
손에 들어 넉넉하고 묵직한
싱싱한 무 같은 하루가 좋다.

그리고, 확실한 부엌칼로
하루를 싹둑 두껍게 자른다.
해의 껍질은 빙그르 벗겨,
모서리를 다듬고, 그리고 하루의
보이지 않는 부분에 칼집을 넣는다.
불이 잘 통하도록 해준다.

그리하여, 깊숙한 냄비에 던져 넣는다.
바닥에 꿈을 깔아놓고,
차가운 물을 뒤집어쓰듯 뿌리고,
약한 불로 보글보글 끓여간다.
자신의 하루를 부드럽게
차분히 뜨겁게 익혀가는 거다.

---

62 무나 무청을 굵게 잘라 부드럽게 데친 후 된장 등을 곁들여 먹는 음식이다.

마음 추운 시대이니까.
자신의 손으로, 자신의
하루를 후로후끼로 만들어
뜨겁고 고소하게 먹고 싶다.
뜨거운 그릇에 유자맛 된장으로
후후 불며.

작품해설

「후로후끼 먹는 법」

시인은 1960년대 전후시의 특징인 생생한 감수성과 유연한 논리를 앞세워 시와 비평 분야에서 왕성한 활동을 벌였다. 이후 1970년대부터는 일상성으로 독자와 소통하려는 자세를 취한다. 그 대표시집 중 하나가 「후로후끼 먹는 법」이 수록된 『식탁 일기일회』다. 이 시집은 일상에서 누구나 겪을 법한 일을 소재로 언어를 통해 독자와 교감하려는 자세를 견지한다. 나아가 "후로후끼"에 대한 설명을 통해 하루를 돌아보는 우화성을 취하며 만족스러운 일상이 될 수 있도록 설계하자는 이야기를 전한다.

서술구조를 보면 "후로후끼"의 요리과정이 바탕을 이루며 기본 재료인 무가 "하루"의 중심 어휘로 대체된다. 1연의 "바람구멍이 들어 있지 않"고 "손에 들어 넉넉하고 묵직"하게 느껴지는 "싱싱한 무"는 밀도 있는 "신선한 하루"를 구성하는 재료다. 문제는 이 "하루"를 어떻게 요리할 것인가로 2연과 3연에서 구체적인 조리법을 설명한다. "후로후끼"는 단순한 음식처럼 보이지만 만드는 과정에서 세세한 손놀림을 필요로 한다. 짧은 하루 속에 단순할 수 없는 일과의 중요성을 암시한다. 3연 서두의 "꿈" 역시 일과를 무의미하게 보내서는 안된다는 메시지를 내포한다. 일상의 이상을 복합적으로 염두에 둔 표현이다. 마지막연에서는 "후로후끼"가 겨울 음식임을 시사하며, 첫행의 "마음 추운 시대"는 각박한 사회에 대한 암시로, 마음의 추위를 잊게 만드는 "고소"한 "유자 맛 된장" 풍미의 "후로후끼"처럼 따뜻한 하루를 만들자고 제안한다.

아라까와 요오지(荒川洋治, 1949~)

후꾸이현 출신으로 와세다 대학 문예과를 졸업했다. 고교 시절 요시오까 미노루와 교류하며 시잡지『트럼펫』을 창간했다. 대학 재학 중 발표한 첫 시집『창부론(娼婦論)』(1971)은 와세다 대학 창립자의 이름을 딴 오노 아즈사(小野梓) 기념상을 받았다. 초기를 대표하는 시집『수역(水驛)』(1975)은 신선한 어휘에 산문체를 조화하며 은유와 한자 사용을 지양하고 순수 카나문자 표기로 청춘의 싱그러움을 표현하고 있다.

전후 경제 부흥 속에 달려온 일본사회는 1970년대에 닥친 오일쇼크로 침체기에 접어든다. 이후 가라앉은 분위기는 현대시에도 변화의 필요성을 느끼게 했다. 이런 탈전후시풍은 아라까와 요오지 붐을 일으키며 그를 1970년대의 대표적 시인으로 위치하게 한다.

1974년부터는 시 전문 출판사를 경영하며 다수의 현대시집을 발간했고 와세다 대학, 아이찌슈꾸또꾸 대학에서 후학을 양성했다. 뛰어난 문예비평가로, 미야자와 켄지 등 특정 시인에게 연구가 집중되는 현상을 지적했다. 노벨문학상을 받은 작가 오오에 켄자부로오를 비판하는 등 문단에 구애받지 않는 태도로도 유명하다. TBS라디오 방송「화제의 안테나 일본 전국 8시입니다」를 1991년부터 2013년까지 진행했고 NHK교육방송의「시점·논점」을 2003년부터 2011년까지 담당하며 방송인으로도 활약하고 있다. 기타 저술로『아라까와 요오지 시집』(1978),『침원(針原)』(1982),『갱부(坑夫) 톳찌르는 전기를 켰다』(1994)를 비롯해 각종 문예상을 받은『처세(渡世)』(1997),『공중의 수유(茱萸)』(1999),『심리』(2005),『실시연성(實視連星)』(2009) 등 약 스무권의 시집과『시는 자전거를 타고』(1981),『문학의 공기가 있는 곳』(2015) 등 약 삼십편의 수필과 평론이 있다.

미쯔께(見附)⁶³의 신록에

눈동자 푸르고 나지막이
에도 카이따이쪼오改代町 마을의
신록을 지난다

봄 속의 미쯔께
하나하나의 신록들이여
아침이니까
깊숙이는 좋지 않는다
그저
풀들은 높다랗게 넘실대고 있다

누이동생은
도랑 끝
화사한 수풀로 뛰어들어
하얀 사타구니를 숨긴다
잎새 끝에 바람이 파문을 멈추자
참고 있던 자그마한 물보라의
무척이나 귀여워진 소리가
소삭대는 잎새 그늘을 잠시나마

---

63 현 토오꾜오 치요다꾸(千代田區)의 지명으로, 보통 '아까사까 미쯔께(赤坂見附)'
라고 부름. 원래 '미쯔께'는 주로 성 외곽에 외적의 침입을 살피기 위해 세운 성
문을 말함.

흔든다

달려 되돌아오자
나의 모습이 보이지 않는다
왠지 이미
어두워져
도랑의 파도도 사라져
여자를 향한 살결의 압박이
또렷이 움직이는 풀밭길만은
엷게 붙어 있다

꿈을 꾸면 또다시 숨어들 수 있지만 누이동생아
에도는 얼마 전에 끝났단다
그로부터 나는
멀리
꽤나 왔다

지금 나는, 사이따마 은행 신주꾸 지점의 백금빛을 따라 걷고 있다.
빌딩의 파열음. 사라지기 쉬운 그 물보라. 구어口語의 시대는 춥다.
잎새 그늘의 그 온기를 좇아 한번, 나가볼까 미쯔께로.

작품해설

「미쯔께의 신록에」

제2시집 『수역』에 수록됐다. 시집이 출간된 1975년은 일본에 오일쇼크가 엄습한 시기로 물가는 폭등하고 실업자는 증가했다. 시대 분위기를 반영하듯 시 끝 부분에 "구어의 시대는 춥다"가 서술된다. 주목할 것은 1연 "에도"와 5연 "에도는 얼마 전에 끝났단다"에서 표현하는 과거의 공간 "에도"와 마지막연 "사이따마 은행 신주꾸 지점"으로 암시된 현재의 토오꾜오가 시공간적으로 공존하는 점이다. 이를 반영하듯 원문에서는 문어와 구어, 아어(雅語) 등을 혼합한 문체를 채택하고 있다.

전반부에서는 봄날 아침 "미쯔께" 부근으로 "누이동생"과 길을 가던 중, 동생이 방뇨를 하는 광경이 그려진다. 여기서 시인은 에도의 환영을 떠올리며 그곳이 돌아갈 수 없는 단절된 공간임을 인식한다. 4연의 "에도는 얼마 전 끝났단다"가 뒷받침하며 그 "꿈"에서부터의 시간 경과와 공간의 단절이 "그로부터 나는/멀리/꽤나 왔다"로 자각된다. 한편 환상 속 에도에 대한 기억과 대조적으로, 마지막연의 "사이따마 은행 신주꾸 지점"으로 상징되는 지금의 토오꾜오는 속세적 이미지를 보이며 낙차를 형성한다. 이 낙차는 마지막연에서 산문체로의 어법 전환으로도 감지된다.

시인은 이 표현에 대해 "어느 역사서를 읽다가 에도의 경계도(境界圖)를 발견했다. 이에 따르면 에도가 끝나는 지점이 서쪽으로는 이 건물(사이따마 은행 신주꾸 지점을 가리킴) 부근인 것 같다. (…) 내 머리로는 건물부터 동쪽이 에도, 서쪽은 토오꾜오가 됐다"라고 언급한다. 결국 시의 특징은 에도의 안과 밖이라는 공간이 시간으로 전환돼 공존하는 점이다. 나아가 "구어의 시대는 춥다"는 현대시인으로서 추구하려는 시를 암시한 것이다. 과거 시에 대한 반성에 입각해, 1970년대의 추운 현실을 녹일 수 있는 훈훈한 시의 추구를 상정해 볼 수 있다. 전통 서정시와 현대시를 아우르려는 시인의 의지가 나타나는 작품이다.

이또오 히로미(伊藤比呂美, 1955~)

토오꾜오 출신으로 아오야마 학원대학 일본문학과를 졸업했다. 대학 재학 중 잡지『랜덤』을 창간하며 시 창작을 시작했다. 시인 스가와라 카쯔미(菅原克己)의 지도를 받는 한편, 신일본문학회의 문학학교에서는 아베 이와오(阿部岩夫)에게 수학했다. 다수의 시잡지에 투고를 한 끝에 1978년 권위있는 신인상인 현대시수첩상을 받는다. 본격적 데뷔는 같은 해 발표한 시집『초목의 하늘』로 성(性)과 생식, 죽음 등의 어휘를 이색적으로 구사해 주목받았다. 특히 여성의 입장에서 성교, 자위, 배설, 출산 등의 파격적 소재를 직설화법으로 구사했다. 여성성을 에워싼 생리적 현상을 응시하는 가운데 언어와 신체의 접속을 모색한 페미니스트 시인이다.

그밖에 발표한 시집으로『공주(姬)』(1979),『이또오 히로미 시집』(1980),『오오메(青梅)』(1982),『테리토리론(論)Ⅱ』(1985),『나는 안주 히메꼬이다』(1993),『수·족·육·체(手·足·肉·休)』(1995) 등이 있다. 이사까 요오꼬(井坂洋子)와 함께 젊은 여성의 성적 감성을 내세운 대표주자로 1980년대 여성시의 붐을 선도한 시인으로 평가된다. 1985년『좋은 유방 나쁜 유방』으로 '육아 에세이'라는 분야를 개척했고 소설을 창작하기도 했다. 대표 소설『가족 아트』(1992) 외에『라니냐』(1999)로 노마문예신인상을 받지만 시집『하원황초(河原荒草)』(2005)를 출간하며 시인으로 복귀한다. 이후 2007년 발표한『가시빼기 신소압지장연기(新巢鴨地藏緣起)』에서는 경전을 읽어가는 듯한 리듬과 현대시를 융합한 독자적 어법을 확립했다는 새로운 평가를 받는다. 2008년 쿠마모또 문학대를 조직해 문학 활동 저변 확대에 힘썼으며, 2011년부터는 쿠마모또 학원대학 초빙교수로 후학을 지도하고 있다.

흐트러뜨리지 않도록

흰 경단을 만들어 내 남자에게
가져간다
설탕을 끓여 꿀을 만들고
데친 흰 경단을 담가두었다가
식힌다
밀폐하여
가져간다
흰 경단은 용기 속에 찰싹 부착한다
흰 경단의 테두리가 벗겨져
동그란
모양이 흐트러진다
숟가락으로 퍼올린다
아
이봐요
흐트러뜨리지 않도록
퍼올려요,
흰 경단이 제일 좋아
하면서 내 남자는 흰 경단을 입으로 가져간다
(맛있군)하면서 눈을 감아준다
당신보다도 좋아,라고
나는 남자가
흰 경단을 삼키는 것을 보고 있다

남자는 껄쭉해진 꿀까지 빨아 삼킨다

밀폐 용기를 공중에 흔들며 수건으로 싸고
이제부터 우리는
팥죽 가득히 입을 갖다 대고
손바닥을 미끄러뜨려
다정함을 그리며 움직이는 것이다
하지만
이봐요,
흐트러뜨리고 싶지 않아요
흐트러진 채로 있고 싶지 않아요
난 그렇게 생각해요 남자여 내 남자여

난 말아서
흰 경단을 데쳐 꿀을 끓인다 그리고 식힌다
무척이나 애잔한
희망을 부풀려
눅진눅진한 꿀
매끈매끈한 흰 경단
내 남자가 그것을 삼킨다
침처럼 눅진눅진
엉덩이처럼 매끈매끈

그 맛보기는 어떨까?

흐트러뜨리지 않고 싶다고
애잔하게 남자도 여긴 것이다
전해졌군
내가 분비하는 내 음식
사랑스런 남자에게
깊숙이 깊숙이

작품해설

「흐트러뜨리지 않도록」

자유분방한 성적 표현은 이또오 히로미의 전매특허다. 이 성향은 「흐트러뜨리지 않도록」이 수록된 『이또오 히로미 시집』에서도 나타난다. 마지막 부분 "내가 분비하는 내 음식/사랑스런 남자에게/깊숙이 깊숙이"가 예이다. 제목 '흐트러뜨리지 않도록'의 대상인 "흰 경단"은 원문에서는 "백옥(白玉)"으로 돼 있다. 경단은 찹쌀가루를 반죽해 작고 둥글게 빚어 끓는 물에 삶은 떡이다. 팥죽에 넣거나 고물이나 꿀, 설탕 등을 묻혀 먹는다.

1연에서는 "흰 경단"을 만들어 "내 남자"에게 가져간다. 남자를 위해 여자가 음식을 만드는 것은 고전적 소재이므로 페미니스트 시인 이또오 히로미에게는 어울리지 않아 보인다. 그러나 2연부터 그녀의 독특한 성적 분위기가 연출된다. "팥죽 가득히 입을 갖다 대고/손바닥을 미끄러뜨려/다정함을 그리며 움직이는 것이다"에서 다정한 사랑의 행위가 연상된다. "흐트러진 채로 있고 싶지 않아요"의 자동사 어법도 뒷받침한다.

3연 "침처럼 눅진눅진/엉덩이처럼 매끈매끈/그 맛보기는 어떨까?"에서는 에로스를 "흰 경단"으로 고조시킨다. "흰 경단"은 단순한 음식에서 육체적 농염을 상징하는 시어로 변용되고 마지막연 "분비"를 통해 성적 분위기를 절정으로 가져간다. 특히 3행 "전해졌군"은 인상적이다. 숨은 주제인 여성성의 우위를 암시한 표현으로 1행으로 독립시킨 의도를 엿볼 수 있다. 나아가 "내가 분비하는 내 음식"이 자신의 "사랑스런 남자"에게 "깊숙이" 전달됐다는 표현도 중요하다. 그는 나의 "사랑스런 남자"로, 남성 주도의 성적 행위를 역으로 포착해 여성 주도의 신체 행위로 자각한다. 대담함 넘치는 이또오 히로미의 표현은 남성중심주의에 대한 저항이자 진취적인 여성성을 고취한 페미니스트 시인으로서의 면모를 보여준다.

일본 현대시의 발자취

1. 현대시의 출발과 메이지기의 시

개관

일본문학사에서는 메이지기부터 현재까지 시의 시대를 구분할 때 천황 재위 기간을 나타내는 메이지(明治), 타이쇼오(大正), 쇼오와(昭和) 등의 원호에 따르며, '근대시' 또는 '현대시'로 지칭한다. 이 책에서는 메이지기에서 오늘날에 이르는 일본의 시를 '현대시'로 통칭하고 그 발자취를 살펴보기로 한다.

메이지기(1868.9.8~1912.7.30)에 성립된 일본의 시는 근대인의 복잡한 감정과 사상을 표현하려는 의식하에 단까나 하이꾸 등 전통적 단시형문학이 지닌 한계를 직시하고 서양의 'poetry' 혹은 'poem'을 모델로 전개됐다. 그러나 정감을 중시해온 일본시가의 전통은 그대로 계승되어 일본어 특유의 우아한 문어체와 7·5조나 5·7조 음수율의 정형성을 띤 낭만적 서정시가 주류를 이룬다.

『신체시초』와 번역시집

일본의 시는 1882년 번역시집 『신체시초(新體詩抄)』로 시작됐다. 이 시집의 문학사적 의의는 감정과 사상의 자유로움을 근대 정신으로 자각하고 새로운 형식의 시를 모색한 점에서 찾을 수 있다. 문체면에서 한문투나 고어에서 벗어나 일상어에 가까운 문어체를 구사하며 서양시를 모델로 한 일본시의 방향성을 제시했다.

『신체시초』는 수록 시 열아홉편 중 열네편이 서양 작가들의 시를 번역한 것이다. 군가나 사회학 원리 등의 내용을 포함하는 실험적 성격의 작품을 담았다. 그러나 결과적으로는 7·5조와 5·7조의 단조로운 정형률에 머물렀으며 예술성이 결여된 한계를 드러낸다. 그럼에도 근대인의 감정에 적합한 자유로운 형식의 창출, 일상어의 도입, 다양한 제재 탐색의 노력은 메이지 신체시의 윤곽을 제시했다는 의의를 갖는다.

한편 『신체시초』의 영향으로 시의 근대화를 이룩한 서양시 번역이 한동안 지속된다. 괄목할 성과로 『오모까게(於母影)』(1889)를 들 수 있다. 이 시집은 『신체시초』와 그 아류 시집들의 예술성 결여에 문제의식을 가진 모리 오오가이(森鷗外)와 오찌아이 나오부미(落合直文) 등 신성사(新聲社) 동인들에 의해 바이런(G. G. Byron), 괴테(J. W. Goethe), 하이네(H. Heine) 등 유럽 시인의 작품과 중국의 시,

일본 고전작품의 한역(漢譯) 등 열일곱편을 공동 번역한 소역시집이다. 모리 오오가이는 시의 번역법으로 의역을 포함한 네가지 형태를 제시하며 청신한 리듬과 고풍스러운 아어를 결합한 예술시를 추구했다. 『신체시초』에서 시도한 평이한 일상어의 근대적 시에서 한발 후퇴한 감이 있으나 언어적으로 판이한 서양의 시를 재구성했다는 점에서 우에다 빈(上田敏) 등 일본의 대표적 번역시인들의 모범이 됐다. 우아한 정감 표현 역시 후대 메이지 낭만시인들에게 큰 영향을 미쳤다.

메이지 낭만시의 특징

1893년 창간된 『문학계』는 메이지기 낭만주의문학을 선도한 종합문예지다. 사상적 지도자 키따무라 토오꼬꾸(北村透谷)는 당시로서는 생소한 장편 서사시나 드라마 형식의 극시를 도입해 근대인의 복잡다기한 사고를 표현했다. 특히 키따무라가 후대에 미친 영향은 「염세시가(厭世詩家)와 여성」(1892) 같은 걸출한 낭만주의 평론에서 찾을 수 있다. 이 평론은 메이지 낭만시의 특징 중 하나인 연애지상주의에 입각해 연애 감정의 자유로운 표현의 필요성을 주장한 일본 최초의 근대 연애담론이다.

한편 키따무라 토오꼬꾸의 사상을 시에 표현하고 실천한 시인으로 『문학계』 출신의 시마자끼 토오손(島崎藤村)을 들 수 있다. 일본 근대시의 실질적 출발점으로 평가되는 첫 시집 『새싹집(若菜集)』(1897)은 연애시를 중심으로 청춘의 정열을 7·5조와 5·7조의 문어조 운율로 묘사하며 봉건적 관습에 저항하는 근대성을 드러냈다. 그러나 탄식이나 애상 등의 정조가 과도하게 표현된 결과 근대적 인간의 심리 제시에 이르지 못한 채 감정 분출에 머물렀다는 평도 존재한다. 그럼에도 감정의 해방과 서양적 사고방식, 그리고 그 윽한 일본 정서를 접목한 것은 이후 일본 서정시의 틀이 됐다.

참고로 시마자끼의 섬세한 낭만시는 비슷한 시기에 등장한 도이 반스이(土井晚翠)의 웅변조와 대비된다. 한시를 풀어 쓰는 듯한 도이의 역사시는 시마자끼의 서정시에는 결여된 국가의식을 내포하며 사상시적 요소를 지닌다. 그러나 그의 사상시는 일본문학에 결국 깊게 뿌리 내리지 못한다. 그러기에는 일본시가의 서정적 전통이 쉽게 바뀌지 않았으며, 당시 시인들이 근대 정신을 시에 육화하기에 역부족이었다는 한계가 지적된다.

문예지『명성』과『문고』

1890년대 말부터 1900년도 초까지 메이지 30년은 일본 낭만주의 시가의 전성기로 볼 수 있다. 이 시기의 시가 근대적 문학으로 자리 잡는 과정에서 신문이나 잡지 등 저널리즘의 역할이 컸다. 당시 핵심을 담당한 문예지가 1900년 창간된『명성(明星)』이다. 요사노 텟깐(与謝野鉄幹)이 주도한 문학결사 토오꾜오신시사(東京新詩社)의 기관지로 단까, 하이꾸로 대표되는 일본 전통시가의 서정성을 계승하는 한편, 시마자끼 토오손으로 상징되는 근대시에서 청춘과 낭만이 개화하는 데 역할을 수행했다.

이 문예지에는 요사노 텟깐 외에 메이지기를 대표하는 작가 요사노 아끼꼬(与謝野晶子)를 비롯해 마에다 린가이(前田林外), 소오마 교후우(相馬御風), 타까무라 코오따로오(高村光太郎), 요시이 이사무(吉井勇), 이시이 하꾸떼이(石井栢亭), 이시까와 타꾸보꾸(石川啄木), 키따하라 하꾸슈우(北原白秋), 키노시따 모꾸따로오(木下杢太郎) 등 여러 분야를 망라한 문인들이 대거 참여했다. 그들은 인간의 개성을 존중하고 삶이 지닌 의미를 에술적으로 표현하며 낭만주의 시가의 전성기를 구가했다.

『명성』과 비슷한 시기인 1895년 창간돼 시 분야에 기여한 잡지로 『문고(文庫)』를 들 수 있다. 이 잡지는 『명성』의 도회적 시풍과는 대조적인 전원적이고도 절제된 서정으로 한시기를 풍미했다. 주요 동인에는 카와이 스이메이(河井醉茗), 요꼬세 야우(橫瀨夜雨), 이라꼬 세이하꾸(伊良子淸白) 등이 있으며 투고시를 중심으로 잡지를 운영하면서 자신들이 이상으로 여기는 서정시의 모델을 제시했다.

상징시의 시대

대상이 주는 이미지를 추상적으로 표현하는 상징시는 낭만주의와 자연주의문학에 대한 반동으로 프랑스에서 성립됐다. 상징이라는 시법에 언어의 음악성과 감각적 인상을 감지해 내면을 표현하는 특징을 갖는다. 또한 상징주의의 성립배경인 세기말적 퇴폐와 절망을 포착해 근대인의 우울을 묘사했다. 특히 보들레르(C. P. Baudelaire), 말라르메(S. Mallarmé) 등으로 대표되는 세기말 예술로서의 상징시는 절망을 근저에 두면서 괴기와 신비를 동경했다. 이에 비해 일본의 상징시는 음악성을 거의 배제한 채 언어가 주는 관념에 의지하며 신비적 분위기와 퇴폐적 감각 표현에 몰두했다. 근대가 추구하는 정신적 요소보다는 즉흥성에 머물고 말았던 것이다. 이런 경향은 상징시의 일본적 변용인 탐미적 감각시의 형태로 나아가게 된다.

일본의 대표적 상징시인 중 한명으로 우에다 빈을 들 수 있다. 그가 번역한 『해조음(海潮音)』(1905)은 서구시의 명번역시집이다. 오십칠편의 수록작품 중 보들레르, 말라르메, 베를렌(P. Verlaine) 등

의 시는 역자의 어학능력과 프랑스문학에 대한 깊은 이해가 조화
됐다고 평가된다. 이 시집에서는 프랑스 상징시의 이론을 소개하
며 시 번역의 무한한 가능성을 강조한다. 우에다가『해조음』서문
에서 말한 "축어역(逐語譯, 직역)이 반드시 훌륭한 번역이 아니다"라
는 그의 번역관은 원작 재창작으로서 번역문학의 가능성을 암시한
것이다. 이 발언은 훗날 타이쇼오기의 나가이 카후우(永井荷風)의
『산호집(珊瑚集)』(1913)과 쇼오와기의 호리구찌 다이가구(堀口大學)
의『월하의 일군(月下の一群)』(1925) 등 걸출한 번역시집 출간의 단
서가 된다.

  우에다 빈이 번역시로 일본 상징시의 토대를 마련했다면 칸바
라 아리아께(蒲原有明)는 창작으로 일본의 상징시를 발전시켰다.
그 출발은 시마자끼 토오손풍의 낭만적 신체시였다. 그러나 점차
영국의 화가 겸 시인 로세티(D. G. Rossetti)의 인상주의와 프랑스 상
징주의의 영향을 받으며 특유의 관념적인 시풍으로 일본 최고의
상징시인이 된다. 그의 시에는 연애 감정의 고뇌를 환상적 이미지
로 형상화한 작품이 많다. 대표작「지혜의 점쟁이는 나를 보고」에
서 나타나듯 정념에 안주하려는 자세의 배후에는 메이지 시단을
풍미한 낭만주의의 영향을 간과할 수 없다. 일본의 상징시는 낭만
주의를 부정하는 입장에서 생겨난 프랑스의 상징주의와는 달리 낭
만주의를 시적 자양분으로 삼았다. 이 때문에 대상을 지적으로 파
악하는 서구적 지성의 자아가 발달하는 데 한계를 드러냈다.

  낭만적 성향의 일본 상징시 계보는 명상적 시풍의 미끼 로후우
(三木露風)와 동시대를 풍미한 탐미시인 키따하라 하꾸슈우에 의
해 정점을 맞는다. 키따하라는 근대인의 고뇌로 현실을 인식하는
사고를 부정하고 이국취미로 불리는 탐미적 경향을 전면에 내세

우며 작품에서 촉발된 순간성에 의존했다. 또한 유럽 세기말 예술의 본령인 깊은 절망감이라는 정신성은 배제한 채 퇴폐적 감각과 예민한 감수성에 몰두했다. 권태의 향락적 서정, 이국정취와 속요조의 도회정서 등의 화려한 감각적 시풍은 키따하라 하꾸슈우를 일본을 대표하는 탐미적 시인으로 꼽기에 손색이 없다.

2. 구어자유시의 시대 타이쇼오기

개관

타이쇼오기(1912.7.30~1926.12.25)는 1차대전(1914)과 러시아혁명(1917), 관동대지진(1923)이 연이은 격동의 시기였다. 이런 사회적 양상이 점차 시에 나타나면서 구어와 자유시의 형태로 표현된다.

전 시대에 이어 시의 예술성을 지속적으로 추구했으며 민주주의에서의 의식과 삶, 생명감을 다각도로 묘사했다. 사고보다 정감을 중시한 일본시가의 전통을 자성하고 새로운 예술성을 추구하려는 욕구는 '근대시'에서 '현대시'로의 전환을 암시하는 것이었다.

구어자유시의 성립과 전개

1905년을 전후로 문단의 주류를 형성한 자연주의는 시 분야에도 큰 영향을 미친다. 자연주의문학은 낭만성을 중시한 메이지기에 생활자적 입장을 도입했다. 또한 7·5조와 5·7조 중심의 문어정형시에서 일상을 표현하기에 적합한 구어자유시로 바뀌면서 '노래하는 시'에서 '생각하는 시'로 전환했다. 카와지 류우꼬오(川路柳虹)의 「쓰레기 더미」로 첫발을 내딛은 구어자유시는 시인이 추구하는 긍정적 삶의 의지를 강렬한 리듬으로 표현하며 본격적으로 전개된다.

한편 자연주의문학에서 나타나는 현실 중시태도는 문학에 사회성을 도입하는 계기를 제공했다. 또한 1차대전과 러시아혁명에서 영향을 받은 민주주의 사상과 사회주의 이념은 민중에 의한, 민중을 위한, 민중의 예술로 요약되는 민중시파의 등장을 초래했다. 그들은 미국 민중시인 휘트먼(W. Whitman) 등에게 영향을 받아 인간의 자유와 평등을 일상어로 표현하는 데 주력했다. 중심시인 후꾸다 마사오(福田正夫)가 창간한 잡지 『민중』(1918)을 중심으로 시로 또리 세이고(白鳥省吾), 모모따 소오지(百田宗治), 도미따 사이까(富田碎花), 이노우에 야스부미(井上康文), 카또오 카즈오(加藤一夫), 후꾸시 코오지로오(福士幸次郎) 등이 참여해 일대 세력을 형성했다. 그들은 인도주의 시인들과 달리 일상생활에서의 시를 추구하며 명료한 표현으로 민중의 삶을 그려냈다. 또한 인도주의 시인들이 중시한 언어 기교보다는 메시지의 전달을 강조하며 시의 사회적 기능을 우선시했다. 그러나 일상사의 저속한 면까지 소재를 취한다거나, 언어의 긴장감이 결여된 구어의 나열에 머물렀다는 비판을 받기도 했다.

한편 1917년 결성된 시화회(詩話會) 활동을 간과할 수 없다. 시화회는 당시 대표적 시인들의 친목 단체로 특정한 문학 이념을 내세운 결사는 아니었다. 초기 활동은 키따하라 하꾸슈우, 미끼 로후우, 히나쯔 코오노스께(日夏耿之介), 사이조오 야소(西條八十), 호리구찌 다이가꾸 등 예술성을 중시하는 상징시 계열의 그룹과 민중시파로 대표되는 문학의 사상과 사회성을 중시하는 시인들로 이뤄졌다. 그러나 문학관의 차이로 1921년 키따하라 하꾸슈우 등의 예술파가 탈퇴해 신시회(新詩會)를 결성하며 타이쇼오 시단은 분열되기 시작한다. 그후 기존 민중시파 중심의 시화회는 기관지 『일본시인』(1921)과 연간시집 『일본시집』(1919)을 간행해 신인 시인 발굴에 기여하다가 관동대지진 이후 서서히 자취를 감춘다. 민중시파 시인들이 주축이던 시화회는 시적 기법은 경시한 채 민중이라는 개념에 대한 애매한 정의와 감정에 치우친 사상만이 강조된 표현으로 프롤레타리아 시인들에게 비판의 대상이 됐다.

하기와라 사꾸따로오와 예술파 시인들

구어자유시의 예술성을 완성하고 일본 근대시를 성숙시킨 공로자로 하기와라 사꾸따로오(萩原朔太郎)를 들 수 있다. 그는 자유자재한 상상력과 이질적 영상으로 근대인의 존재론적 불안감을 묘사한 일본 최고의 시인으로 평가된다. 그에게 언어란 인간과 동일한 존재감을 갖는 것이었다. 하기와라는 정형시가 견지해온 기계적 운율을 부정하면서도 구어자유시가 간과하기 쉬운 서정성과 현대 구어의 음악성을 가미했다. 나아가 무로오 사이세이(室生犀星), 야마무라 보쪼오(山村暮鳥) 등과 시잡지 『감정』(1916)을 주재하며 일상어의 표현을 주장했다.

한편 키따하라 하꾸슈우는 민중시파의 자유시를 시도 산문도 아닌 악문(惡文)으로 규정했으며 표현의 예술성이 결여된 시는 무의미하다고 강조했다. 이처럼 타이쇼오기 시단은 크게 사회파적 입장과 예술파적 입장으로 구분된다. 인도주의·이상주의적 입장의 시인들과 잡지 『감정』의 시인들, 상징시 계열의 시인들은 모두 예술파적 입장이다. 상징시 계열은 메이지기의 칸바라 아리아께나 스스끼다 큐우낀(薄田泣董)의 계보를 계승한 시인들이다. 초기 시화회 멤버인 히나쯔 코오노스께, 사이조오 야소, 호리구찌 다이가꾸 외에, 구어자유율 상징시의 영역을 개척한 오오떼 타꾸지(大手拓次) 등을 들 수 있다. 대다수는 미끼 로후우가 주재하던 잡지『미래』(1914)를 중심으로 문어체를 구사하며 난해한 시풍을 전개했다. 상징시 특유의 풍부한 환상성과 우아함은 메이지기의 상징시와 비교할 때 중후한 인상을 준다. 1919년에는 상징파 시인들의 작품을 총망라한 선집『일본 상징시집』이 발간됐다.

기타 주목할 시인에 미야자와 켄지(宮澤賢治)가 있다. 생전에는 제대로 평가받지 못했으나 나중에는 지질용어에서 외래어까지 다양한 어휘 구사로 주목받으며 일본 근대시의 가능성을 한단계 향상시켰다. 그밖에 고전적 순수서정시인 사또오 하루오(佐藤春夫), 기독교사상을 바탕으로 자연과 인간의 본질을 소박한 언어로 표현한 야기 주우끼찌(八木重吉), 탐미파 소설가로 출발해 번역시집『산호집』으로 자유시형의 산문적 리듬 창조에 주력한 나가이 카후우 등은 모두 예술파적 입장의 시인이다.

전위파(前衛派)의 시대

타이쇼오기에 영향을 준 사건 중 하나는 1923년 발생한 관동대지진이다. 재해의 여파는 예술 분야에까지 영향을 미쳐 기존의 것을 파괴하고 '무'에서 새로운 것을 창조하려는 발상의 전환이 일어난다. 타이쇼오 말기의 아방가르드로 불리는 전위예술운동이 그것이다. 유럽의 아방가르드는 1차대전을 기점으로 기성의 권위에 대한 부정을 예술적으로 표현한 혁신적 운동이다. 개인주의, 리얼리즘 등을 부정하고 새로운 예술의 창조를 구호로 삼은 급진적 태도를 표방했다. 입체파, 미래파, 아나키즘, 다다이즘, 표현주의, 추상

파, 초현실파 등이 이에 속한다. 일본에서는 잡지『적과 흑(赤と黑)』(1923)을 시작점으로 기존의 시 형식에 부정적 태도를 취하며 소재의 혁신을 도모했다.

구체적으로는 히라또 렌끼찌(平戶廉吉)의 미래파운동과 아나키즘, 다다이즘 시인들의 활약으로 압축된다. 타까하시 신끼찌(高橋新吉), 하기와라 쿄오지로오(萩原恭次郎), 츠지 준(辻潤), 츠보이 시게지(壺井繁治), 오까모또 준(岡本潤) 등이 대표적이다. 이들은 1차대전과 관동대지진 후 심화된 근대인의 불안을 해결하고자 기존의 사회를 파괴하려는 저항적 태도를 취한다. 나아가 관능적 향락 외에는 어떤 가치도 인정하지 않는 입장을 산문시로 표현했다. 특히 타까하시 신끼찌와 츠지 준 등 다다이스트 시인들은 무기력한 실생활의 퇴폐성을 조명했다. 하기와라 쿄오지로오와 오노 토오자부로오(小野十三郎) 등 아나키스트 시인들은 방향성을 상실한 근대 자본주의문명을 절망으로 응시했다. 훗날 이들의 시는 현실과 미래에 대한 잃어버린 방향성의 극복을 사명감으로 자각하는 프롤레타리아 문학운동으로 이어진다.

전위파운동은 구어자유시를 바탕으로 범예술파와 민중시파 양축을 부정하는 입장이었다. 그러나 시각적 언어 효과를 앞세운 기발한 표기법과 소재의 변화에만 주력했을 뿐, 이념적으로 육화된 지평을 제시하지 못한 채 쇼오와기의 프롤레타리아운동과 모더니즘 시운동으로 변해갔다. 그럼에도 시 형태와 정신의 변혁을 추구한 순수시에 대한 자각은 근대시에서 현대시로의 전환을 의미하는 것으로 평가할 수 있다.

3. 쇼오와 전기에서 2차대전까지의 시

개관

타이쇼오 말기의 전위적 예술운동은 쇼오와기(1926.12.25~1989.1.7)에 접어들어 정치적 이념을 강조한 프롤레타리아 시운동에 영향을 미쳤다. 또한 예술적 방법론을 자각한『시와 시론』(1928)의 모더니즘 시운동에 영향을 준다. 이 중 프롤레타리아 문학은 타이쇼오기에 새로운 계층으로 부상한 노동자계급의 투쟁의식을 드러낸다. 노동자의 애환을 정치사상에 담아 시적 언어로 표현한 것이다. 그러나 사회성에 대한 지나친 강조는 예술적 가치의 부재를 초래했고 이는 전대의 민중시파의 시와 일맥상통하는 부분이다.

이후 정치적 사상성 강조에 반기를 들며 모더니즘 시운동이 외면한 현실성과 서정성을 자각하며 등장한 이들이 쇼오와 10년대의 서정시인들이다. 이들은 시잡지『사계』와『역정』등을 중심으로 현대적 지성과 감성을 조화한 서정시를 추구했다. 한편 중일전쟁(1937)을 거쳐 태평양전쟁(1941)으로 치닫던 당시 상황에서 문학과 전쟁의 관계가 도마 위에 오르기도 한다.

프롤레타리아 시의 성립과 전개

타이쇼오 말기의 전위파 시운동은 시의 표현 방식과 소재를 변혁하려는 자각을 드러냈다. 그에 비해 시단의 일각에서는 노동자계급의 투쟁의식을 강조한 프롤레타리아 시인들이 등장했다. 그 원인은 1차대전을 계기로 급격히 확산된 공업화와 도시화에서 찾을 수 있다. 구체적으로 도시에 자본이 집중되며 수많은 노동자가 도시로 흡수됐으나 그들은 제대로 된 대우를 받지 못한 채 착취에 시달렸다. 그리고 러시아혁명이 초래한 공산주의의 대두로 계급적 자각을 고취한 이들의 분노는 시에서 언어를 정치사상의 도구로 만든다. 프롤레타리아 시는 기존의 시가 추구해온 예술성을 부정하고 정치적 의식을 개입시켰다는 점에서 시대 전환의 의미를 지닌다.

일본 프롤레타리아 시운동은 훗날 노동예술가연맹의 기관지가 되는『문예전선(文芸戰線)』(1924)을 중심으로 한 사회민주주의 계열과 1928년 결성된 전일본무산자예술연맹(NAPF)의 기관지『전기(戰旗)』(1928)를 발판으로 한 공산주의 계열로 나눌 수 있다. 전자가 부르주아계급의 착취를 분노로 표현한 데 비해 후자는 직접적인 투쟁을 작품에 담아 묘사했다. 두 잡지가 일본 프롤레타리아 문학의 중심이었다면 프롤레타리아 시인회의『프롤레타리아 시』(1931), 『전위시인』『탄도(彈道)』(이상 1930) 연간시집『일본 프롤레타리아 시집』(1928) 등은 순수한 시 분야의 주요 잡지다. 주요시인으로 타이쇼오 말기의 다다이즘·아나키즘 계열로 출발한 츠보이 시게지, 오까모또 준, 이또오 신끼찌(伊藤信吉) 외에 오구마 히데오(小熊秀雄), 쿠보까와 츠루지로오(窪川鶴次郎), 하야시 후미꼬(林芙美子), 모리야마 케이(森山啓), 니시자와 타까지(西澤隆二), 그리고 가장 걸출한 대표시인 나까노 시게하루(中野重治) 등을 들 수 있다. 이들은 서정성을 부정하며 언어의 미적 감각에 좌우되지 않는 감정의 자율성에 주력한다. 즉 언어가 도출하는 아름다움이 아닌 시인의 사상이 시를 결정짓는 주체임을 자각했다.

그러나 일본 프롤레타리아 시는 시를 짓는 '기술'에 무심했기에 발전을 지속할 수 없는 한계를 지녔다. 또한 1930년대 파시즘의 대두 속에 정부의 탄압을 받으며 많은 프롤레타리아 작가들이 전향했고 사회성 도입이라는 문학사적 가치만을 남긴 채 역사의 뒤안길로 접어든다. 참고로 시에 사상성을 도입한 것은 전대의 민중시파와 일맥상통하는 부분이다. 그러나 민중시파는 프롤레타리아시처럼 계급적으로 자각된 노동자와 빈농의 고통을 내부에서 직시하고 비판하려는 것은 아니었다. 결국 민중시파의 시는 서민들의 감정을 외부에서 방관자적으로 바라본 것에 지나지 않는다는 지적이 적절하다.

새로운 현대 서정시의 추구

프롤레타리아 시인들은 예술로서의 시에는 무관심한 편이었다. 그들은 예술이 정치활동에 예속된다는 인식을 갖고 있었다. 쇼오와기 초기에는 이런 흐름과 차별되는 시인이 다수 등장했다. 키따하라 하꾸슈우, 하기와라 사꾸따로오, 무로오 사이세이 등 예술파 시인들이 전통을 바탕으로 쇼오와시대에 부합하는 현대 서정시의 방향성을 모색했다. 대표적 잡지로 1926년 창간된 『모밀잣밤나무(椎の木)』가 있다. 이 잡지는 시화회 해체 후 공백기를 메우는 형태로 약 10년간 간헐적으로 간행되면서 쇼오와기 서정시 형성의 밑거름이 됐다. 대표적 동인으로 창간자인 민중시인 모모따 소오지를 비롯해 미요시 타쯔지(三好達治), 마루야마 카오루(丸山薫), 이누이 나오에(乾直惠), 이또오 세이(伊藤整), 코오소 타모쯔(高祖保), 사까모또 에쯔로오(坂本越郎) 등의 신인들이 참여했다. 하기와라 사꾸따로오, 무로오 사이세이, 카와지 류우꼬오 등 기성시인은 기고를 통해 지원했다. 전반적 시풍은 감정에 호소하던 기존 서정시에서 탈피해 선명한 이미지를 지적으로 묘사하는 쇼오와기 서정시의 전형적 특징을 나타낸다.

지성적 색채를 강조하는 서정시를 제시한 시인에는 번역시집 『월하의 일군』으로 알려진 호리구찌 다이가꾸가 있다. 이 시집에는 쌀몽(A. Salmon), 라디게(R. Radiguet), 꼭또(J. Cacteau) 등 프랑스의 초현실주의 경향의 전위파 시인 육십육명의 삼백사십편의 시가 수록됐다. 언어를 세공하듯 표현한 단시형 형식이 돋보인다. 또한 호리구찌는 시화회의 초기 멤버이자 고답파적 상징시인 히나쯔 코오노스께, 동요시인 사이조오 야소와 함께 『판테온』(1928)과 이 잡지를 계승한 『오르페온』(1929) 등의 시잡지를 주재하며 모던한 시풍을 발전시켰다. 여기서 배출된 주요시인으로 일본 풍토에 밀착한 해학적 서정시인 타나까 후유지(田中冬二)를 비롯해 조오 사몬(城左門), 오까자끼 세이이찌로오(岡崎淸一郎), 이와사 토오이찌로오(岩佐東一郎), 아오야기 미즈호(靑柳瑞穗), 산문시인 히시야마 슈우조오(菱山修三), 후까오 스마꼬(深尾須磨子) 등이 있다.

『시와 시론』과 모더니즘 시운동

'모더니즘'은 1차대전 후 유럽을 무대로 기성 문학에 문제의식을 갖고 새로운 문학 형태를 주장한 문예상의 움직임을 총칭하는 용어다. 선도적 역할을 담당한 영국에서는 흄(T. E. Hulme), 파운드(E. L. Pound), 엘리엇(T. S. Eliot) 등을 중심으로 선명한 이미지 구사와 주지적 시풍의 실험적 시를 모색했다. 또한 전대의 낭만주의와 빅토리아왕조의 고전주의문학에 저항하는 태도를 취하며 세기말 문학이나 프랑스의 상징파 문학, 고전문학 등을 비판적으로 계승했다. 이후 모더니즘은 프랑스의 다다이즘과 초현실주의, 독일의 표현주의, 이탈리아의 미래파운동 등 20세기 초 문예운동으로 전개되며 저항적이고 실험적인 문학운동을 추구했다.

한편 일본의 모더니즘운동은 1928년 계간지로 시작한 『시와 시론』이 시작점이다. 이 잡지는 1932년 『문학』으로 제목을 바꿔 1933년 폐간까지 총 스무호를 발간하며 서구 모더니즘 시운동의 주요 이론과 작품을 일본에 소개했다. 프랑스어로 '에스쁘리 누보'(esprit nouveau)라 불리는 '새로운 정신'을 기치로 창작적 시론을 모색하며 전대의 관념적 상징시와 주정적(主情的) 서정시, 민중시파의 장황한 자유시를 무시학적(無詩學的) 태도의 산물로 규정하고 배척했다. 주요 동인으로 이론적 지도자 키따가와 후유히꼬(北川冬彦)와 하루야마 유끼오(春山行夫) 외에 니시와끼 준자부로오(西脇順三郎), 안자이 후유에(安西冬衛), 미요시 타쯔지, 요시다 잇스이(吉田一穗), 키따조노 카쯔에(北園克衛), 무라노 시로오(村野四郎), 타끼구찌 슈우조오(瀧口修造), 타께나까 이꾸(竹中郁) 등 쇼오와 초기 지성적 경향의 시인 다수가 참여했다.

『시와 시론』 시인들의 공통점은 선명한 이미지의 초현실적 시를 추구한 점에 있다. 세부적으로는 추상적 공간을 구축한 초현실주의, 문자의 대소 배열이나 기호 사용 등의 시각 효과로 언어의 형식미를 강조한 형식주의, 무분별한 행갈이와 단조로움을 부정하고 1행시 등의 간결함에 언어 간의 기계적 결합의 영상미를 강조한 단시, 영화처럼 빠른 장면 전환을 표현한 영화시, 사물에 대한 객관적 묘사를 목표로 시각, 청각, 후각, 촉각 등을 이미지로 구사한 이미지즘, 신산문시운동 등으로 나눌 수 있다. 각 분야의 대표시인으로 초현실주의의 니시와끼 준자부로오와 우에다 토시오(上田敏雄), 형식주의의 하루야마 유끼오와 키따조노 카쯔에, 단시·신산문시운동의 키따가와 후유히꼬, 안자이 후유에, 그리고 영화시의 타께나까 이꾸와 이미지즘 계열의 미요시 타쯔지 등이 있다.

『시와 시론』은 시의 모더니티를 추구하는 조직적 언어실험의 무대로, 기존의 시풍을 근본에서 개혁했다. 특히 언어를 시 창작의 유일한 행위이자 목적으로 삼는 순수시적 자각을 주장했다. 니시와끼 준자부로오를 중심으로 전개된 초현실주의적 묘사는 이후 현대시의 대표적 묘사 기법으로 자리 잡으며 오늘날까지 계승된다. 그러나 시의 순수성에 대한 지나친 강조와 기법 과잉으로 점철된 언어유희는 문학의 근본인 인간에 대한 탐구를 간과했다는 비판을 받는다. 이런 문학사적 한계로『시와 시론』에 참여했던 시인들은 키따가와 후유히꼬, 미요시 타쯔지, 칸바라 타이(神原泰) 등이 중심이 된 계간지『시·현실』(1930)을 창간해 현대시에 대한 실험을 지속했다.

『사계』와『역정』을 통한 전통으로의 회귀

1930년대 전후는 전쟁에서 비롯한 국가주의가 시대를 지배했다. 당시 많은 시인들이 현실에 눈을 감은 채 서정의 세계에만 몰두했다. 한편 쇼오와 초기 시단에서는 프롤레타리아 시에 결여된 예술성과 모더니즘 시에서 결핍된 현실성을 추구하는 움직임이 잡지『사계(四季)』와『역정(歷程)』을 중심으로 나타난다. 두 잡지의 활약은 1930년대 중반부터 1940년대 전반에 이르는 쇼오와 10년대의 서정시 부흥운동으로 이어지며 시단의 중심으로 성장한다. 여기에 참여한 시인들은『시와 시론』의 모더니즘 시에서 출발해 훗날 서정시로 전향한 사람들이다. 공통적으로 휴머니즘을 근저에 두고 지성과 감성이 조화된 절제된 전통미를 추구했다.

1933년부터 1975년까지 4차에 걸쳐 간헐적으로 간행된『사계』는 자연에서 인간의 삶을 관조하는 낭만적 서정시를 주로 담았다. 특히 전통과 신시대의 지성적 조화에 주력했다. 형식면에서는 14행으로 구성되는 쏘네뜨를 도입해 서구시적 소양과 일본적 전통을 결합한 '사계파적 서정'을 모색했다. 중심시인으로 『시와 시론』에서 이미지즘적 기법으로 출발한 미요시 타쯔지와 『사계』가 배출한 가장 걸출한 시인 타찌하라 미찌조오(立原道造), 생의 고독을 평이한 시어와 가요조 리듬에 담은 나까하라 추우야(中原中也), 바다 소재의 시를 다작하며 『사계』파의 주지적 서정시를 주도한 마루야마 카오루(丸山薫) 등이 있다. 이밖에 『고기토』(1932), 『일본낭만파』(1935) 등 일본 전통으로의 회귀를 표방한 낭만적 시풍의 문예잡지도 쇼오와 서정시 확립의 일익을 담당했다.

1935년 창간된 『역정』은 전통적 서정의 『사계』파와 달리 현실에 입각한 개성적 시세계를 구축했다. 쿠사노 신뻬이(草野心平), 카네꼬 미쯔하루(金子光晴)와 권력에 저항하며 서민감각을 풍자한 야마노꾸찌 바꾸(山之口獏) 등이 대표적 시인이다. 이밖에 이또오 신끼찌, 오가따 카메노스께(尾形龜之助), 나까하라 추우야, 타까무라 코오따로오, 미야자와 켄지, 그리고 야기 주우끼찌 등이 기고의 형태로 참여해 인도주의, 다다이즘, 모더니즘 등 다양한 시적 스펙트럼을 형성했다. 그들은 기존 질서에 대한 저항 정신을 바탕으로 프롤레타리아 시의 정치적 이데올로기를 부정하고 모더니즘의 기교일변도를 지양하며 풍부한 감수성과 정념을 추구했다.

전시하의 시인들

만주사변(1931), 중일전쟁, 태평양전쟁 등으로 치닫던 시기의 시는 반전시와 참여시, 애국시로 나눌 수 있다. 반전시 성향의 시인들은 프롤레타리아 시에서 전향하지 않았거나 아나키즘 입장을 견지한 이들이다. 그들은 풍자를 통해 시대를 비판했는데 풍자시 특유의 리얼리티를 강조했으며 전쟁으로 황폐해진 인간성을 분노로 응시했다. 오구마 히데오, 츠보이 시게지, 오노 토오자부로오, 오까모또 준, 카네꼬 미쯔하루 등이 대표적이다. 이 가운데 카네꼬는 상징파 시인으로 출발했다. 그는 시집 『상어』(1937)와 『낙하산』(1948)을 통해 국가의 이념을 긍정하는 듯한 위장된 자세를 취하며 권력을 비판했다. 오노 토오자부로오는 권력이나 자본주의에 굴하지 않는 인간성을 서정적으로 그려내 프롤레타리아 시의 예술적 가능성을 제시했다.

그러나 역시 당시의 주류는 애국시와 참여시에서 찾을 수 있다. 태평양전쟁이 시작되던 해, 대일본시인회가 결성됐고 이듬해 일본문학보국회가 발족하며 타까무라 코오따로오를 시부회(詩部會) 회장으로 추대했다. 타까무라 코오따로오의 『위대한 날에』(1942), 미요시 타쯔지의 『첩보(捷報) 다다르다』(1942), 진보 코오따로오(神保光太郎)의 『남방시집』(1944), 야마모또 카즈오(山本和夫)의 『아시아의 깃발』(1944) 등 제목만으로도 시국색을 짐작할 수 있는 시집들이 간행됐다.

4. 전후에서 최근까지

개관

전쟁 중 나타났던 전통으로의 회귀는 전쟁의 종언과 함께 새로운 시적 방향성을 모색하는 움직임으로 바뀌어갔다. 전쟁으로 활동이 위축됐던 시인들은 전쟁의 아픔에서 새로운 희망을 갈구하는 전후시를 성립했다. 통상적으로 일본 전후시는 패전 후인 1950년 대부터 1960년대까지 등장한 작품을 가리킨다.

1차 전후파 시인들

『황지(荒地)』는 전후시의 출발을 알린 잡지다. 영국 시인 엘리엇 의 시집『The Waste Land』(1922)에서 제목을 차용했다. 엘리엇이 1차대전으로 황폐해진 유럽을 황무지로 인식하고 재건하려 한 것 처럼, 전쟁으로 폐허가 된 일본에서 인간성의 회복과 새로운 시적 이상을 추구했다. 전쟁 중인 1939년 창간됐다가 1년 만에 발행이 중단됐고 이후 실질적 창간인 1947년부터 1958년까지『황지시집』 과 전후 시단을 주도했다. 주요 동인은 현대문명에 대한 비판을 표 현한 아유까와 노부오(鮎川信夫)를 비롯해 타무라 류우이찌(田村隆 一), 쿠로다 사부로오(黑田三郎), 키따무라 타로오(北村太郎), 나까기 리 마사오(中桐雅夫), 키하라 코오이찌(木原孝一), 미요시 토요이찌 로오(三好豊一郎), 요시모또 타까아끼(吉本隆明) 등이 있다.

화려한 꽃을 피우기도 전에 전쟁을 겪은 이 시인들은 시를 통해 시대적 결핍을 채우려 했다.『황지』의 시풍은 전쟁으로 붕괴된 지 식인의 사상적 결함과 근대문명의 위기를 직시하고 극복하려는 것 이었다. 또한 수사 기교에 치우친 모더니즘 시를 비판하며 동시대 를 살아가는 인간의 존재성을 묻는 태도를 보인다. 시를 언어의 장 식이 아닌 인간을 표현하는 형식으로 간주하고 윤리적 가치로 연 결시킨 것이다. 이렇게 시의 사회적 책임을 자각한 태도는 일본 전 후시의 방향성을 제시한 것으로 평가된다.

일본 전후시의 흐름에서 과거의 프롤레타리아 시를 비판적으로 계승한『열도(列島)』(1952)의 시인들 역시 간과할 수 없다. "제국주의 전쟁에 협력하지 않고 저항한 문학자"로 이루어진 전후에 대두된 민주주의 문학운동을 의식하며 사회적 관심을 내세운 시를 모색했다. 『열도』의 시인들은 『황지』 계열이 거부한 모더니즘의 아방가르드 기법을 도입하고 민중의 연대를 시도하며 프롤레타리아 시를 초월하려 했다. 또한 『황지』가 제시한 전후시의 방향성과 차별되는 시세계를 구축했다. 『열도』의 시인들이 추구한 전위적 요소와 풍자의 접목은 아나키즘 시인들의 순수한 사회비판적 반전시나 전쟁의 책임 문제에 집중한 『코스모스』(1946)와는 구별된다.

이처럼 『열도』는 사회에 대한 정치적 관심과 예술성을 동시에 추구하며 초현실주의 기법을 도입해 시의 조형성과 전위성, 풍자성을 강조했다. 아울러 1950년대 전반기에 고조된 전문가 집단의 시에 저항하는 '써클시운동'과의 협력을 통해 국민시와 전위시의 가능성을 모색했다. 『열도』에는 이론적 지도자 세끼네 히로시(關根弘)와 쿠로다 키오(黑田喜夫)를 비롯해 주관성을 배제한 영상에 시대 인식을 표현한 하세가와 류우세이(長谷川龍生), 그밖에 안도오츠구오(安東次男), 스가와라 카쯔미(菅原克己), 키지마 하지메(木島始) 등이 대표 동인으로 참여했다. 여기까지의 『황지』와 『열도』로 대표되는 세대를 보통 1차 전후파 혹은 1세대 전후시인으로 부른다.

기타 전후시 잡지의 특징

『황지』와 『열도』가 전쟁 후 시단에 현대시의 새로운 방향을 제시한 가운데 기존의 주류 시인들을 중심으로 한 잡지들도 활동을 이어간다.

우선 쇼오와 초기 시단을 주도했던 『시와 시론』의 연장선에 위치한 잡지를 들 수 있다. 『시와 시론』이 1931년 폐간된 후 모더니즘 잡지의 대표격인 『VOU』(1935)를 비롯해 『시·현실』『신영토』(1937) 등이 독자적 이론을 펼친다. 『시·현실』과 『신영토』가 시의 예술성과 사회성을 동시에 추구했다면 『VOU』는 창간자 키따조노 카쯔에를 중심으로 이미지를 추상화하는 예술주의에서 『시와 시론』의 정신인 모더니즘의 전위성을 발전시켰다.

한편 서정시 분야에서는 전쟁으로 발행이 중단됐던 『역정』이 1947년 복간되면서 전전(戰前)시인들이 활약을 이어간다. 평이한 어휘와 완만한 리듬으로 생명감을 노래한 야마모또 타로오(山本太郎)와 일상을 서민적 풍자로 묘사한 이시가끼 린(石垣りん) 등이 대표적이다. 이밖에 1943년 창간됐다가 1950년 복간돼 약 20여년간 시단의 일각을 담당한 『지구(地球)』도 주목할 필요가 있다. 아끼야 유따까(秋谷豊)의 「네오로맨티시즘의 방법」으로 대표되는 이 잡지는 기존 시를 변혁하는 의미에서 『사계』를 의식하고 초월하려 했다. 특히 『사계』파에는 현실에 대한 비판이 결여돼 있다고 주장하며 전후시의 서정성을 생활의 배경이나 존재 의의에서 추구했다. 또한 『황지』나 『열도』처럼 확실한 주의(主義)의 이론적 체계화 없이 참여자들의 개성에 의존하며 전후시의 방향성을 모색했다. 주요 동인으로 아끼야 외에 오가와 카즈스께(小川和佑), 카라까와 토미오(唐川富夫), 마쯔다 유끼오(松田幸雄) 등이 있다.

2차 전후파의 시

1차 전후파 시인이 주로 전쟁을 직접 겪은 세대였음에 비해, 2차 전후파 시인은 패전 당시 중학생 정도였던 신인들이 주축을 이룬다. 1차 전후파가 전쟁의 책임에서 자유로울 수 없던 것과 달리 2차 전후파는 부정해야 할 과거를 자신에게서 직접적으로 발견할 수 없었다. 이런 영향으로 그들은 삶의 이유를 추구하는 감수성이 풍부한 시를 주로 창작했다. 또한 1950년대에『황지』가 쇠퇴하자 시잡지『노(櫂)』(1953)와『악어』(1959)를 중심으로 시단에 새로운 바람을 불어넣는다. 공통적으로『황지』와『열도』의 배타성을 부정하고 감성에 의존하는 형이상학성을 지향했다.

『노』는 전쟁 직후 신인의 등용문격인 종합 시잡지『시학』의 연구회 성격으로 출발했다. 카와사끼 히로시(川崎洋)와 이바라기 노리꼬(茨木のり子)를 창단 멤버로, 현역 최고의 시인으로 평가되는 타니까와 슌따로오(谷川俊太郎)와 요시노 히로시(吉野弘), 나까에 토시오(中江俊夫), 오오오까 마꼬또(大岡信) 등이 주요 동인으로 참여했다. 참된 의미의 전후시인 그룹이라는 평가처럼 전쟁에서 해방된 감성을 바탕으로 인간의 원시성과 자연과의 교감을 형이상학적으로 표현했다.

『악어』는 감정과 전통에 지배되는 시를 부정하고 시인의 심층 심리를 초현실적으로 묘사했다.『노』와 더불어 문학의 정치화를 거부하며 감성을 중시한 2차 전후파 시의 성향을 드러낸다. 주요 동인은 오오오까 마꼬또와 이이지마 코오이찌(飯島耕一), 이와따 히로시(岩田宏)를 비롯해 1세대 시인 키요오까 타까유끼(淸岡卓行), 요시오까 미노루(吉岡實) 등이 있다. 이들 대다수가 이 잡지의 모태인『오늘』(1954)과 동호단체 쉬르레알리슴 연구회에 참여했던 시인이다. 이 중 요시오까는 연령으로는 1세대에 속하지만, 전쟁의 상흔을 직접적으로 묘사하지 않고 인간세계를 존재와 무(無)의 중간에 있는 가상의 현실로 표현하고 시를 통해 우주와 교감할 수 있다는 감성 중시의 사고를 전개했다는 점에서 구별된다.

1960년대 이후의 일본시단

1960년대에 접어들어 일본은 고도 성장기를 맞이한다. 그러나 미일안보투쟁(1960)의 실패와 공업 중심의 경제기반 형성은 기존 농업중심사회의 가치를 근본에서 변화시켰다. 그 영향은 자본주의 체제하의 급변하는 사회에서 주체성의 혼돈으로 나타난다. 이를 반영하듯 표현의 난해함과 요설체(饒舌體)가 시풍을 주도한다.

1960년대 이후 시의 경향을 한마디로 표현한다면 방법으로서의 래디컬리즘이다. 급진주의의 다른 말인 래디컬리즘은 일본에서 자주 사용되는 표현이며, 1960년대에서 1970년대 초반의 과격한 분위기를 반영한 수식어다. 이 시기의 시는『황지』파 이후 전후시의 골격이던 정신적 요소가 쇠퇴하고 시의 창작이라는 행위 모색에 집중된다. 특히 시인은 시를 만드는 절대 주체가 아니며, 시는 언어를 매체로 자연스럽게 생겨난다는 인식을 갖고 초현실적 기법을 즐겼다.『흉구(凶區)』『드럼통』『폭주』『백경(白鯨)』등의 잡지들은 탈출구를 상실한 에너지의 분출에 난해성과 요설체를 즐기는 시대 분위기를 반영했다. 대표적 시인으로 요시마스 고오조오(吉增剛造)를 비롯해 아마자와 타이지로오(天澤退二郎), 와따나베 타께노부(渡辺武信), 스가야 키꾸오(菅谷規矩雄), 스즈끼 시로오야스(鈴木志郎康), 야마모또 미찌꼬(山本道子), 오까다 타까히꼬(岡田隆彦), 토미오까 타에꼬(富岡多惠子), 오사다 히로시(長田弘), 키따가와 토오루(北川透) 등이 있다. 이밖에 2차 전후파의 범주를 초월해 활약한 시인으로 패전 후 전범으로 수감된 수용소 생활을 통해 인간의 의미를 직시한 이시하라 요시로오(石原吉郎), 안보투쟁의 실패에 따른 전후 민주주의의 패배와 이상을 행동파적으로 표현한 타니가와 간(谷川雁)도 주목할 시인이다.

상업화와 저널리즘의 현재 시단

1960년대 이후 일본은 독점 자본주의체제하의 공업화를 기반으로 눈부신 경제발전을 이룩한다. 1980년대 이후에는 고소비사회에 진입했고 저널리즘 시대가 개막했다. 1956년 창간돼 오늘날까지 발간되고 있는 『현대시수첩』 등 상업지의 시대가 시작된 것이다. 이에 대해 언어의 상품화라는 비판도 존재하나 시의 대중화 관점에서 긍정적 영향을 미쳤음을 부정할 수 없다.

잡지 외에 텔레비전이나 컴퓨터 등 영상매체의 보급은 현대인에게 다양한 문화적 욕구를 자극했다. 이로 말미암아 1980년대 이후에는 포스트모더니즘을 비롯한 다양한 문화 추구 양상이 나타났다. 결론적으로 1980년대와 1990년대의 시적 경향은 대중적 성격의 저널리즘 시로 규정되며 각기 다른 개성을 보이면서 오늘에 이른다. 이처럼 특정 유파나 문예사조로 통괄할 수 없는 자유로운 시풍의 추구가 현재 일본시단의 특징이다.

최근까지 왕성한 활동을 벌이고 있는 타니까와 슌따로오, 요시마스 고오조오, 이리사와 야스오(入澤康夫) 등 다수의 1930년대 출생 시인과 대중적 시대 요구를 담아 예술적 자각을 드러낸 아라까와 요오지(荒川洋治), 1980년대 이후의 주요 흐름인 페미니즘 풍조를 대변하는 이또오 히로미(伊藤比呂美), 이사까 요오꼬(井坂洋子), 1990년대에 등장한 노무라 키와오(野村喜和夫) 등은 현재 일본시단의 다양성을 지탱하는 대표적 시인이다.

옮긴이의 말

　창비에서 대표적인 일본 현대시인들의 작품을 한권에 담아 번역해달라는 의뢰를 받고 고민에 빠졌다. 메이지 이후 130여년에 이르는 일본시의 발자취를 한권에 담는 것은 쉬운 일이 아니기 때문이다. 결국 시인 한명당 한편의 중점주의를 방침으로 삼고 시인의 문학사적 비중에 따라 한편에서 다섯편까지 시를 담기로 결정했다. 시인 쉰명의 일흔일곱편의 작품을 선정하는 데만 두달 남짓이 소요된 것으로 기억한다. 그럼에도 미처 수록하지 못한 시인과 작품에 대해서는 지금도 아쉬움이 남는다.

　한편 외국의 시를 제대로 감상하기 위해서는 해설이 필요하다는 판단에서 책의 골격인 시인 소개와 작품 번역, 해설의 구성을 확립했다. 세부적으로 시인 소개는 삶의 발자취를 포함해 발표한 시집의 성격과 전체적인 시세계까지 범위를 확대했다. 처음 등장하는 키따무라 토오꼬꾸부터 마지막 이또오 히로미까지 순서대로 읽었을 때 일본 근현대시의 흐름과 특징을 가늠할 수 있도록 노력했다. 또한 별도의 장 「일본 현대시의 발자취」를 통해 체계적인 추이를 파악할 수 있도록 했다.

번역은 가급적 직역에 중점을 뒀다. 그러나 언어적 차이에서 비롯된 미묘한 뉘앙스와 리듬감을 살리기 위해 다소의 의역은 불가피했다. 특히 일본어는 고풍스러운 문어와 일상어인 구어가 차이를 지니며, 메이지 서정시는 많은 경우 정형률을 구사해 문체와 운율적 고려에 유연한 대응이 필요하다. 내용과 형식의 동시 이식이 요구되는 시 번역은 근본적으로 불가능에 가깝다는 주장에 일정 부분 수긍하는 이유이기도 하다. 매끄러운 번역에는 다소 미흡할지 모른다. 독자 여러분의 너그러운 양해를 구하고 싶다.

수록 시인에는 지금도 현역에서 활동 중인 시인이 다수 포함돼 있으며, 그들 작품의 경우 2000년대 이후 것은 포함하지 않았다. 현재진행형인 시세계를 요약하고 평가하기 어렵다는 고심과 더불어, 일반적으로 작가에 대한 평가가 사후 일정 기간이 흘러야 성립되는 일본의 연구 풍토를 고려한 결과이다.

이 책을 집필하기로 결심하고 여기까지 꼬박 4년여의 시간이 흘렀다. 초고를 완성한 것은 제법 오래전이지만 저작권 허가가 필요한 경우가 많아 불가피하게 상당 시간이 소요됐다. 이를 위해 고생한 창비 관계자들과 최초 구상 단계부터 조언을 아끼지 않았던 심하은씨, 편집을 담당해준 세계문학팀 오규원씨, 시인과 작품 선정

에 자문을 해준 니이가따 대학의 후지이시 타까요(藤石貴代) 교수
님께 심심한 감사의 뜻을 전하고 싶다.

주요 참고문헌

淺井淸 外 編 「詩」, 『新硏究資料現代日本文學』, 明治書院, 2000, 第7卷.

鮎川信夫 外 編 『戰後代表詩選』 『戰後代表詩選續』, 詩の森文庫, 2006.

伊藤信吉 外 編 「中公文庫」, 『日本の詩歌』(全30卷), 中央公論新社, 1982~84.

伊藤信吉 外 編 『現代詩鑑賞講座』(全12卷), 角川書店, 1968~72.

大岡信 『昭和詩史』, 思潮社, 1977.

大岡信 編 『現代詩の鑑賞101』, 新書館, 1996.

金子光晴 外 編 『金詩集大成 現代日本詩人全集』(全16卷), 創元社, 1954~55.

小海永二 編 『現代詩の解釋と鑑賞事典』, 旺文社, 1980.

志賀英夫 編 『戰後詩誌の系譜』, 詩畵工房, 2008.

たかとう匡子 『私の女性詩人ノート』 『私の女性詩人ノートⅡ』, 思潮社, 2017.

日本近代文學館 編『日本近代文學大事典』(全5卷), 講談社, 1977~78.

野村喜和夫 外 編『戰後名詩選 1』『戰後名詩選 2』, 思潮社, 2000.

分銅惇作 外 編『日本現代詩辭典』, 櫻楓社, 1990.

三浦仁 編『日本近代詩作品年表』(全3卷), 秋山書店, 1986.

三好行雄 外 編『日本現代文學大事典』(全2卷), 明治書院, 2004.

서은혜 외『일본문학의 흐름 2』, 한국방송대학출판부, 2007.

조셉 칠더즈, 게리 헨치 엮음, 황종연 옮김『현대 문학·문화 비평 용어사전』,
　문학동네, 1999.

https://ja.wikipedia.org/wiki

수록작품 출전

키따무라 토오꼬꾸 北村透谷

「나비가 가는 곳(蝶のゆくへ)」, 『透谷集』(文學界雜誌社 1894)

시마자끼 토오손 島崎藤村

「첫사랑(初戀)」, 『若菜集』(春陽堂 1897)

「코모로고성 언저리(小諸なる古城のほとり)」, 『落梅集』(春陽堂 1901)

「치꾸마강 여정의 노래(千曲川旅情のうた)」, 『落梅集』(春陽堂 1901)

도이 반스이 土井晩翠

「황성의 달(荒城の月)」, 『中學唱歌』(東京音樂學校 1901)

요사노 아끼꼬 与謝野晶子

「그대 죽지 마시게(君死にたまふことなかれ)」, 『戀衣』(本郷書院 1905)

이라꼬 세이하꾸 伊良子清白

「표박(漂泊)」, 『孔雀船』(左久良書房 1906)

칸바라 아리아께 蒲原有明

「지혜의 점쟁이는 나를 보고(智慧の相者は我を見て)」, 『有明集』(易風社 1908)

스스끼다 큐우낀 薄田泣菫

「아 야마또에 있다면(ああ大和にしあらましかば)」, 『白羊宮』(金尾文淵堂 1906)

미끼 로후우 三木露風

「사라져가는 5월의 시(去りゆく五月の詩)」, 『廢園』(光華書房 1909)

키따하라 하꾸슈우 北原白秋

「사종문 비곡(邪宗門秘曲)」, 『邪宗門』(易風社 1909)

「서시(序詩)」, 『思ひ出』(東雲堂書店 1911)

「짝사랑(片戀)」, 『東京景物詩及其他』(東雲堂書店 1913)

「낙엽송(落葉松)」, 『水墨集』(アルス 1923)

키노시따 모꾸따로오 木下杢太郎

「금분주(金粉酒)」, 『食後の唄』(アララギ發行所 1919)

카와지 류우꼬오 川路柳虹

「쓰레기 더미(塵塚)」, 『路傍の花』(東雲堂書店 1910)

이시까와 타꾸보꾸 石川啄木

「끝없는 토론 후(はてしなき議論の後)」, 『啄木遺稿』(東雲堂書店 1913)

타까무라 코오따로오 高村光太郎

「도정(道程)」, 『道程』(抒情詩社, 1914)

「너덜너덜한 타조(ぼろぼろな駝鳥)」, 『道程 再訂版』(青磁社, 1945)

「레몬 애가(レモン哀歌)」, 『智惠子抄』(龍星閣 1941)

후꾸시 코오지로오 福士幸次郎

「나는 태양의 아들이다(自分は太陽の子である)」, 『太陽の子』(洛陽堂 1914)

하기와라 사꾸따로오 萩原朔太郎

「대(竹)」, 『月に吠える』(感情詩社·白日社出版部 1917)

「대(竹)」, 『月に吠える』(感情詩社·白日社出版部 1917)

「고양이(猫)」, 『月に吠える』(感情詩社·白日社出版部 1917)

「낯선 개(見知らぬ犬)」, 『月に吠える』(感情詩社·白日社出版部 1917)

「요염한 묘지(なまめかしい墓場)」, 『青猫』(新潮社 1923)

「코이데 신작로(小出新道)」, 『純情小曲集』(新潮社 1925)

무로오 사이세이 室生犀星

「소경이정(小景異情)」, 『抒情小曲集』(感情詩社 1918)

야마무라 보쯔오 山村暮鳥

「댄스(だんす)」, 『聖三稜玻璃』(にんぎょ詩社 1915)

센게 모또마로 千家元麿

「나는 보았다(自分は見た)」, 『自分は見た』(玄文社 1918)

오오떼 타꾸지 大手拓次

「남색 두꺼비(藍色の蟆)」, 『藍色の蟆』(ARS 1936)

사또오 하루오 佐藤春夫

「꽁치의 노래(秋刀魚の歌)」, 『我が一九二二年』(新潮社 1923)

미야자와 켄지 宮澤賢治

「영결의 아침(永訣の朝)」, 『春と修羅』(關根書店 1924)

「봄과 수라(春と修羅)」, 『春と修羅』(關根書店 1924)

「비에도 지지 않고(雨ニモマケズ)」, 『風の又三郎』(羽田書店 1939)

야기 주우끼찌 八木重吉

「나의 시(私の詩)」, 『八木重吉詩集』(山雅房 1942)

타까하시 신끼찌 高橋新吉

「접시(皿)」, 『ダダイスト新吉の詩』(中央美術社 1923)

하기와라 쿄오지로오 萩原恭次郎

「히비야(日比谷)」, 『사형선고(死刑宣告)』(長隆舍 1925)

나까노 시게하루 中野重治

「노래(歌)」, 『中野重治詩集』(ナウか社 1935)

키따가와 후유히꼬 北川冬彦

「말(馬)」, 『戦争』(厚生閣書店 1929)

「허들 레이스(ハードルレース)」, 『実験室』(河出書房 1941)

안자이 후유에 安西冬衛

「봄(春)」, 『軍艦茉莉』(厚生閣書店 1929)

니시와끼 준자부로오 西脇順三郎

「날씨(天氣)」, 『Ambarvalia』(椎の木社 1933)

「나그네 돌아오지 않고(旅人かへらず)」, 『旅人かへらず』(東京出版 1947)

무라노 시로오 村野四郎

「다이빙(飛込)」, 『體操詩集』(アオイ書房 1939)

「다이빙(飛込)」, 『體操詩集』(アオイ書房 1939)

미요시 타쯔지 三好達治

「눈(雪)」, 『測量船』(第一書房 1930)

「유모차(乳母車)」, 『測量船』(第一書房 1930)

「대아소(大阿蘇)」, 『春の山甲』(創元社 1939)

「계림구송(鷄林口誦)」, 『一點鐘』(創元社 1941)

타찌하라 미찌조오 立原道造

「처음인 그대에게(はじめてのものに)」, 『萱草に寄す』(風信子叢書發行所 1937)

「잠으로의 초대(眠りの誘ひ)」, 『曉と夕の詩』(風信子叢書發行所 1937)

나까하라 추우야 中原中也

「더럽혀진 슬픔에……(汚れつちまった悲しみに……)」, 『山羊の歌』(文圃堂 1934)

「하나의 메르헨(一つのメルヘン)」, 『在りし日の歌』(創元社 1938)

이또오 시즈오 伊東靜雄

「내 사람에게 주는 애가(わがひとに与ふる哀歌)」, 『わがひとに与ふる哀歌』(コギ
ト發行所 1935)

쿠사노 신뻬이 草野心平

「가을밤의 대화(秋の夜の会話)」, 『第百階級』(銅鑼社 1928)

「구리마의 죽음(ぐりまの死)」, 『第百階級』(銅鑼社 1928)

오노 토오자부로오 小野十三郎

「갈대 지방(葦の地方)」, 『大阪』(赤塚書房 1939)

카네꼬 미쯔하루 金子光晴

「낙하산(落下傘)」, 『落下傘』(日本未來派發行所 1948)

아유까와 노부오 鮎川信夫

「죽은 남자(死んだ男)」, 『荒地詩集1951』(荒地出版社 1951)

요시오까 미노루 吉岡實

「승려(僧侶)」, 『僧侶』(書肆ユリイカ 1958)

타무라 류우이찌 田村隆一

「부각화(腐刻畵)」, 『四千の日と夜』(創元社 1956)

이시가끼 린 石垣りん

「바지락(シジミ)」, 『表札など』(思潮社 1968)

「표찰(表札)」, 『表札など』(思潮社 1968)

이바라기 노리꼬 茨木のり子

「내가 가장 예뻤을 때(わたしが一番きれいだったとき)」, 『見えない配達夫』(飯塚書店 1958)

「자신의 감수성쯤(自分の感受性くらい)」, 『自分の感受性くらい』(花神社 1977)

요시노 히로시 吉野弘

「I was born」, 『소식(消息)』(1957, 등사판/비매품), 『幻·方法』(飯塚書店 1959) 재록

「저녁노을(夕燒け)」, 『幻·方法』(飯塚書店 1959)

타니까와 슌따로오 谷川俊太郎

「슬픔(かなしみ)」, 『二十億光年の孤獨』(創元社 1952)

「살다(生きる)」, 『うつむく靑年』(山梨シルクセンター出版部 1971)

「개구리 뿅(かえるのぴょん)」, 『誰もしらない』(國土社 1976)

「요오께이산(鷹繫山)」, 『世間知ラズ』(思潮社 1993)

오오오까 마꼬또 大岡信

「봄을 위해(春のために)」,『記憶と現在』(ユリイカ 1956)

이리사와 야스오 入澤康夫

「미확인 비행물체(未確認飛行物體)」,『春の散歩』(靑土社 1982)

아마자와 타이지로오 天澤退二郎

「아침의 강(朝の河)」,『朝の河』(國文社 1961)

요시마스 고오조오 吉增剛造

「타오르다(燃える)」,『黃金詩篇』(思潮社 1970)

오사다 히로시 長田弘

「후로후끼 먹는 법(ふろふきの食べ方)」,『食卓一期一會』(晶文社 1987)

아라까와 요오지 荒川洋治

「미쯔께의 신록에(見附のみどりに)」,『水驛』(書紀書林 1975)

이또오 히로미 伊藤比呂美

「흐트러뜨리지 않도록(歪ませないように)」,『伊藤比呂美詩集』(思潮社 1980)

원저작물 계약상황

「접시(皿)」, 『ダダイスト新吉の詩』(中央美術社 1923)

Copyright ⓒ 高橋新吉

「노래(歌)」, 『中野重治詩集』(ナウカ社 1935)

Copyright ⓒ 中野重治

「말(馬)」, 『戦争』(厚生閣書店 1929)

「허들 레이스(ハードルレース)」, 『実験室』(河出書房 1941)

Copyright ⓒ 北川冬彦

「봄(春)」, 『軍艦茉莉』(厚生閣書店 1929)

「날씨(天氣)」, 『Ambarvalia』(椎の木社 1933)

「나그네 돌아오지 않고(旅人かへらず)」, 『旅人かへらず』(東京出版 1947)

「다이빙(飛込)」, 『體操詩集』(アオイ書房 1939)

「다이빙(飛込)」, 『體操詩集』(アオイ書房 1939)

「가을밤의 대화(秋の夜の会話)」, 『第百階級』(銅鑼社 1928)

「구리마의 죽음(ぐりまの死)」, 『第百階級』(銅鑼社 1928)

「갈대 지방(葦の地方)」, 『大阪』(赤塚書房 1939)

「낙하산(落下傘)」, 『落下傘』(日本未來派發行所 1948)

「죽은 남자(死んだ男)」, 『荒地詩集1951』(荒地出版社 1951)

「승려(僧侶)」, 『僧侶』(書肆ユリイカ 1958)

「부각화(腐刻畵)」, 『四千の日と夜』(創元社 1956)

「바지락(シジミ)」, 『表札など』(思潮社 1968)

「표찰(表札)」, 『表札など』(思潮社 1968)

「내가 가장 예뻤을 때(わたしが一番きれいだったとき)」, 『見えない配達夫』(飯塚書店 1958)

「자신의 감수성쯤(自分の感受性くらい)」, 『自分の感受性くらい』(花神社 1977)

「I was born」, 『소식(消息)』(1957, 등사판/비매품), 『幻・方法』(飯塚書店 1959)

「저녁노을(夕燒け)」, 『幻・方法』(飯塚書店 1959)

「슬픔(かなしみ)」, 『二十億光年の孤獨』(創元社 1952)

「살다(生きる)」, 『うつむく青年』(山梨シルクセンター出版部 1971)

「개구리 뿅(かえるのぴょん)」, 『誰もしらない』(國土社 1976)

「요오께이산(鷹繫山)」, 『世間知ラズ』(思潮社 1993)

「봄을 위해(春のために)」,『記憶と現在』(ユリイカ 1956)

Copyright ⓒ 大岡信

「미확인 비행물체(未確認飛行物體)」,『春の散步』(靑土社 1982)

Copyright ⓒ 入澤康夫

「아침의 강(朝の河)」,『朝の河』(國文社 1961)

Copyright ⓒ 天澤退二郎

「타오르다(燃える)」,『黃金詩篇』(思潮社 1970)

Copyright ⓒ 吉增剛造

「후로후끼 먹는 법(ふろふきの食べ方)」,『食卓一期一會』(晶文社 1987)

Copyright ⓒ 長田弘

「미쯔께의 신록에(見附のみどりに)」,『水驛』(書紀書林 1975)

Copyright ⓒ 荒川洋治

「흐트러뜨리지 않도록(歪ませないように)」,『伊藤比呂美詩集』(思潮社 1980)

Copyright ⓒ 伊藤比呂美

위 작품들의 한국어 판권은 Japan Foreign-Rights Centre와 계약한 ㈜창비가 비독점적으로 소유합니다. 저작권법에 의해 보호받는 저작물이므로 무단 전재와 복제를 금합니다.

고전의 새로운 기준, 창비세계문학

오늘날 우리는 인간의 존엄과 개성이 매몰되어가는 시대를 살고 있다. 물질만능과 승자독식을 강요하는 자본주의가 전지구적으로 확산되면서 현대사회는 더 황폐해지고 삶의 질은 크게 훼손되었다. 경제성장만이 최고의 선으로 인정되고 상업주의에 물든 문화소비가 삶을 지배할수록 문학은 점점 더 변방으로 밀려나고 있다. 삶의 본질을 성찰하는 문학의 자리가 위축되는 세계에서는 가진 자와 못 가진 자 할 것 없이 모두가 불행할 수밖에 없다.

이 시대야말로 인간답게 산다는 것의 의미가 무엇인지 근본적인 화두를 다시 던지고 사유의 모험을 떠나야 할 때다. 우리는 그 여정에 반드시 필요한 벗과 스승이 다름 아닌 세계문학의 고전이라는 점을 강조한다. 고전에는 다양한 전통과 문화를 쌓아올린 공동체의 경험이 녹아들어 있고, 세계와 존재에 대한 탁월한 개인들의 치열한 탐색이 기록되어 있으며, 새로운 세상을 꿈꾸는 아름다운 도전과 눈물이 아로새겨 있기 때문이다. 이 무궁무진한 상상력의 보고이자 살아 있는 문화유산을 되새길 때만 개인의 일상에서 참다운 인간적 가치를 실현하고 근대적 삶의 의미와 한계를 성찰하는 지혜를 얻을 수 있을 것이다.

'창비세계문학'은 이러한 문제의식에서 출발한다. 세계문학의 참의미를 되새겨 '지금 여기'의 관점으로 우리의 정전을 재구성해야 할 필요성이 그 어느 때보다 절실하다. '정전'이란 본디 고정된 목록으로 존재하는 것이 아니라 그때그때 주어진 처소에서 새롭게 재구성됨으로써 생명을 이어가는 것이다. 우리는 먼저 전세계 문학들의 다양성과 차이를 존중하면서 국가와 민족, 언어의 경계를 넘어 보편적 가치에 기여할 수 있는 가능성에 주목하고자 한다. 근대를 깊이 성찰한 서양문학뿐 아니라 아시아와 라틴아메리카, 중동과 아프리카 등 비서구권 문학의 성취를 발굴하고 재평가하는 것 역시 세계문학의 지형도를 다시 그리려는 창비의 필수적인 작업이 될 것이다.

여러 전집들이 나와 있는 세계문학 시장에서 '창비세계문학'은 세계문학 독서의 새로운 기준이 되고자 한다. 참신하고 폭넓으면서도 엄정한 기획, 원작의 의도와 문체를 살려내는 적확하고 충실한 번역, 그리고 완성도 높은 책의 품질이 그 기초이다. 독서시장을 왜곡하는 값싼 유행과 상업주의에 맞서 문학정신을 굳건히 세우며, 안팎의 조언과 비판에 귀 기울이고 독자들과 꾸준히 소통하면서 진정 이 시대가 요구하는 세계문학이 무엇인지 되묻고 갱신해 나갈 것이다.

1966년 계간 『창작과비평』을 창간한 이래 한국문학을 풍성하게 하고 민족문학과 세계문학 담론을 주도해온 창비가 오직 좋은 책으로 독자와 함께해왔듯, '창비세계문학' 역시 그러한 항심을 지켜 나갈 것이다. '창비세계문학'이 다른 시공간에서 우리와 닮은 삶을 만나게 해주고, 가보지 못한 길을 걷게 하며, 그 길 끝에서 새로운 길을 열어주기를 소망한다. 또한 무한경쟁에 내몰린 젊은이와 청소년들에게 삶의 소중함과 기쁨을 일깨워주기를 바란다. 목록을 쌓아갈수록 '창비세계문학'이 독자들의 사랑으로 무르익고 그 감동이 세대를 넘나들며 이어진다면 더없는 보람이겠다.

2012년 가을
창비세계문학 기획위원회
김현균 서은혜 석영중 이욱연 임홍배 정혜용 한기욱

창비세계문학 63

달에게 짖다
일본 현대대표시선

초판 1쇄 발행 / 2018년 8월 20일

지은이 / 하기와라 사꾸따로오 외
엮고 옮긴이 / 임용택
펴낸이 / 강일우
책임편집 / 오규원
조판 / 박지현 박아경
펴낸곳 / (주)창비
등록 / 1986년 8월 5일 제85호
주소 / 10881 경기도 파주시 회동길 184
전화 / 031-955-3333
팩시밀리 / 영업 031-955-3399 편집 031-955-3400
홈페이지 / www.changbi.com
전자우편 / lit@changbi.com

한국어판 ⓒ (주)창비 2018
ISBN 978-89-364-6465-3 03830